作者画像,班晓昭速写

穿行于历史·自由的思考

班永吉 著

人民日报出版社

北京

图书在版编目（CIP）数据

穿行于历史间的思考 / 班永吉著 . -- 北京：人民日报出版社 , 2025. 05. -- ISBN 978-7-5115-8589-9
　　I. I206-53
中国国家版本馆 CIP 数据核字第 2024KF9394 号

书　　　名：	穿行于历史间的思考 CHUANXING YU LISHI JIAN DE SIKAO
作　　　者：	班永吉
责任编辑：	张炜煜　白新月
版式设计：	李国娟
出版发行：	人民日报出版社
社　　　址：	北京金台西路 2 号
邮政编码：	100733
发行热线：	（010）65369527　65369846　65369509　65369512
邮购热线：	（010）65369530　65363527
编辑热线：	（010）65369514
网　　　址：	www.peopledailypress.com
经　　　销：	新华书店
印　　　刷：	大厂回族自治县彩虹印刷有限公司
法律顾问：	北京科宇律师事务所　010-83622312
开　　　本：	710mm×1000mm　1/16
字　　　数：	211 千字
印　　　张：	17.75
版　　　次：	2025 年 5 月第 1 版
印　　　次：	2025 年 5 月第 1 次印刷
书　　　号：	ISBN 978-7-5115-8589-9
定　　　价：	56.00 元

如有印装质量问题，请与本社调换，电话 (010)65369463

序

奋斗精神永不过时

雪 漠 ①

最近，利用两个晚上的时间，读完了《穿行于历史间的思考》。合上电脑之后，我的脑海中立马涌现出两个字——"奋斗"。是的，从第一篇《长征，一本永远读不完的书》一直到最后一篇《我们总能找到自己的身影》，每一篇的评说中，班永吉先生始终都在诠释着一种精神，也在弘扬着一种精神。什么精神？这就是中华民族的奋斗精神。

习近平总书记曾经指出："我们的国家，我们的民族，从积贫积弱一步一步走到今天的发展繁荣，靠的就是一代又一代人的顽强拼搏，靠的就是中华民族自强不息的奋斗精神。"这种奋斗精神，在远古时期的一些神话传说中就有体现，比如精卫填海、愚公移山、夸父追日、后羿射日等。从这些波澜壮阔的故事中，我们能读出那种人定胜天、积极进取、永不放弃的东西，这是中华民族不屈不挠的精神。

由此，我还特意写了一首《中华奋斗偈》。在偈子中，我专门写道："中华有精神，奋斗五千年。盘古开天地，女娲能补天。

---

① 雪漠，甘肃凉州人，国家一级作家，甘肃省作家协会副主席，著名文化学者。著有长篇小说《羌村》《凉州词》《野狐岭》《西夏咒》《大漠祭》《猎原》《白虎关》《沙漠的女儿》等。作品被翻译成英、法、德、俄、韩等三十多种语言，近七十个译本。

精卫才填海，愚公又移山。夸夫追大日，鲲鹏负青天。大禹治水患，哪吒斗龙王。共工发威时，能折不周山。后羿射九日，人志大于天。刑天舞干戚，头断志不断。奋斗成大景，主流是自强。"

包括后来的"文王陷牢狱，周易开新篇。孔子多碰壁，不悔成圣王。孟子行三不，养气成浩然。苏武守气节，牧羊十九年。阳明贬龙场，良知印心光。岳飞思报国，气节文天祥。汗青映丹心，代代有圣贤。奋斗壮情志，民族得栋梁。"所以，吾当效圣贤，日日当自强。

在过去很久的一段时间里，我还在凉州乡下当老师的时候，还在为梦想苦苦挣扎的时候，每天我就是这样不断勉励自己的。实在坚持不下去的时候，我就会想到路遥，也想像他那样"殉"了文学，但我最终还是走了出来。当然，我之所以能走出来，就在于我放下了文学，放下了那份执着，因为我知道，那份执着其实也是一种贪婪。在我放下的同时，我"哗"地顿悟了，一个崭新的世界就出现了，于是就有了《大漠祭》《猎原》《白虎关》，也有了后来的《西夏咒》《西夏的苍狼》《无死的金刚心》《野狐岭》《凉州词》，以及再后来的《娑萨朗》等。

当然，在我的成长过程中，班永吉作品中讲述的长征精神、宋庆龄的崇高精神、邓小平的"三落三起"、毛泽东的"批评与自我批评"、周恩来一个光荣的名字、抗美援朝精神、湖湘文化的"敢为天下先"、新疆生产建设兵团精神，以及常香玉"戏比天大"的敬业精神等，在某种程度上，这诸多的精神都是我不可或缺的滋养，让我从一个农民的儿子成长为一位优秀的作家，也让我从偏远的西部走向了世界。

在《长征，一本永远读不完的书》中，正如班永吉所说："长征在中华民族历史上树起了一座巍巍丰碑，向世界展示了中华民族战胜一切艰难困苦、战胜一切敌人，赢得光明未来的决心和英雄气概。"长征精神，从另一种意义上来说，就体现了中华民族那种顽强不屈的奋斗精神，可歌可泣，值得大力弘扬。特别是在这个时代，现代人急需这种精神的滋养，需要这种正能量的补给，也只有如此才能从"躺平""摆烂"中站立起来，才能让自己的灵魂强健、刚劲。

过去，我对毛泽东的了解经历了几个阶段：刚开始崇拜，后来反思，现在研究。毛泽东是湖南人，是经世致用最典型的代表，是"敢为天下先"精神的载体，他定然汲取了中华优秀传统文化的某些精髓，当然，他的思想也有局限性，但是他的身上确实有值得我们研究的地方。刚开始搞革命的时候，毛泽东就知道自己的梦想，选择了一个遥远的、大的目标，他不为高官厚禄，不为升官发财，不满足于一点小小的欲望，而是要建立一个共和国，他最初的选择，决定了他的人生高度。所以，我们在寻找梦想的时候，一定要有一种远大的目光，把自己投入历史的长河，放在世界的坐标系上，不要把自己设想为一粒不可能有所作为的棋子，不要妄自菲薄，不要自暴自弃，要自强不息，发愤图强，要有"红军不怕远征难"的精神，这样我们才有可能成功。

在《一次影响深远的思想整风》中，班永吉说："马克思列宁主义的伟大力量，就在于它是和各国的具体革命实践相联系。中国共产党要学会把马克思列宁主义的理论应用于中国的具体的环境。成为伟大中华民族的一部分而和这个民族血肉相连的共产党员，离开中国特点来谈马克思主义，只是抽象的、空洞的马克思主义。因此，使马克思主义在中国具体化，使之在其每一表现中带着必须有的中国的特性，即是说，按照中国的特点去应用它，成为全党亟待了解并亟须解决的问题。"

我们知道，马克思主义诞生在西方，但它却未能成功在西方站住脚跟，而在中国却成功地生根发芽结果了，这是很值得我们深思的一个话题。很多人认为马克思主义是西方的，所以在心理上对它有天然的排斥。其实，我们不需要纠结它出生在西方，还是出生在东方，我们只要抓住一个问题：为什么它在中国会获得巨大的成功？解决了这个问题，如何将二者融合？如何将它在中国具体化？慢慢地就有思路了。

在很长一段时间里，我对红色文化、毛泽东思想、马克思主义、共产党发展史等都做过深入的学习和研究。我发现，马克思主义中有很强的斗争精神，也即革命精神。有了这种精神，才拯救了近代中国。当然，这种斗争精神一定要把握一个"度"，避免走向极端。比如，在《穿行于历史间的思考》中，也写到了一些历史教训。在《阅读是一种游历》中，班永吉思忖道："不管是外国的学说，还是中国古代的学说，要用它就必须与中国现实实际相结合。马克思主义是科学性的，但如果不与中国实际相结合，用起来一样会失误。中国共产党成立后，不甚懂得中国国情，特别是有一段时间'左'倾领导人完全不顾国情，差点把革命断送。毛泽东的高明之处，就在于深入研究国情，把马克思主义中国化。"

当然，中华传统文化中最为优秀的是和谐共赢的智慧，因为我们有"一体观"，有"大同世界"，也有"人类命运共同体"的倡导，所以更加强调合作与和谐。在马克思主义思想和中华传统文化相融合的过程中，我们一定要处理好奋斗精神与和谐精神的平衡与妙用。所以，班永吉在《从他们身上汲取砥砺前进的力量》中说："真正的文化是魂，是一条生生不息的历史长河；真正的文化能给人的心灵带来启迪，带来温暖，让人们产生继续前行的力量。"

愿他的思考，也给读者带来一些思考，生成一种前进的力量。

2024 年 10 月 12 日，写于甘肃武威雪漠书院

目 录

长征，一部永远读不完的书……………………………… 001

一次影响深远的思想整风……………………………… 014

您的思想和风范永远激励我们前行…………………… 019

站在历史正确的一边…………………………………… 023

大党史下的陈独秀……………………………………… 030

小平的伟绩与风骨……………………………………… 047

再看 1975 ……………………………………………… 054

活在读者心中的金冲及………………………………… 061

历史不会遗忘湖湘英烈………………………………… 066

从他们身上汲取砥砺前进的力量……………………… 070

穿行于历史间的思考…………………………………… 073

东方社会发展道路新视域……………………………… 081

兵团精神的模范践行者………………………………… 085

不能忘记海外挚友……………………………………… 093

阅读是一种游历…………………………………………096
书写让观众共鸣共情的史诗…………………………102
彰显信仰力量的《百年求索》………………………106
你的故事是讲不完、写不完的………………………108
走进镜头记录的历史现场……………………………114
一个敬重英雄史诗的伟大民族………………………119
纪录片《苦难辉煌》的几点启示……………………127
记住的应该是刻骨铭心的……………………………132
历史记着你，人民记着你……………………………137
常吟常新的英雄赞歌…………………………………142
由张思德"探监"与"捞琴"所想到的……………152
他为什么感动中国……………………………………154
戏比天大的常香玉……………………………………157
李树建的"忠、孝、节"三部曲……………………162
令人感佩的《大漠胡杨》……………………………166
从援疆干部的视角看《阿克达拉》…………………182
国际电影人合作的成功典范…………………………186
主题音乐创作要有精品意识…………………………189
你是一颗不落的星辰…………………………………192
朱子奇诗歌的五大鲜明特征…………………………204
忘不了平山县的这位老人……………………………208

向鲁煤同志致敬……………………………………… *212*

作家应该是讲故事的好手…………………………… *220*

不负韶华的记忆……………………………………… *226*

为感恩代言者点赞…………………………………… *232*

泪水激昂化巨浪……………………………………… *235*

感悟与情怀…………………………………………… *240*

"满腔热血"和"放眼天涯"………………………… *244*

礼赞山河故人………………………………………… *249*

我们总能找到自己的身影…………………………… *255*

后记…………………………………………………… *264*

长征，一部永远读不完的书

《穿越历史时空看长征》（中共党史出版社，2016年8月版，王新生著）是著名长征史学者、原中共中央党史研究室研究员王新生为纪念红军长征胜利80周年的献礼之作，也是一部反映红军长征史的优秀权威之作。

王新生从事中共党史研究30多年来，红军长征史的研究是他的主要研究领域之一。1996年，在纪念红军长征胜利60周年时，由中共中央党史研究室第一研究部编著的《红军长征史》正式出版，王新生执笔撰写了第九章、第十章。该书获得了国家图书奖和中宣部"五个一工程"奖。2006年，在纪念红军长征胜利70周年时，他作为执行主编，负责编辑的《红色铁流：红军长征全录》《今日长征路图集》《长征图鉴》等图书出版。这些年来，王新生还撰写了《关于红一方面军长征里程的几个问题》《共产国际与中央红军战略转移的决策》《朱德与三大主力红军会师》《任弼时对红军长征的重大贡献》等数十篇论文，他是长征史研究的资深学者。

《穿越历史时空看长征》全书分"中央苏区，反'围剿'，战略转移""粤北湘南，湘江之战，转兵贵州""转兵贵州，实现历史性转折""会师、北上、分离""落脚点，奠基礼，陕甘红日""甘孜城，会宁城，将台堡"六章。该著集政治性、可读性、普及性、生动性、系统性、完整性、全景式之特点，展现了中华民族历史、人类历史上罕见的、无与伦比的军事行动。该著观点正确、主题鲜明，结构合理、逻辑严密，夹叙夹议、史论结合，悬念迭生、阅读轻松；在内容上既具有思想性，又具有学术性，在述史形式上既有手法突破，又适合不同读者群阅读。

一、长征，一段不能忘却的历史

长征，指 1934 年 10 月至 1936 年 10 月，中国共产党领导的中国工农红军第一、第二、第四方面军和第二十五军陆续从长江南北各革命根据地向陕甘地区进行的战略大转移。

中国红军长征的胜利，揭开了中华民族历史新的一页；中国工农红军长征，是中华民族历史上的一座巍巍丰碑！近 90 年过去了，世界发生巨变，中国的发展成就前所未有，人们的思想观念、生活方式也发生了变化。一些 20 世纪 90 年代和 21 世纪初出生的青年、少年，在正确理解和认识长征上有很大难度。而要把红军光荣革命传统和长征精神一代一代传下去，就必须为这个广大群体提供适合其阅读和学习的长征信史，以帮助他们正确理解和认识红军长征，从而树立为国家民族发展、繁荣、强大贡献自己力量的远大志向。

通读全著可以看出，以毛泽东、周恩来、朱德等为代表的中国共产党人和红军将士们所完成的这一举世无双、惊心动魄的远征，在中国人民中所产生的精神力量是无穷无尽的。长征所表现出的不畏千难万险的革命英雄主义，已经突破了时代和国度的界限，在人类活动史上树立了一座无与伦比的丰碑。长征是中国共产党人的骄傲，是中国工农红军的骄傲，是中华民族的骄傲。

中国工农红军长征是在革命遭到严重挫折时开始的。初期由于"左"倾教条主义者军事指挥的错误，党和红军面临绝境；后期又出现张国焘右倾分裂主义，并面临着恶劣的自然环境；全程无时无刻不面临着国民党大军的围追堵截。可以说，各路长征红军，每走一步都险象环生。在长征关节点上，若一步走不好，则有满盘皆输、全军覆灭的危险。然而，所有的危险、所有的艰难险阻，都被红军战胜了、克服了。四路红军队伍，尽管出发地点不同，尽管付出了巨大代价，付出了巨大牺牲，但都胜利完成了战略转移的任务，全部落脚于同一块苏区，即党在土地革命战争后期仅存的陕甘宁苏区。

中央红军主力为什么进行长征？为什么长征从1934年10月中共中央、中革军委率领中央红军（即红一方面军）第一、三、五、八、九军团8.6万余人撤离中央苏区开始？作者为了让读者了解这些问题，不惜笔墨介绍了中央苏区的由来、李德任中央苏区军事顾问的由来，以及红军一步步退却，最后丢失苏区的历史背景。

中央苏区人民为中国革命作出了重大的牺牲和贡献，他们向红军输送了大批优秀儿女，根据地人民给了红军最大限度的物质上和精神上的鼓励和支持，也为新中国的诞生付出了难以想象的代价。曾经蓬勃发展的中央苏区，葬送在"左"倾教条主义错误之手，可以想象到红军将士离开中央苏区时的心情。

1934年10月10日17时，中共中央、中革军委率领第一、第二野战纵队，分别由瑞金田心圩、梅坑地区出发，向集结地域开进。由此，中央红军主力开始战略转移。参加战略转移的人员数量在红军史上是空前的。这么多兵力集结在一起，场面十分壮观。

二、战略转移，路在何方

中央红军实行战略转移，关系到中国共产党和中央红军的命运，关系到全体红军的命运，关系到中国革命的前途和命运。

可以说，湘江之战是中央红军长征以来最惨烈、最惊心动魄的一战。中央红军突破了蒋介石精心布置的第四道封锁线，粉碎了其围歼中央红军于湘江以东的企图。但渡过湘江后，中央红军已锐减至3万多人，付出沉重代价，红军血染湘江。

湘江之战，是中央苏区第五次反"围剿"以来的最低谷。如探险家一般来到陕北保安，成功采访中共领袖和一些著名的红军将领的美国人埃德加·斯诺在《西行漫记》中写道："冒险、探索、发现、勇气和胆怯、胜利和狂喜、艰难困苦、英勇牺牲、忠心耿耿，这些千千万万青年人的经久不衰的热情，始终如一的希望，令人惊诧的革命乐观情绪，像一把烈焰，贯彻着一切，他们不论在人力面前，或者在大自然面前，在上帝面前，死亡面前都绝不承认失败——所有这一切以及还有更多的东西，都体现在现代史上无与伦比的一次远征的历史中。"

中央红军过湘江后，只是暂时摆脱了险境。实际上，更危险的情况还在后面。"左"倾教条主义者的思维，总是乐观估计形势，低估敌人能力，在思考问题时采取形而上学的方法，对事物是以不变的方式来看待的。李德不会想到，没有碉堡，蒋介石可以修碉堡。等待红军的是四道碉堡线，硬朝既定方向进军，红军的损失将要比湘江之战严重得多，甚至会全军覆灭！

同蒋介石打了十年交道的毛泽东忧心如焚。他知道蒋介石在湘江之战没有达到消灭红军的图谋之后，肯定不会善罢甘休。由于中央红军要与红二、红六军团在湘西北会合的目的已经很明确，毛泽东判断，蒋介石一定会在红军前进方向上设置更多封锁线。而且情报已经说明，蒋介石调动了五倍于红军的强大兵力，形成一个大口袋。如果再坚持与红二、红六军团会合，无疑就是将红军往虎口里送。中央红军若转兵贵州，一方面可以打乱国民党军围歼红军于进军湘西途中的计划，另一方面可以各个击破战斗力弱的黔军，与红四方面军和红二、红六军团形成三足鼎立之势，有利于以后的战略发展。鉴于此，毛泽东提出放弃同红二、红六军团会合的计划，改向敌人兵力薄弱的贵州进军的主张。毛泽东的主张得到了张闻天、王稼祥、周恩来、朱德的赞同。转兵贵州后，红军实现了历史性的转折，红军斗争呈现新转机。

三、长征中鲜为人知的几次会议

历史性会议，决定了红军的走向，也决定了中国的道路。通道会议，是长征途中的一次临时紧急会议。毛泽东提出转兵贵州后，李德的最高军事指挥权受到挑战，党和红军的命运悄然出现转机。通道会议是毛泽东自宁都会议被排挤出红军领导岗位后，第一次在讨论军事问题的会议上有发言权，也是他的主张第一次得到大多数同志的赞同。

改变战略方向的黎平会议。中共中央政治局在黎平召开会议，讨论中央红军以后的战略方向问题。会上争论激烈，主持会议的周恩来根据与会多数同志的意见，决定采纳毛泽东的主张。黎平会议通过了《中共中央政治局关于战略方针之决定》。黎平会议，是中央红军开始长征后第一次召开的中共中央政治局会议。这次会议表明中央红军长征后的领导体制已开始发生变化。从黎平会议开始，党内政治生活由不正常转变为正常，由博古、李德的专断走向中央政治局集体领导。在历史的紧要关头，黎平会议改变了中央红军战略进军方向，迈出了走向长征胜利的关键一步，也为遵义会议的召开迈出了坚实一步。黎平会议放弃去湘西北与红二、红六军团会合的计划，决定在川黔边地区建立新根据地，打乱了蒋介石的部署，将十几万国民党军甩在了湘西，从而避免了中共中央、中革军委机关、数万名红军干部战士覆灭的命运。

跨年度的猴场会议。1934年12月31日夜至1935年1月1日凌晨，中共中央政治局在猴场召开会议。这是中央红军长征中跨年度召开的中共中央政治局会议。毛泽东在猴场会议上重申红军应在川黔边地区先以遵义地区为中心建立新的根据地的主张，多数与会者赞同这个意见。会议再次否定了李德、博古的错误主张，决定红军立刻强渡乌江、攻占遵义。猴场会议通过了《中共中央政治局关于渡江后新的行动方针的决定》，并最终确定了中央红军的战略方向问题。从通道会议开始，到猴场会议止，中央最高领导层关于中央红军战略方向问题的争论画上了一个句号。强渡乌江是中央红军进入贵州后遇到的第一个严峻考验，这个考验以漂亮的成绩得到通过，预示着中国共产党伟大的历史性转折即将到来。

实现伟大历史转折的遵义会议。历史将永远铭记这三天：1935年1月15日至17日。就在这三天，中共中央政治局在遵义召开了扩大会议，这就是闪耀着永恒光芒的遵义会议。遵义会议作为实现中国共产党伟大历史转折的会议被永载史册。而作为这一伟大事件的发生地遵义，也在历史上刻下了永恒的名字。过去人们很少知道的中国西部城市，成为家喻户晓的中国革命历史名城。遵义会议上，周恩来展现了他坦荡宽阔的胸怀。他在生死攸关的历史关头，为了挽救党和红军，勇于解剖自己，敢于承担责任，我们不能不为他这种伟大精神而感到由衷的钦佩。他不愧是一个伟大的无产阶级革命家、军事家，遵义会议能够开得成功，周恩来功不可没。

争论较为激烈的苟坝会议。眺望着历史的背影，我们不禁为第一代中国共产党领导人的智慧和高尚品格所折服。毛泽东坚持正确的主张，终不放弃；周恩来不专权，善于听从别人的意见，从谏如流；张闻天用人以长。他们可能有不同意见，甚至发生严重争论，但事后能够冷静反思，找出最佳解决方案。他们可能个性不同，却能短长互补，组成一个和谐的领导集体。

毛泽东严厉批评林彪的会理会议。会理会议，中央主要讨论林彪给中革军委写的一封信。四渡赤水以后到会理期间，在中央红军领导层中，泛起一股小小风潮。遵义会议以后，教条宗派主义者们并不服气，暗中还有不少活动。忽然流传说毛泽东同志指挥不行，要求撤换领导。林彪就是带头倡议的一个。林彪不听聂荣臻的劝阻和批评，写了一封信给中革军委，要求毛泽东、朱德、周恩来随军主持大计，请彭德怀任前敌指挥。遵义会议后，在危急复杂的形势、瞬息万变的军情中，毛泽东的战略方针和作战艺术在付诸行动中由于出现某些不足，一时还不被党和军队的一些领导同志理解，出现不同看法，也是难免的。但会理会议批评了错误意见，统一了认识，维护了团结，巩固了毛泽东在红军和中共中央的领导地位。会议决定继续北上，同红四方面军会合。经过会理这股小风波，中央红军更加坚定地迈上了新的征途。

此后的两河口会议、沙窝会议、芦花会议、俄界会议、哈达铺会议、榜罗镇会议等，都扭转了红军的历史走向。以毛泽东为代表的中国共产党人，在几次会议上，无私无畏，敢于坚持真理，善于总结教训，纠正军事指挥错误，从而为实现伟大历史性转折，领导红军长征取得胜利作出了卓越贡献。

四、顾全大局、团结一致贯穿长征始终

在中国工农红军长征中，中国共产党特别强调全党、全体红军的团结。对于犯过"左"倾教条主义错误的同志，要团结他们一起工作。他们一时想不通，就让其在工作中、在事实对比中先认识到过去犯的错误，再改正错误。张国焘搞分裂，中共中央从大局出发，一方面尽量团结他，争取他率领红四方面军北上；另一方面也十分重视团结红四方面军的其他同志，使他们认识到北上是唯一正确的出路。正是由于各路红军顾全大局，团结一致，互相配合，互相策应，互相帮助，国民党军的围追堵截计划才一次次化为泡影。中国共产党及其领导的红军胸怀大局、团结一致，与国民党和各派军阀各有私利、相互争斗的情形，形成鲜明对比。

红二十五军和红二、红六军团是顾全大局的典范。红二十五军由鄂豫皖根据地出发长征到鄂豫陕边界地区后，经过艰苦奋战，创建了鄂豫陕根据地。然而，当他们得知红一、红四方面军在川西北会师的消息后，便根据最新的政治形势变化与发展，毅然作出西征北上到陕甘苏区会合红二十六军、巩固陕甘苏区、配合主力红军、创造准备直接与帝国主义作战阵地的决策。红二十五军在鄂豫陕根据地并非待不下去，非撤离不可。他们主动撤离根据地，再踏征程，是一个为了革命更大发展，顾全大局，舍小我、为大我的行动。红二、红六军团长征到达黔西南的盘县、亦资孔地区，决定在盘江地区建立根据地。这时，任弼时、贺龙接到中革军委要他们渡金沙江北上的电报。待下来，可以打出自己的小天地；迈开腿继续朝前走，将是艰苦卓绝的征程，迎接他们的是金沙江，一座又一座的雪山和令人恐怖的草地，但能给党和人民打出更大的天地。两者选何？历史的关键时刻，红二、红六军团

顾全大局，毅然放弃了前者，选择了后者，第三次进行战略转移。

五、不应遗忘的历史细节

毛泽东带头遵守民族纪律。长征途中，毛泽东等领导人带头遵守民族纪律，为红军部队做出表率。军委纵队经过贵州剑河县附近一个村子时，见路边有一位老妇和一个小孩子身穿薄薄的单衣，倒在路边，气息奄奄。经过询问，得知老妇交完地租后，没有粮食吃，靠在路边讨饭为生。由于气温骤降，老妇早晨又没吃饭，所以晕倒在路旁。毛泽东听了老妇的情况后，当即从身上脱下毛线衣，并从行李中拿出一条被单，一起送给老妇。他还命人送给老妇白米一斗。老妇千恩万谢，目送毛泽东等人走了很远很远。

桌上被震倒熄灭的小马灯。黎平会议决定采纳毛泽东的主张，西进渡乌江北上。周恩来把黎平会议《中共中央政治局关于战略方针之决定》译文给李德送去。李德看后大发雷霆，用英语和周恩来吵起来。向来温文尔雅的周恩来，这一次无论如何也压不住心中的火气，同李德拍了桌子。由于用力很大，搁在桌子上的小马灯都被震得跳了起来，倒在桌子上熄灭了。警卫员范金标赶紧又把马灯点着。

红军不是石达开。夺取泸定桥，中央红军全部由泸定桥胜利通过大渡河。1935年6月3日，红一军团政治部办的《战士》报第186期刊登了《大渡河沿岸胜利的总结》一文，称十七勇士强渡大渡河"开始了渡河胜利的第一步"；廖大珠等22名英雄占领泸定桥，"取得了渡河全部胜利的保证"。

历史记下了强渡大渡河的十七勇士的名字：熊尚林、罗会明、刘长发、张表克、张桂成、萧汉尧、王华亭、廖洪山、赖秋发、曾先吉、郭世苍、张成球、萧桂兰、朱祥云、谢良明、丁流民、陈万清。但历史却没有留下飞夺泸定桥的除廖大珠以外的其他 21 名英雄的名字。

现在，我们很难想象飞夺泸定桥的廖大珠等 22 名红军勇士，是怎样在铁索桥上铺的木板被敌人拆除的情况下，全然不顾下面奔腾咆哮的大渡河、一失足即掉下被湍急的河水吞没的危险，冒着密集的子弹，攀着铁索过桥，消灭了对面桥头的敌人，控制了泸定桥的；现在，我们很难想象身着单薄的衣服，吃不饱肚子，身体虚弱的红军指战员，是怎样翻过那个海拔 4000 多米、有着"鸟儿飞不过，人不攀"的"神山"之称的大雪山——夹金山的；现在，我们很难想象红军突击队用竹子扎成的简易竹筏，是怎样在夜间偷渡贵州第一大江——乌江，从而为大部队突破乌江天险创造条件的。

贵州大定开明绅士彭新民。红二、红六军团积极开展的统一战线工作，成就非凡。贵州大定开明绅士彭新民，曾参加过五四运动，大革命时期拥护孙中山的三大政策。在外游学期间，他目睹国民党政府的反动腐败，逐渐产生了同情中国共产党的思想。

红军到大定后，彭新民出任"拥红会"主任，积极动员青壮年参加红军，协助红军筹粮筹款。贺龙路过大定时，亲自到他家中看望，鼓励他为劳苦大众的利益继续奋斗。红二、红六军团撤离大定后，彭新民因妻子刚生完小孩，为照顾妻子没有及时转移，不幸被国民党军万耀煌部捉住。面对敌人的严刑拷打，彭新民坚贞不屈，从容就义，年仅 34 岁。历史不该忘记"彭新民们"。

"同志们，跟着毛主席前进，北上抗日！"开国少将、时任红五军团第十三师第三十七团政治委员谢良在回忆中讲了一个感人的故事。第三次翻越夹金山时，谢良听到不远的地方传来一阵"老班长！老班长！"的呼喊声，抬头一看，前面路旁围着一群人。他心想,不好!急忙赶过去,只见第一连的炊事班班长老刘面色苍白,躺在雪地上,已经不省人事了。一连指导员俯下身子大声喊道:"老刘!老刘!"开始,老刘没有任何反应,后来才微微睁开眼睛,蠕动下嘴唇,用微弱的声音说:"指导员,我对不起党,没有能够坚持到底……"谢良安慰他说:"老刘,不要紧的,你会好的!"老刘强睁着眼,转向谢良说:"政委,我……不行了,过不去了。"突然,他一只手颤抖着伸进口袋,拿出一个手绢包着的东西,塞到指导员手里,然后微微一笑,断断续续地说:"同志们,跟着毛主席前进,北上抗日!"这最后一句话,耗尽了老刘的体能,任由同志们大声呼喊,他的双眼再也没有睁开。一连指导员把手绢递给谢良,谢良打开一看,里面包的是两张用旧了的中央苏区的钞票和一块银圆,还有一张小纸条,上面有两行模糊的铅笔字:"如果我牺牲了,这是我交的最后一次党费。"谢良没有想到,老刘竟把它保存得这样长久,而在这长征途中,在雪山的狂风暴雪中交出了它……直到他为中国革命事业献出自己宝贵生命的最后一刻,他的肩上还挑着一副重担!

这个感人故事,诠释了红军翻越夹金山所体现的精神,值得我们细细咀嚼、品味。

请记住这些省、大山、数据。中国工农红军长征,从1934年10月开始,至1936年10月结束,两年时间,740多个日日夜夜。先后出发的中央红军(红一方面军)、红二十五军、红四方面军、红二军团和红六军团(红二方面军),像四条滚滚的红色铁流,途经江西、福建、广东、湖南、广西、贵州、云南、四川、西康、青海、河南、湖北、甘肃、陕西等14个省,会聚在中国西北部的陕甘宁苏区,总里程达6.5万里。在此期间,红军翻越了夹金山、梦笔山、长板山(又称亚克夏山、马塘梁子)、仓德山(又称昌德山、昌德梁子）、打古山（又称拖罗岗、施罗山、塔鲁岗）、虹桥山、鹧鸪山、格达梁子、党岭山、折多山、罗锅梁子、剪子湾山、卡子拉山（又称喜委拉卡山）、玉龙雪山、大雪山、小雪山、茨布腊山、扎拉牙卡山、藏巴拉雪山、东隆山、米拉山等20多座雪山，穿越了数百里的茫茫水草地，渡过数十条大江、大河。共进行重要战役、战斗近600次，其中，师以上规模的为120次；攻克数十个险关要隘，攻占100余座县城；牺牲营以上干部430余人，冲破了国民党上百万军队的围追堵截。长征在中华民族历史上树起了一座巍巍丰碑，向世界展示了中华民族战胜一切艰难困苦、战胜一切敌人，赢得光明未来的决心和英雄气概。

阅读该著,感悟苦难辉煌,我们也仿佛走进了80多年前的岁月，同红军一道，跨越万水千山，闯过无数险关要隘。在我们耳旁，不时响起中央红军突破敌人封锁线，尤其是第四道封锁线——湘江时那猛烈的枪炮声、人喊马嘶声；不时响起通道会议、黎平会议、猴场会议上毛泽东、周恩来、朱德、张闻天等同博古、李德争论红军战略进军方向的声音；眼前不断浮现出遵义会议上毛泽东等中央领导人严肃批评中央苏区第五次反"围剿"失败和长征开始以来"左"倾军事指挥错误的场面；不断浮现红军广大干部、战士迈着坚定的步伐，爬雪山、过草地，勇往直前的情景。红军长征的伟大业绩、革命先辈的英勇奋斗精神，时刻感染激励着我们。可以说，阅读的过程，也是我们灵魂又一次得到净化的过程。

长征是党和人民军队创造的辉煌历史，也是中华民族的宝贵财富。长征是历史上无与伦比的英雄壮举，是中华民族的一部英雄史诗，在中国共产党、人民军队、中华民族发展史上有着重大而深远的影响；长征铸造了伟大的长征精神，是保证中国革命和建设事业走向胜利的强大精神力量，是宝贵的财富，要一代一代传下去。建设中国特色社会主义事业,实现中华民族的伟大复兴是新的伟大长征,我们一定要继承和发扬红军长征的光荣传统,继续把前辈开创的伟大事业向前推进,实现中华民族伟大复兴的宏伟目标。

长征,一部永远读不完的书

一次影响深远的思想整风

春寒料峭,我来到杭州西子湖畔参加了一个学习班。在火车上,在房间里,甚至在课堂上,我读完了高新民与张树军合著的一本在 2000 年出版的书——《延安整风实录》。我是抱着一种揭秘心理来阅读这本书的。

理论界认为,中国现代史上至少有三次大规模的思想解放运动:一是五四新文化运动,它在封建文化专制的罗网中冲开了一个缺口,透进民主与科学的光线;二是延安整风,它把人们从教条主义的束缚和对共产国际的迷信状态中解放出来;三是关于真理标准问题的大讨论,它使人们从长期的"左"的错误造成的思想僵化、迷信盲从中解放出来,从"两个凡是"的束缚下解放出来。

延安整风,说到底就是为了统一思想。此前,党内一部分同志只知道生吞活剥马克思主义书籍中的只言片语,去吓唬人,不重视时间对人的认识的重要性。而整风运动就是要把党的思想从教条主义的束缚中解放出来。谁都不会否认,延安整风运动对后来中国共产党自身的发展,对中国革命的历史进程,乃至整个中国社会都产生了巨大而深远的影响。马克思列宁主义的伟大力量,就在于它是和各国的具体革命实践相联系,中国共产党要学会把马克思列宁主义的理论应用于中国的具体的环境。成为伟大中华民族的一部分而和这个民族血肉相连的共产党员,离开中国特点来谈马克思主义,只是抽象的、空洞的马克思主义。因此,使马克思主义在中国具体化，使之在其每一表现中带着必须有的中国的特性，即是说，按照中国的特点去应用它，成为全党亟待了解并亟须解决的问题。洋八股必须废止，空洞抽象的调调必须少唱，教条主义必须休息，而代之以新鲜活泼的、为中国老百姓所喜闻乐见的中国作风和中国气派。

作者用了三万多字的超长篇幅作为此书的前言，道出了延安整风运动的缘由。作者客观地回溯了党的历史，大革命时期在统一战线问题上出现过陈独秀的"只要联合不要斗争"的错误；土地革命战争时期在这一问题上又出现"不要联合只要斗争"的错误；而抗日初期又出现了与大革命时期类似的错误。为什么会一而再、再而三地出现"左"和右的错误？作者说，"左"和右两个类似极端的东西，在一定条件下是相通的，这个条件就是对马克思主义理论与中国革命的实际情况缺乏统一的理解，这就是思想上的主观性、片面性。整风的目的就是唤起更多人来重视解决思想方法的问题，以便对历史上的错误有一个统一的认识，避免重蹈覆辙。

《延安整风实录》书写了"前缘""切入主题""史无前例的政治局整风""启蒙""整顿学风高潮迭起""文艺界整风独辟蹊径""整顿党风文风紧锣密鼓""整风运动一波三折""历史的结论"几章。作者用了力所能及搜到的史料，以清新的语言叙述了延安和各根据地整风运动的来龙去脉，分析了其缘由和逻辑发展的结果，揭示了党的建设的必要性、曲折性和复杂性等特点，对整风涉及的重要事件、人物也都做了实事求是的述评。这部史学专著是作者在掌握大量史料的基础上，吸纳国外研究的有益成果，澄清了一些史实上的讹传误说，由于资料丰富、史实可信，阅读起来又十分轻松，该书在同类题材著作中脱颖而出。

统览全著，在作者流畅的文笔中，可以分明地感受到章节的环环铺垫，都是为了迎接统一思想、统一组织的党的七大而进行的教育行动。尽管道路曲折，但始终有一缕曙光在引领中国共产党人前行。掩卷而思，读者也好像穿越黑夜迎来了那轮喷薄而出的旭日。难能可贵的是作者边叙边议的行文，敢于亮想法，文法清新，画面感强。诸如："山，重峦叠嶂，林木莽莽。山，险峰傲立，刺破青天。云贵川交界地区，到处可见这样的山。在这千山万壑之中，坐落着著名的黔北重镇——遵义"，"遵义会议是一个分水岭。这个分水岭是希望改造中国与世界的人们用血的代价塑成的。历史将记住这个会议"，"陕北的山与峻峭、挺拔、林木葱葱的南方的山迥然不同。这里的山，山顶是平的，不像是平地上挺起的山脉，倒像原本是土地，只是历经沧桑，风风雨雨把它冲刷出千沟万壑。平地反倒成了山脉。当地人把这些山叫做'峁'。在这些峁之间，有一座历史名城——延安"，"延安的山岭是敦实、浑厚的，透着浑厚的历史文化底蕴的延河的水弯弯曲曲，透着一股灵气。生活在这山水之中的人民淳朴敦厚，有着风格独特的悠久的文化传统。惯于到处'采风'的文艺界人士，只要肯以热诚的心俯首在这块土地上，便可伸手拾来诸多未经雕琢的艺术宝石"，"1942年4月中下旬期间，西北高原普降春雨。据说榆林一带，多少年没有遇到这样好的雨水了。好雨知时节。马克思主义的春雨，将会哺育新老两代干部的成长……"，"'红日照耀在太行山上，自由之神在纵情歌唱……'这首歌曲曾使无数青年听后为之感动。他们怀着一腔热血奔向高高的太行山麓……太行山凝聚了太多的故事。整风的记述也不可能不在此落上一笔"，"延安的仲秋已是凉意袭人。到了冬天，塞外寒风更将黄土高原吹得绿意难寻。大自然全然不顾人类的喜好，依着自己的规律演进着。以整风为形式进行的思想革命运动，也循着自己的规律继续开展下去。尽管陕北的秋末和冬天并不那么宜人，但整风的势头却毫无收敛、倦怠的迹象。相反，那种热火朝天的干劲，恰与逐渐变冷的气候形成鲜明的对照"，等等。此类妙文华章可圈可点，就好像是时不时地品上几盅西湖的龙井，清心明神，回味不尽。

读"整风"，不可能不触及"抢救运动"和"审干运动"扩大化的问题。作者在此书中也作了比较客观的论述。这一点对于就此事件而丑化我党的部分人而言也是一个回应。为了总结"抢救运动"和"审干运动"扩大化的教训，1944年1月24日，中共中央发出了经毛泽东审改的关于对坦白分子进行甄别工作的指示。指示说，根据延安初步经验，在坦白分子中，属于职业特务的是极少数，变节分子也是少数；有党派问题（加入过国民党、三青团，入党时未向党报告）的分子，被欺骗蒙蔽的分子及仅属党内错误的分子三类人占绝大多数，这些人在分清是非后均应平反，取消特务帽子，而按其情况做出适当结论；对于被特务诬告或在审查时完全弄错了的，要完全平反；在反特斗争中要注意保护好人，防止特务诬害。

1943年底至1944年初，延安和陕甘宁边区审干工作扩大化的错误基本上得到了妥当处置。尽管在一年内清出的"特务"曾高达1.5万多人，有的单位清出的"特务"甚至达到其人员的一半以上（如西北公学390人中"坦白分子"就有208人），但由于坚持不杀一人，不断进行复查、甄别、平反，分辨情况作出实事求是的结论，对受到冤屈的同志赔礼道歉，因而没有发生大的危害，没有形成大的乱子。而且，对审干工作中扩大化的错误，毛泽东主动承担了责任。

《胡乔木回忆毛泽东》一书说，毛主席从1944年上半年起就主动承担责任，进行了自我批评。毛主席到中央党校做报告，在大会上就讲了三次。第一次是1944年5月。他说："在整风审干中有些同志受了委屈，有点气是可以理解的，但已进行了甄别。现在摘下帽子，赔个不是。我举起手，向大家敬个礼，你们不还礼，我怎么放下手呢？"第二次是在1944年10月。他说："去年审查干部，反特务，发生许多毛病，特别是在抢救运动中发生过火，认为特务如麻，这是不对的。去年抢救运动有错误，夸大了问题，缺乏调查研究和分别对待。这都已经过去了。"第三次是在1945年2月。准备召开七大了，他还说："这两年运动有许多错误，整个延安犯了许多错误。谁负责？我负责。因为发号施令的是我。戴错了帽子的，在座有这样的同志，我赔一个不是。凡是搞错了的，我们修正错误。"毛主席这样诚恳地承担责任的态度非常感人。许多受过冤屈的同志最初气很大，经过毛主席这样多次的赔礼道歉，不仅气消了，反而感到不安。对运动中的事大家不再计较了，同志间的团结增强了，心情重新舒畅了。

中共七大的各项成果，是整风运动的逻辑发展的结果。没有这种思想解放，毛泽东思想就不可能成为党的指导思想。作者如是说："这也是读者会得到的共识。中国共产党的成熟的第一代中央领导集体在延安整风之后最终确定了，延安整风在组织上展现了它的成果。"

延安整风的岁月过去了。在那样困难的条件下，用那么长的时间，花那么大的精力去学习文件，剖析自己，究竟意在何处？我想，通过对《延安整风实录》一书的阅读，后来者是否也有一番思考？尽管这些思考是多元的，也许随着历史的发展，人们还会更深刻地理解延安整风新的意义。我相信，时隔数年后，作者回看"延安整风"也会有新的释解。

您的思想和风范永远激励我们前行

2023年12月26日是中国共产党、中国人民解放军、中华人民共和国的主要缔造者，中国各族人民的伟大领袖毛泽东同志130周年诞辰。

毛泽东是伟大的马克思主义者，伟大的无产阶级革命家、战略家、理论家，是马克思主义中国化的伟大开拓者，是近代以来中国伟大的爱国者和民族英雄，是党的第一代中央领导集体的核心，是领导中国人民彻底改变自己命运和国家面貌的一代伟人。

为缅怀毛泽东的丰功伟绩、革命精神和崇高风范，领略毛泽东思想的光辉，日前，由中国人民革命军事博物馆研究员姜廷玉主编、湖南人民出版社出版的《伟人风范：毛泽东文物故事》一书面世了。原中国革命博物馆馆长、中国国家博物馆研究院名誉院长夏燕月研究员和原中央文献研究室副主任、中国毛泽东诗词研究会会长陈晋研究员担任本书学术顾问。这也是全国党史和文献工作者、文博馆的同仁们、图书出版界的编辑们满怀深情纪念毛泽东同志130周年诞辰的一个实际行动。

本书收入毛泽东各个历史时期有关的革命文物140余件，分为"党的创建和大革命时期""土地革命时期""全民族抗战时期""全国解放战争时期""社会主义革命和建设时期"五个时期进行编排。通过珍贵革命文物背后的红色故事及其深刻内涵，展现了毛泽东领导中国革命和建设的丰功伟绩，毛泽东思想的伟大指导作用、领袖精神风范和家国情怀。

收入该书的文物大多是由中国国家博物馆、中国人民革命军事博物馆、韶山毛泽东同志纪念馆、井冈山革命博物馆、延安革命纪念馆、湖南党史陈列馆、福建省革命历史纪念馆、古田会议纪念馆、四川四渡赤水纪念馆、毛泽东与第一师范旧址纪念馆、毛主席率领红军攻克漳州纪念馆等博物馆、纪念馆收藏的毛泽东的珍贵文物。收入本书的文献类文物大都来自中央档案馆、中国人民解放军档案馆等权威档案馆，这些文献都非常珍贵。文物，是历史的产物和见证。毛泽东的遗存文物，是毛泽东领导建立中国共产党和人民军队、为创建新中国领导中国人民浴血奋战的见证，是社会主义革命和建设艰苦奋斗、一往直前的记录。

"用文物叙事"是本书特点之一。通过对毛泽东的有关文物进行多侧面、多视角呈现，讲述文物背后的生动故事；通过对毛泽东起草的重要文献的故事讲述，向读者展现毛泽东对中国革命和建设的重要历史贡献、伟人的思想光辉和精神风貌。

收集文物较为齐全是本书特点之二。本书收集了毛泽东使用过的物品、毛泽东赠送有关人士的物品、有关人士赠送毛泽东的物品等，毛泽东的重要题词手迹，毛泽东起草的重要电报、文件手迹，毛泽东对有关文件、事件的重要批示等。包括党的创建和大革命时期文物和文献8件、土地革命时期文物和文献33件、全民族抗战时期文物和文献26件、全国解放战争时期文物和文献30件、社会主义革命和建设时期文物和文献45件。与其他著作中分散介绍毛泽东文物不同，本书比较全面地介绍了毛泽东的文物和文献。从1919年毛泽东创办主编的《湘江评论》到1976年毛泽东逝世前穿的73个补丁的睡衣，还有临终穿的、被剪开的中山装等，真实见证了一代伟人波澜壮阔的人生和生命的最后旅程。这些文物比较全面地展现了毛泽东的伟大一生和伟人风范。

图文并茂是本书特点之三。本书除介绍140余件文物的文字，还编配有与文物相关的图片近300幅，文图相得益彰，具有较强的知识性、生动性、可视性，触"图"生情。

文物小故事彰显伟人大情怀是本书特点之四。毛泽东1933年缴纳伙食费的账本、1965年上井冈山时井冈山管理局给毛泽东开具的粮票收据等，充分体现了毛泽东以身作则、严于律己的革命风范；毛泽东一家的生活账本、向中央警卫局上报的毛泽东家庭生活费收支报表等文物，展现了毛泽东艰苦朴素的作风和家风。秋收起义部队打出的第一面军旗、在井冈山斗争时期用过的油灯等文物，充分展现了毛泽东开创井冈山农村革命根据地的艰苦斗争和工农武装割据、建立工农民主政权思想的探索与实践。《才溪乡调查》《寻乌调查》《仁风山及其附近》等调查报告，反映了毛泽东注重调查研究，强调"没有调查研究就没有发言权"，倡导全党大兴调查研究之风。毛泽东在永新帮助房东挑水用过的木水桶、在瑞金沙洲坝帮助群众挖的"红井"和"站在最大多数劳动人民的一面"的题词，帮助人民群众解决困难，诠释了我们党全心全意为人民服务的宗旨。关于济南战役、辽沈战役、淮海战役、平津战役和抗美援朝等作战方针的电文，充分展现了毛泽东运筹帷幄、决胜千里的高超军事指挥艺术。

毛泽东为刘志丹、谢子长、马本斋、刘胡兰和"四八"烈士的题词，以及为国际友人白求恩、柯棣华撰写的文章、题写的挽词，都体现了毛泽东对在中国革命战争中牺牲或病逝的先烈们及国际友人的高度评价和沉痛悼念，正如他为人民英雄纪念碑题写的碑文那样——"人民英雄永垂不朽"。关于黄克功杀人案他给雷经天的信和起草的《中共中央批转华北局关于刘青山、张子善大贪污案调查处理情况的报告》，充分展示了毛泽东坚决惩治贪污腐败的决心和行为，彰显了清正廉洁的党风。

　　该书主编姜廷玉告诉笔者："全国许多博物馆、纪念馆都收藏和展示有毛泽东的许多珍贵文物，在纪念毛泽东同志130周年诞辰之际，在博物馆、纪念馆和党史研究部门、院校工作的同志们觉得有必要对毛泽东文物进行系统研究，使广大读者通过这些珍贵文物，充分了解、细致研学毛泽东生平业绩、革命思想、伟人风范。相信这本书是学习党史、军史、新中国史的生动教材，也是对青少年进行革命传统、爱国主义教育的有益读物。"

　　毛泽东的革命实践和光辉业绩已经载入中华民族史册。在为中国人民不懈奋斗的光辉一生中，毛泽东不仅赢得了全党全国各族人民的爱戴和敬仰，而且赢得了世界上一切向往进步的人们的敬佩和肯定。文物所映射出的毛泽东的光辉思想和人格力量是我们党和国家的宝贵精神财富。他的名字、他的思想、他的风范，将永远鼓舞我们继续前行。

站在历史正确的一边

2023年7月，在中华人民共和国的缔造者之一、国家名誉主席宋庆龄同志130周年诞辰之际，上海宋庆龄研究会编撰的《宋庆龄与中国共产党史事编年（1921—1981）》由中国中福会出版社出版。

1893年1月27日，宋庆龄生于上海。1949年10月新中国成立后，宋庆龄曾任中央人民政府副主席、中华人民共和国副主席、全国妇联名誉主席、中国人民保卫儿童全国委员会主席等职，她是民革中央第一届名誉主席。1981年5月16日，宋庆龄被授予中华人民共和国名誉主席称号，她是第一、四、五届全国人大常委会副委员长，第二、三届全国政协副主席。

宋庆龄是爱国主义、民主主义、国际主义和共产主义的伟大战士，杰出的国际社会活动家，保卫世界和平事业久经考验的前驱，中国共产党的优秀党员。编撰者在大党史框架下详尽记述了宋庆龄站在历史正确的一边、站在人类进步的一边，为推进民主革命事业，维护联俄、联共、扶助农工三大政策所做的英勇斗争，记述了她团结海内外进步人士，为中华民族的独立、自由和解放事业建立的不朽功勋，记述了她为推进中国社会主义建设事业，促进祖国统一、维护世界和平做出的不懈努力。该书围绕新民主主义革命时期、中华人民共和国成立和从新民主主义到社会主义的过渡时期、社会主义建设全面展开和对中国建设社会主义道路进行艰辛探索时期、"文化大革命"内乱时期和伟大历史转折时期四个阶段，进行了大量细致的补充、考证、核对的工作，并在此基础上形成了近50万字的关于宋庆龄与中国共产党的历史读本。

该书既是编年体文献资料工具书，又是专题史事编年。编撰者在充分发掘利用数十年宋庆龄研究成果的基础上，先后拜访中国近现代史、中共党史、新中国史以及研究宋庆龄的众多著名专家，并先后赴西安、延安、重庆、北京等地挖掘史料、寻访调研；到宋庆龄陵园管理处、上海宋庆龄故居纪念馆、上海孙中山故居纪念馆、上海中山学社等相关单位和研究机构进行专项主题调研。他们将《毛泽东年谱》《周恩来年谱》《周恩来选集》《周恩来书信选集》《宋庆龄年谱》《宋庆龄选集》《宋庆龄书信集》等文献资料中涉及宋庆龄与中国共产党的重要事件专门提炼出来，将《中国共产党历史》《中国共产党的一百年》《中国共产党统一战线史》中与主题相关的史实单独整理出来，作为编撰底本依据。与此同时，编撰者亦利用了德国联邦档案馆波茨坦分馆、宋庆龄陵园管理处、延安革命纪念馆等所藏的档案，充分撷取了203卷中国福利会英文历史档案中的重要内容，尤其是将收录在《复兴文库》大型丛书中的37篇宋庆龄珍贵历史文献作为参考内容。这无疑为进一步深化宋庆龄研究，提供了更为丰富翔实的资料，开拓了更为多元创新的研究视角。

走进历史的静水深海，总能强烈地感受到宋庆龄波澜壮阔的人生历程。看到的是宋庆龄为谋求中华民族伟大复兴而矢志不渝的崇高品格、"永远和党在一起"的坚定信念、始终"同人民在一起"的真挚情怀，以及她热爱祖国、奉献祖国的崇高精神，胸怀天下、维护和平的博大胸襟。

感悟正义和进步的力量

该书凸显了宏阔的历史场景，让读者充分感受众多重要人物的鲜活形象。宋庆龄是孙中山先生的夫人，是国民党内也是全国乃至世界范围内享有崇高声望的"国之瑰宝"人物。宋庆龄多方营救牛兰夫妇，营救陈赓、廖承志，救援"七君子"，都取得成效。1931年9月，宋庆龄接受美国记者埃德加·斯诺的采访，向他介绍了孙中山的政治主张及其领导的革命的性质，也解释了她为何支持中国共产党的事业。她相信，"共产党取得胜利，是必然的，因为它代表人民，爱护人民，为人民谋福利"。新中国成立前夕，中共中央诚挚邀请宋庆龄一起参与筹建新中国的大业，并希望她"对如何建设新中国予以指导"。宋庆龄在回复毛泽东、周恩来的函中说："我的精神是永远跟随着你们的事业。"她在中国人民政治协商会议第一届全体会议上发表讲话，提出"建立一个独立、民主、和平与富强的新中国"。

1949年10月1日，宋庆龄与毛泽东等党和国家领导人在天安门城楼上参加开国大典，共同见证了中华人民共和国的成立。宋庆龄的人生选择，代表了中国人民的选择，反映了时代的潮流和历史的必然，具有不可替代的、促进历史前进的积极意义。

感怀宋庆龄勇于斗争的大无畏精神

1929年8月1日是国际反战日，宋庆龄发电报给"国际反帝大同盟"，强烈谴责蒋介石政府的倒行逆施。面对代表蒋介石前来游说的戴季陶，宋庆龄愤怒指出蒋介石政府妄肆屠杀革命青年的反革命事实。之后，宋庆龄在上海发表《告中国人民》一文，严正指出罗登贤等革命者的被捕,是蒋介石政府与帝国主义分子狼狈为奸,压迫反帝抗日战士的鲜明例证,并呼吁中国人民团结一致保护被捕的革命者。当蒋介石坚持要杀害红军将领陈赓时,宋庆龄坚决阻止并面斥他不顾念陈赓的救命之恩,"简直是忘恩负义"。

皖南事变发生后,宋庆龄严厉斥责国民党当局破坏团结抗战,写下《中国需要更多的民主》一文,旗帜鲜明地维护来之不易的抗日民族统一战线。新中国成立后,宋庆龄撰写了《只有一个中国》一文。文章强调:"中国只有一个。那就是由中国人民在一九四九年十月一日建立的中国。"文章揭露了美国扶植和支持蒋介石集团制造"两个中国"的阴谋,并指出美国的对华政策是造成远东地区紧张局势的主要原因。文章还阐明了我国解决台湾问题的原则立场,严正宣告台湾问题"纯属中国的内政","中国绝不容忍对其内政进行如此粗暴的干涉。这已不是任人宰割的旧中国了,这是一个新的中国。它在保卫自己的主权和领土完整的问题上是无所畏惧的"。

感念宋庆龄为解放区人民所做的大量艰苦工作

抗日战争期间,宋庆龄在香港发起组织保卫中国同盟,向世界宣传艰苦卓绝的中国抗战,宣传共产党领导的八路军和新四军的英勇斗争,为中国抗战争取了大量国际援助,并想方设法冲破封锁,将募集来的大量款项和医疗器械、药品等物资送到中国共产党领导的敌后抗日根据地,援助建立国际和平医院。她先后介绍国际友人马海德、埃德加·斯诺、白求恩、柯棣华等到抗日根据地工作。

解放战争期间,宋庆龄领导中国福利基金会全力支援中国共产党领导下的解放区。她致函海外朋友:"中国福利基金会继续把捐款和物资赠给华北八所国际和平医院和他们的四十所分院、白求恩医学院、药厂、孤儿院和实验农场。虽然目前的内战使运输既困难又危险,然而已有数吨手术器械、主要药物、医学书籍、种子和农业书籍、儿童的衣服,通过中国福利基金会转给上述单位了。"她还致函古巴华侨民主同盟,"自从我们收到你们最后一批捐款后,我们已经将这笔款转给中国解放区救济总会",并呼吁继续提供援助。她十分感谢海外华侨对中国革命的无私帮助。

周恩来曾致函感谢宋庆龄,开篇深情写道:"亲爱的夫人,我们回到延安已将一月,延安的朋友们都惦念着您,感谢您为解放区人民所做的工作。""我们很敬佩您的能力……不仅解放区,全中国人民都会感到骄傲,因为有您这样一个永远为人民服务的领导者。"

感知宋庆龄与国际友人的无数感人篇章

宋庆龄从特定的视角,追念国际友人为支持和帮助中国作出的杰出贡献。国际友人的感人事迹和精神风范,跨越时空、历久弥新,将永远铭记在中国共产党和中国人民心中。宋庆龄十分怀念献身于中国革命事业的外籍医生们。她曾为《外科解剖刀就是剑——白求恩大夫的故事》一书作序,指出白求恩是一位世界英雄,"新中国永远不会忘记白求恩大夫。他是那些帮助我们获得自由的人中的一位"。

宋庆龄曾致函柯棣华亲属,信中高度评价柯棣华大夫,称其同白求恩大夫一样,"为了同一个理想——为了各国人民谋求解放和取得缔造与决定未来权利的共同斗争——而在那里献出了自己的生命",他们的名字"永远不会被我们这些属于各种不同国籍的人忘记"。

宋庆龄与帮助中国革命工作的西方记者常有书信往来。她曾致函埃德加·斯诺："生命是短促的，而历史是悠久的，历史肯定是沿着一个方向——向着人民为和平与社会主义斗争的最后胜利的道路前进的。"埃德加·斯诺去世后，宋庆龄发表《纪念埃德加·斯诺》一文，深切怀念这位"致力于中美两国人民友好的不知疲倦的活动家"。

宋庆龄也曾致函詹姆斯·贝特兰，希望他来中国访问，并表示："我们不会忘记你在帮助中国革命工作时所经受的磨难和艰辛，特别是我回想起我们将医药物资运往内地时的艰苦旅行。"

宋庆龄还为《斯特朗在中国》一书题序，她指出："斯特朗的热情和智慧，增强了我同邪恶作斗争的力量，更坚定了我为中国革命走自己应该走的道路的决心。"

感受宋庆龄关怀热爱儿童和少年的心

在加强少年儿童教育方面，宋庆龄提出了"实验性""示范性""缔造未来"的理念，她所领导的中国福利会建立的托儿所、幼儿园、少年宫、儿童艺术剧院等，为儿童的培养教育提供了科学示范。

"儿童是我们的未来，是我们的希望，是我们国家最宝贵的财富。"她呼吁全社会支持少年儿童文艺作品的创作，希望"能有更多的人加入少年儿童文艺创作的行列""各有关部门把大力培养少年儿童文学作家、艺术家的工作提上比较重要的议事日程"。

宋庆龄多次在《人民日报》《儿童时代》《少年文艺》等报刊上发表题词，希望广大少年儿童"练好身体，学好功课，热爱劳动，将来才能更好地建设祖国，保卫祖国"。

宋庆龄曾为庆祝"六一"国际儿童节题词说："新中国的儿童

是幸福的。这幸福是你们的长辈用血汗创造出来的,你们绝不能满足于享福,要用你们的劳动为社会创造更多的幸福。"宋庆龄生前最后一篇文章是发表于《人民日报》的《愿小树苗健康成长》,文中热切期望孩子们"成长为栋梁之材,成长为社会主义现代化建设事业的坚强接班人,为创造更高的物质文明和精神文明作出超过前人的巨大贡献"。

1981年的"六一"国际儿童节报告会,宋庆龄因病未能出席,她在病榻上写成贺信:"我不能参加这次大会,但我关怀热爱儿童和少年的心和你们一起跳动。"

宋庆龄多次公开发表文章强调,关怀爱护儿童是"每一个公民对国家应尽的责任","家庭、学校、文艺工作者和社会工作者在供给儿童精神食粮方面应当发挥各自作用,号召全社会共同努力,把孩子培养成为身心健康的人"。她号召全社会"把最宝贵的东西给予儿童","只要我们不断地关心这年轻的一代,不断地用中华民族的优秀传统,用中国革命的优秀传统去培养和教育他们,他们就一定能够把我们祖国和民族的希望的火炬接过来,传下去"。

宋庆龄的崇高精神是中华民族精神的一种体现。我们要秉承宋庆龄"永远和党在一起"的信念,为促进海内外中华儿女大团结,为全面推进强国建设、民族复兴伟业作出新的更大贡献。该书在"大历史观"下,全景式展示了宋庆龄与中国共产党以及国际友人的重要交往交流,特别是宋庆龄在关键历史时刻的重大抉择以及宋庆龄为中国共产党所作的重大和独特贡献,也为研究宋庆龄、研究宋庆龄与中国共产党提供了崭新的视域。

大党史下的陈独秀

中共中央党史研究室研究员姚金果撰写的《解密档案中的陈独秀》（东方出版社，2011年6月第1版）是一部优秀的党史图书，读来让人掩卷沉思。

全书共三十章，如同三十集电视连续剧一样，集集精彩，扣人心弦。诸如画外音一样的语言比比皆是。

洋洋洒洒五十万字的著作，史论结合，阅读起来，一点不觉得生涩。作者依据大量珍贵的苏联解密档案，生动地讲述了陈独秀作为党的早期领导人，在中共建党和建党之后的最初几年，与联共（布）、共产国际是怎样的一种政治隶属关系；在国共第一次合作期间以及后来蒋介石大肆屠杀革命者时，他怎样处理与莫斯科和国民党之间的关系；大革命失败后，他怎样被开除出党，在此期间，联共（布）、共产国际又是怎样的态度；他为何走上托派道路、怎样被捕入狱；他晚年对苏联集权制进行了怎样的反思以及对中国未来如何期待；等等。作者进行了精尽描述，道出了陈独秀人生中的的辉煌与磨难。作者治学严谨，文笔清新，思路顺畅，章章相扣，脉络清晰，详略得体，真实客观，引发思索。

陈独秀，在中国共产党的历史上，从其闻名于世至今，在一个多世纪的时间内，人们不会遗忘他。无论是作为领袖，还是被冠以"叛徒""汉奸"之名，从1915年开始创办《新青年》起，陈独秀便成为中国思想界独领风骚的人物。是他，张起"民主""科学"

的大旗，成为新文化运动的明星；是他，鼓动革命风潮，成为五四运动的总司令；还是他，以推翻黑暗统治为己任，成为中国共产党的五任总书记；又是他，在对斯大林派失望之后，成为中国共产党左派反对派——中国托派领袖。在生命即将终结的时候，他又向世人宣布："今后不再属于任何党派。"

正是陈独秀这些鲜明的个性和起伏的经历，一个世纪以来，不断吸引着人们来探究他的生平，领略他的风采，感悟他的精神。陈独秀是一个刚直不阿之人。章士钊曾如此评价他："不羁之马，奋力驰去，不峻之坂弗上，回头之草不啮，气尽途绝，行同凡马蹄。"

有评介说，陈独秀作为思想家、文学家是成功的，作为政治家是失败的。这样说，大概是因为他多舛的政治命运和时代背景，以及陈独秀个人的性格。

陈独秀从1919年的五四运动中看到了工人阶级的力量，认识到没有工人阶级的奋起，只有学生运动，难以达到改造中国的目的。而工人阶级得天独厚的优势，正是陈独秀组织革命党的力量源泉。

1920年，陈独秀来到工人基础较好的上海时，国民党组织的"中华工业协会"正准备联合上海各工人团体发起纪念"五一"国际劳动节的活动。陈独秀敏锐地意识到，劳动节纪念活动正是宣传和组织工人的契机，于是便将《新青年》的第七卷第六号编成"劳动节纪念号"，专门讨论工人问题，启发工人的觉悟。

上海有一批当时对社会主义感兴趣的先进知识分子，如邵力子、陈望道、李汉俊、沈玄庐、张东荪等。陈独秀不时参加他们的聚会，讨论社会主义问题。与此同时，陈独秀还到工人中去宣传新思想。

正当陈独秀积极活动，以实现与李大钊达成的共同建党的约定时，这年的4月下旬，一个人悄然来到上海。正是这个人，影响了陈独秀的一生，进而影响了中国的历史进程。这个人就是至今仍为通晓中共历史的人所津津乐道的俄国人——维经斯基,中文名叫吴廷康。这年,他才27岁,但已经是一位经历坎坷、具有丰富革命经验的布尔什维克了。得益于维经斯基的帮助,陈独秀也加快了建党的步伐。1920年6月,陈独秀在自己的寓所里召开了一个具有历史意义的重要会议,参加者有李汉俊、俞秀松、施存统、陈公培,会议决定在中国成立共产主义的政党,名为"社会共产党",还讨论起草了党纲、党章、党的纪律等,并且一致推举陈独秀为党的领导人。后来,陈独秀经过征求李大钊的意见,决定采用"共产党"来命名中国共产主义政党。这期间,陈独秀派遣刘伯垂回武汉建立共产党组织。他还分别致信北京的李大钊、济南的王乐平、广州的陈公博、长沙的毛泽东、法国的张申府、日本的施存统,要他们尽快在当地建立共产党组织。

陈独秀在上海的活动,引起了英国驻上海领事馆侦探的注意。侦探们在这年8月给英国领事馆的报告中,这样介绍陈独秀:"陈独秀以前因极端思想而被北京大学开除,目前在上海。他主张,只有建立一个社会主义国家才能救中国。陈颇具聪明才智,而且博览群书,对俄国的理想深表赞同。陈在学生当中好像有许多追随者,他所写的东西很受学生们欢迎。陈有不少可疑的俄国朋友,其中有《上海俄文生活报》的工作人员。日本人对陈极为憎恨,把他视为他们在上海的最可恶的敌人。"

1921年7月,陈独秀没有出席中共一大,仍被推举为中国共产党的最高领导人——中共中央临时领导机构中央局书记,应该是出于他在新文化运动、五四运动和建党时期所作的贡献。陈独秀是一个直率坦荡的人,用他自己的话说:"我只注重我自己的独立思想,不迁就任何人的意见。"鲁迅曾这样比喻:"假如将韬略比做一间仓库罢,独秀先生的是外面竖一面大旗,大书道:'内皆武器,来者小心！'但那门却是开着的，里面有几支枪，几把刀，一目了然，用不着提防。"

陈独秀40岁出头即对中国国情有了较为深入的认知。他说："各国革命有各国国情，我们中国是个生产事业落后的国家，我们要保留独立自主的权利，要有独立自主的做法，我们有多大的能力干多大的事，决不能让任何人牵着鼻子走。友谊不能建立在服从的基础上，必须平等相待。"陈独秀、蔡和森、张太雷拿起批评武器，发表文章批评国民党，旨在帮助孙中山及其领导的国民党改正其缺点，批评国民党对帝国主义的依赖思想、常常梦想所谓友邦的帮助，批评国民党不联系劳动群众的错误。中共三大宣言也批评国民党："集中全力于军事行动，忽视了对于民众的政治宣传。因此，中国国民党不但会失去政治上领袖的地位，而且一个国民革命党不得全国民众的同情，是永远不能单靠军事行动可以成功的。"这些批评令孙中山很不高兴。

孙中山尽管走上了联俄联共的道路，但他只要求党员对他绝对忠诚和服从，不允许对他进行批评，尤其是在报纸刊物上公开批评。陈独秀等共产党人对国民党的批评，又被港英用来作为挑拨国共关系的把柄。孙中山本来对陈独秀等人的公开批评就十分恼火，港英政府这样一挑拨，孙中山就更不能沉默了。孙中山曾毫不掩饰地多次对马林说："共产党既加入国民党，便应该服从党纪，不应该公开批评国民党，共产党若不服从国民党，我便要开除他们；苏俄若袒护中国共产党，我便要反对苏俄。"此类细节，也显现了伟人之间的性格迥异。

在共产党与国民党的合作过程中，有太多的曲折。自1924年1月国共正式建立合作关系时起，国民党内的排共浪潮从未停息。陈独秀对中国革命的有关问题进行了反思，于12月20日在《新青年》发表了《二十七年以来国民运动中所得的教训》一文。陈独秀在文章中回顾了戊戌变法、义和团运动、辛亥革命、五四运动的意义和失败的根源,以及中国共产党诞生后所领导的工人运动的概况,总结了京汉铁路大罢工的教训。他认识到了无产阶级在国民革命中的领导地位。

《解密档案中的陈独秀》的作者在书中对陈独秀"政治上的大让步""军事上的大让步""党务上的大让步"之说,依据莫斯科新解密的档案资料,都为读者道出了历史的真相,从而使读者对党的早期领导人陈独秀有了新的理解。书中对陈独秀对北伐的复杂态度也进行了分析。人民群众对北伐的支持和参与,以及在北伐过程中为自身解放进行的斗争,使北伐如陈独秀所期望的那样,拥有了一些"革命"的成分。从支持北伐到不主张立即北伐,从在理论上对北伐持消极态度到在实际工作中积极支持,是一个动态的变化过程。应该说,陈独秀对北伐的态度与联共(布)、共产国际的影响有关,但更重要的是他对北伐前景的疑虑。

后来的事实也证明陈独秀的犹豫并非空穴来风,正是蒋介石这个"投机的军人政客"利用北伐战争壮大了自己的实力,为其发动反共政变奠定了基础。维经斯基深切地感到,中共面临的形势是多么复杂,肩上的担子又是多么沉重。在给莫斯科的一封信中,维经斯基不无感慨地写道:"中国的解放斗争是多么的与众不同,在这种斗争中保持真正的革命策略又是多么困难,一方面要冒陷入机会主义的危险,另一方面又要冒过左和破坏必要的民族革命统一战线的危险。中国共产党在城市实现革命力量联盟方面的任务也很复杂、很艰巨,那里常常不得不同亲日派资产阶级携手来反对亲英派或其他派别的资产阶级。如果再加上共产党还要在国民党内进行周旋的困难,国民党内存在着各种不同的派别和集团,要实行领导但不能变成指挥和由自己（共产党人）取代国民党人，这是特别困难的，那么就会明白，中共需要在何等令人难以置信的矛盾条件下进行工作。"

1927年，羽翼业已丰满的蒋介石，决心向共产党人开刀的时候，莫斯科仍把蒋介石当作一个有着革命倾向的左派领袖。莫斯科指示不让与蒋冲突。陈独秀收到的指示与他的愿望恰恰相反。陈独秀感到左右为难。他知道，如果执行这个指示，就只能坐以待毙；而如果违背这个指示，与蒋介石进行公开斗争，则是共产国际所不容许的。不幸的是，陈独秀在历史的危急关头，缺乏对复杂形势的明确判断，不善于处理同国民党的关系，当国民党右派彻底叛变之时，他措手不及。

这年的4月12日，蒋介石发动反共政变，一时间，白色恐怖如同肆虐的洪水迅速在东南各省泛滥。在广东、广西、浙江、江西、江苏、安徽、四川、福建等蒋介石势力统治地区，国民党都进行了严密的搜捕和残酷的大屠杀，无数共产党员和革命群众牺牲在蒋介石的屠刀之下。奉系军阀张作霖也与蒋介石呼应，在北方逮捕和杀害了大批共产党员和革命人士，其中包括中国共产党的创始人李大钊。

在南北反革命势力的夹击下，中国共产党牺牲了一大批优秀党员和精英分子，损失之惨重是建党以来所未有的。党的领导人也失去了在上海的立足之地，不得不将中央机关迁到武汉。

当危机越来越严重时，从事军事工作的共产党人纷纷请缨，要求中央立即在湘、鄂、赣三省发动暴动。然而，这些呼声并没有得到应有的重视。鲍罗廷和陈独秀都认为，在武汉政府已经开始右转的情况下，这样做必然会引起国共之间更大的矛盾，势必导致国共关系的破裂。在莫斯科没有明确指示的情况下，谁也无法承担这个重大的责任，只能采取防守策略。此后，汪精卫集团的"分共"迹象也明显地表现了出来，他们连续召集武汉地区的国民党中央委员开会，策划"分共"办法，并在唐生智、张发奎部队中进行"分共"宣传。面对严峻的形势，陈独秀自知共产党无力挽回危局，所以内心充满了悲观情绪。但他又不能止步不前，听任"灾难"降临到头上，只能坚持负起责任。在主动退让也无法消除武汉集团反共情绪的情况下，中共中央本应宣布与武汉汪精卫集团决裂，坚决依靠工农革命群众，走自己的路。但因为没有得到莫斯科的指示，谁也不敢提出与国民党分手，那就只能继续退让下去了。实事求是地说，从主观上，这时的陈独秀犯了右倾机会主义错误，影响了中国革命的进程。

国共反目前夜的挣扎之时，鲍罗廷的"怪主意"又造成了一种"怪现象"：退出国民政府而不退出国民党。这一主意实施的结果，使中国共产党处于非常尴尬的境地。因为共产党没有能力将国民党反动势力驱逐出国民党，不可能控制国民党的中枢，或者另建一个更革命的国民党，所以到最后国民党还是国民党，共产党还是共产党。但由于莫斯科硬要共产党抓住"国民党"的招牌，结果是，这边的国民党已经宣布"分共"了，那边的共产党还在挑着"国民党"的旗帜举行反抗国民党反动派的起义。

根据莫斯科的指示，1927年7月12日，鲍罗廷主持召开中共中央政治局会议，传达来自莫斯科的命令，并对中共领导人做出具体安排：陈独秀、谭平山去莫斯科与共产国际讨论中国问题；瞿秋白、蔡和森去海参崴办党校；张国焘、李维汉、周恩来、李立三、张太雷组成中央政治局临时常务委员会，负责中央日常工作。

让陈独秀去莫斯科，并另组临时中央常委会，这实际上是免掉了陈独秀的总书记职务。陈独秀也随之提交了辞呈。他在辞呈中说:"国际一面要我们执行自己的政策,一面又不许我们退出国民党,实在没有出路,我实在不能工作了。"但他拒绝去莫斯科。就这样,陈独秀离开了党中央的领导岗位。联共(布)中央政治局、斯大林、共产国际执委会在中国大革命失败的责任问题上完全统一了口径:莫斯科给中共中央的指示是正确的,由于陈独秀和中共中央没有执行这些正确的指示,才导致了大革命的失败。而事实上,共产国际及其代表虽对大革命有过积极作用,但它并不真正了解中国,也有过许多错误的指导,幼年的中国共产党,还难以摆脱这些错误的影响,这也是陈独秀酿成错误的直接原因之一。

陈独秀憎恨反动派的血腥屠杀,却悲叹自己无能为力;不满意八七会议对他的指责,却感到自己有口难辩……复杂的情绪交织在心头难以排遣。其中有一首诗较为贴切地体现了他当时的心情。

是太平洋的急潮怒号,
是喜马拉雅山的山鬼狂啸:
美满的呀、美满的人间,
已经变成了苦闷的囚牢!
我的灵魂飞上了九霄。
俯瞰人间的群众颠沛如涛;
宛如被射了双翼的群雁,
垂死的哀鸣,血泪滔滔。
那畜辈的良心早泯,
只知把民众作肉食血饮;
我们要恢复固有的幸福。
呀,但有我们自己的觉醒。

在莫斯科解密的档案中，有一封斯大林写于1927年7月9日的信，这是迄今为止作者所见到的斯大林迁怒于陈独秀和中共中央的第一份文件。斯大林在对中共中央进行了一番怒斥之后，也对鲍罗廷、罗易等人表示了不满，认为他们不是优秀的工作人员，他提出："应该把鲍罗廷、罗易以及在中国妨碍工作的所有反对派分子清除出中国。"至于被派到中国军队中的苏联顾问，斯大林也认为他们"在政治上并不称职，因为他们从来不善于及时地向我们预告自己'上司'的过急行为"。

总之，斯大林将所有过错都推到了别人身上。至于共产国际执委会、联共（布）中央政治局，包括他本人，对中国革命的指导有没有错误，斯大林是这样认识的："我们的政策无论过去还是现在都是唯一正确的政策。我从来没有像现在这样深信我们对中国和对中国土地革命的政策的正确性。"这封信说明，斯大林已经准备为莫斯科的对华政策进行辩护了。既然斯大林认为他们制定的政策是"唯一正确的"，那么失败的责任肯定就不在制定政策的人身上，只能在执行政策的人身上。这就是斯大林迁怒于人的最基本的逻辑。

在武汉，汪精卫集团狂妄地喊出"宁可错杀一千，不可使一人漏网"的血腥口号，并开始疯狂地逮捕和屠杀共产党人。

为了避免随时可能降临的危险。1928年春，中共中央向共产国际提出，希望尽快召开党的六大，并且希望会议能在苏联境内举行，因为代表大会在中国召开非常困难，其原因有：首先要冒遭受被破坏的危险，其次是这里没有共产国际执委会的重要代表，第三是环境不安宁会带来焦躁情绪，不可能心平气和地、认真地进行工作。2月22日，联共（布）驻共产国际执委会代表团召开会议，讨论了中共中央的要求。会议同意在4月底或5月在西伯利亚境内召开中共六大。鉴于六大所负的历史使命，共产国际和中共中央决定将陈独秀、张国焘、彭述之等人作为特邀代表参加会议。为了争取陈独秀能够赴莫斯科参加中共六大，共产国际驻华代表和瞿秋白亲自找陈独秀谈话，并动员王若飞、黄文容、郑超麟也去做说服工作。离开党中央领导岗位的陈独秀拒绝参加中共六大。

六大期间，与会代表对大革命时期的种种错误进行了反思。说是反思，实际上是争论，而且是相当激烈的争论，因为有许多人为陈独秀鸣不平，认为不应该将错误都归到他身上，更不应该把他排挤出党的领导岗位。或许是考虑到与会代表中的这种护陈情绪，或许还有别的考虑，总之在中共六大《政治决议案》中，谈到党在过去所犯的错误时，并没有点陈独秀的名，而只是笼统地说"共产党指导机关"犯了机会主义错误。

由于苏联国内斗争的演化，中共中央也决定对"机会主义－反对派"发动总攻击，提出：这完全是破坏党的组织原则与党的纪律的行动。对于有这些行动的同志提出公开警告，如果他还不接受与改悔，党应坚决地予以组织处理。中共中央宣布：布尔塞维克党决不能容留这样永不真实地承认自己错误与接受国际和中央决议，公开地与国际开除的反对派一致的分子在党内，决不能容留他们在党内散布叛变无产阶级，叛变马克思列宁主义的思想，尤其不能容许有这样反国际反党的小组织在党内存在。

恰在此时，陈独秀又看到托洛茨基关于中国革命的文章，引起思想上的共鸣。陈独秀利用自己原来在党内的威信，试图把所有机会主义分子和所有反对中央路线、反对中央领导的分子都组织在自己的周围，他正在成为集聚党内所有对立的机会主义分子的中心，成为托洛茨基在中国的追随者，亮出反对派大旗，组成了托派组织。1929年11月15日，中共中央政治局以"对中共六大决议和结果表示怀疑、不满""多次拒绝去莫斯科""拒绝中央的警告和挽救，拒绝中央指派给他的工作"等八条"罪状",决定开除陈独秀的党籍。

共产国际坚持给陈独秀两个月的申诉期限,实际上含有对中共中央草率地开除陈独秀党籍的不满。然而,中共中央不理解共产国际希望给陈独秀留有余地的含意,也不理解在上海的远东局对陈独秀问题的真实态度,结果与远东局发生了一场争执。就这样,党的创始人陈独秀被他自己所创建的党开除了。得知自己被开除出党之后,陈独秀就开始奋笔疾书,为自己准备"宣言书"。他要告诉全体党员大革命时期党的"机会主义"政策的根源究竟在哪里、中央开除他党籍的理由有多么荒谬、现中央的所作所为对党又是多么不利。

1929年12月10日,陈独秀公开了他的《告全党同志书》:"我自从一九二〇年(民国九年)随诸同志之后创立本党以来,忠实的执行了国际领导者斯大林季诺维也夫布哈林等机会主义的政策,使中国革命遭了可耻的悲惨失败,虽夙夜勤劳而功不抵过。我固然不应该效'万方有罪在予一人'可笑的自夸口吻,把过去失败的错误而将自己除外。任何人任何同志指摘我过去机会主义的错误,我都诚恳地接受。"

陈独秀坚决地认为:"中国革命过去的失败,客观上原因是次要的,主要的是党的机会主义之错误,即对资产阶级的国民党政策之错误。当时中央负责同志尤其是我,都应该公开的勇敢的承认过去的这种政策毫无疑义的是彻头彻尾的错误了;但只是简单的承认错误还不够,必须忠实的彻底的认识过去的错误即机会主义的政策之内容及其原因结果是些什么,并且毫无顾忌的暴露出来,然后才可望不至继续过去的错误,方可望不至使下次革命又蹈于以前机会主义的覆辙。"

陈独秀在回顾大革命时期共产国际指导中共中央的一些重大

决策上的得失后，毫不掩饰地说，所有失误都与自己有关：是自己执行了共产国际的错误政策。他不无遗憾地写道："认识不彻底，主张不坚决，动摇不定的我，当时深深地沉溺在机会主义的大气中，忠实地执行了国际机会主义的政策，不自觉地做了斯大林小组织的工具，未能自拔，未能救党，未能救革命，这是我及我们都应该负责任的。"

陈独秀认为，对于大革命失败的责任，共产国际、中共中央，包括他自己都要承担，将责任推给任何一方都是不公正的。

陈独秀等人被开除出党后，党内对陈独秀的批判在继续升级。刚刚从莫斯科回国的王明，则在其中发挥了相当重要的作用。

1925年，王明赴莫斯科中山大学学习。1927年，在中山大学"教务派"与"党务派"的纷争中，他协助米夫控制了中山大学的权力，从而深得米夫的赏识。1929年3月，中共中央致信米夫，希望从莫斯科派一些中国同志回国工作。米夫即挑选了王明等十多人，派他们回国。在给中共中央的信中，米夫称这批人是"有专业知识""具有丰富的党的工作经验的同志"。对王明来说，在莫斯科经历了反对托洛茨基派、托季联盟派斗争的风雨之后，写一些文章来批驳中国托派自然是得心应手。重要的是，他还把联共（布）中央视托派为阶级敌人的政治界定搬到中国，将中共党内的反对派定性为"反动派""反革命"。

1929年11月12日，即在中共中央宣布开除陈独秀党籍的前三天，王明化名"慕石"，在《红旗》第55期发表《反对派还是反动派？！》。王明还撰文指出，陈独秀从来就不是一个共产主义者，而是"无产阶级的叛徒""中国革命的变节者"。经过莫斯科反托斗争熏染的王明，在对陈独秀的批判方面果然有不凡表现。他称，陈独秀公开地反对"拥护苏联"的口号，公开地响应国家主义、改组派、第三党等"国民会议"的要求,公开地附和帝国主义与南京政府的"共产党勾结改组派"的造谣,公开地拥护反革命的托洛茨基主义,进行分裂和破坏共产国际及中国共产党的小组织活动,说明陈独秀已经成了无产阶级及整个中国革命的叛徒,成了一个只起反动作用的工具了。王明接着警告说,从中国共产党队伍中开除出去了的陈独秀,如果能幡然痛悔,安心做一做他自己所谓的"改造中国文字"工作,那么,或不至于更进一步地走向公开的反动道路上去。否则,他将走上陈公博、谭平山、托洛茨基等一样公开无耻的反革命道路。那么,不久的将来,或者中国一般社会上,又要哄传一个反革命的陈独秀!

　　后来,王明还以中共中央长江局书记的身份,开始在实际工作中贯彻他的主张。他利用《新华日报》介绍苏联大清洗的进展情况,号召开展反右倾、反托派、反取消派的斗争。1938年1月28日、2月8日《解放》周报第1卷第29、30期上,康生在《铲除日寇侦探民族公敌的托洛茨基匪徒》中指出:"托洛茨基匪首给他在中国的徒子徒孙们的指令是:帮助日本侵略中国。""托洛茨基匪徒是日寇侦探机关最得意的工具。"康生还捏造了陈独秀卖国的"双簧戏"。

　　康生与王明有着同样的思想基础,在王明举起反托派大旗的时候,他立刻与王明相呼应。王明、康生对陈独秀的诬蔑,还影响到了中国共产党的声誉。一些对共产党不满的人,借题发挥,指桑骂槐地攻击中国共产党。当时,中国共产党正在争取一切可以联合的力量共同抗日,这一事件的发生,显然不利于党的统一战线政策的贯彻和落实。陈独秀可能会犯这样那样的错误,但说他不爱国,说他是"汉奸",凡是了解陈独秀的人都不会相信。因此,康生的文章一发表,就引起了人们的不解和愤慨。

作者用夹叙夹议的写作手法讲道，当年与这一事件有关的所有人都绝不会料到，陈独秀是不是"汉奸"这件事，在"文化大革命"期间又被人翻了出来，并大做文章。更不可想象的是，在王明、康生诬蔑陈独秀是"汉奸"之时，绝大多数人是不相信的；而当这件事在"文化大革命"期间又被重提的时候，竟然有那么多的人相信陈独秀确实是"汉奸"！只是在党的十一届三中全会之后，一些有良知的学者通过自己的努力，才彻底澄清了这桩冤案。

可见人的思想在利益驱动下的复杂多变性。作者的这些记述，使笔者想起在1959年"庐山会议"上我们党的一些领导人或高级干部对"彭大将军"的"口诛笔伐"。历史总是惊人的相似。我想，对待党内同志的批评，我们今后一定不能再走那样的路子了，也不能提供那样的运动式"土壤"了。

我在书中还发现了陈独秀关于党内民主问题、强调民主对于党组织的极端重要性以及对苏联专制等方面的精到论述。

陈独秀曾写道："同志间关于理论上政策上意见不同的争论，是党的进步的现象，绝不是坏现象；反之，大家都没有什么不同的意见，这正是党之幼稚的表现，争论之结果，理由最充足的，自然会为大众所公认；错误的意见，一经公开的被大众批驳下去，以后才不至于隐藏在党内，遇着机会便要发作出来。""如果你们老是固执你们的褊狭性，而畏不同的意见如蛇蝎，而企图用中央威权霸蛮地造成你们意见的一致，对于不同的意见，禁止讨论，或消极地不在党报上公表出来，一听到同志中和你们有不同意见，不管他的内容如何，便简单地用'小资产阶级观念''非无产阶级意识''观念不正确'如此等类，没有内容的抽象名词来排斥他；更或者给他戴上一顶帽子，如'反对派''托洛茨基派''某某派'等来镇压他，以暗示有不同意见的同志免开尊口；这便是有意地或无意地阻住了党的进步。""滥用中央威权，钳制党员对于政治问题公开讨论，对于政治意见不同的党员，无理由地发狂地阻止其发表意见，并且超越党的组织路线即不征求支部的意见，不顾支部的异议，悍然由上级机关任意开除和中央意见不同的党员，以掩饰自己完全破产的政治路线，以保全领导机关少数人的威信。""因为我不忍眼见无数同志热血造成的党，就这样长期地在不正确的路线之下，破灭消沉下去。"

1940年，世界反法西斯战争进入关键的一年。中国的抗日战争进入相持阶段，一时似乎还无法清晰看到胜利的希望。平民百姓在饥寒交迫中无望地挣扎着，达官贵人也过着忐忑不安的生活。在这生存危机之下，人们最关心的，是中国如何摆脱被侵略、被践踏的命运。然而，谁也不曾想到，在四川江津一个偏僻的石墙院内，却有一个人在为自己国家的命运焦虑担忧的同时，还在关心着另一个国家的命运。

陈独秀探讨了苏联独裁制产生的根源。他认为，十月革命之后，布尔什维克抛弃了民主，选择了独裁，导致"无产阶级民主""大众民主"只是一些无实际内容的空洞名词，一种抵制资产阶级民主的门面语而已。

陈独秀指出："无产阶级取得政权后，有国有大工业、军队、警察、法院、苏维埃选举法，这些利器在手，足够镇压资产阶级的反革命，用不着拿独裁来代替民主。独裁制如一把利刃，今天用之杀别人，明天便会用之杀自己。列宁当时也曾经警觉到'民主是对于官僚制的抗毒素'，而亦未曾认真采用民主制……直至独裁这把利刃伤害到他自己，才想到党、工会，和各级苏维埃要民主，要选举自由，然而太晚了！"

陈独秀晚年将苏联社会主义建设的经验教训、苏联的对外政策等问题结合起来进行探讨。他尖锐地指出，没有民主监督的政权，必然要沦为独裁专制。

作者感叹道："对于一个居于乡村陋舍、重病缠身的六旬老人来说，能够在20世纪40年代提出如此振聋发聩的见解，确实令人敬佩！"陈独秀的上述见解，直到他死后好多年，才有人做出回应。1956年在苏共二十大上，赫鲁晓夫做了揭露斯大林个人迷信的秘密报告，从而震惊了全世界。

1980年8月，对于体制问题带来的个人独裁，邓小平说："斯大林严重破坏社会主义法制，毛泽东同志就说过，这样的事件在英、法、美这样的西方国家不可能发生。他虽然认识到这一点，但是由于没有在实际上解决领导制度问题以及其他一些原因，仍然导致了'文化大革命'的十年浩劫。这个教训是极其深刻的。""不是个人没有责任，而是说领导制度、组织制度问题更带有根本性、全局性、稳定性和长期性。"

1942年春，陈独秀的病体再也支撑不住了。这位至死不渝的爱国者，仍然牵挂着中华民族的命运，撰写了《再论世界大势》《被压迫民族之前途》，"从而使他的生命之火最后绽放出两朵灿烂的红霞"。

陈独秀一生为祖国的命运而担忧，临终时仍然牵挂着被日寇铁蹄践踏下的中国将走向何方，他提出："在今天，落后民族无论要发展资本主义或社会主义，都非依赖先进国家不行……没有任何民族主义的英雄能够阻止这一国际集团化的新趋势，而且被压迫的民族，也只有善于适应这一国际新趋势，将来才有前途。"

1942年5月27日晚9时40分，陈独秀这位"不休的思想者"在病痛和孤寂中与世长辞，终年63岁。

姚金果曾对晚年的陈独秀感佩着：在战火纷飞的年代，许多人只想着如何躲避灾难、养家糊口，而陈独秀却在穷乡僻壤的石墙院内为国家担忧、为民族担忧、为世界的未来担忧。这是何等高尚而广博的政治情感啊！他无法放弃对政治的思考，只有在政治的思考中他才能感到生命的存在、品味到人生的价值。他的晚年依旧具有深邃的政治家眼光。

姚金果还兼任中国中共党史学会共产国际与中国革命研究专业委员会副会长。她多年来一直在潜心研究中国大革命史、共产国际与中国革命关系史。2002年，她主持的国家社科基金项目《共产国际、联共（布）与中国大革命》结项并公开出版，该书依据新解密的联共（布）、共产国际档案资料，对于陈独秀与中国大革命的关系、与莫斯科的关系，提出了许多与众不同的见解。在庆祝中国共产党成立90周年之际，她结合多年来搜集到的有关档案资料又重新进行研究，将从中得到的新发现、新感悟、新收获，又写成了这本厚重的《解密档案中的陈独秀》，这本书是她潜心治学的结晶。

我想，这本书对于了解我们党的创始人陈独秀的政治生涯和政治命运，以及揭示"苦难与辉煌"中党的历史发展的主题和主线、主流和本质有诸多重要的启示。

小平的伟绩与风骨

纪念邓小平百年诞辰前夕，中共中央党史研究室的张化研究员送给我一本她的新著《邓小平与1975年的中国》（中共党史出版社，2004年4月版）。捧读作者让我"指正"的厚厚专著，首先让我共鸣的是1975年邓小平的伟绩和风骨，其次是作者在前言和后记中流露出来的一颗坦诚心，以及被书中的人物和事件纠缠时所显现出来的痛苦与焦虑。

作者把文献史料与口述资料融为一体，以厚重的笔墨描绘了中国的一个特殊年份里伟人的一次大手笔——1975年的"全面整顿"。

1975年1月5日，根据毛泽东的提议，中共中央发出文件，任命邓小平为中共中央军委副主席兼中国人民解放军总参谋长，同时任命张春桥为中国人民解放军总政治部主任。在1月上旬召开的党的十届二中全会上，邓小平的中央政治局委员身份得到追认，并被选为中共中央副主席、中央政治局常务委员会委员。

为什么当时邓小平能够复出担任党和国家领导工作的重任呢？当然是同他本人的卓越才能分不开的，但主要的应该是那个特定的历史条件决定的。首先，当时的客观形势迫切需要选择一个人来接替生病住院的周恩来的工作。周恩来是既有远见卓识、又踏实细致的难得的杰出政治家。但是无情的自然规律和无法治愈的癌魔，迫使他长时间卧病在床。他在四届人大做报告，是从医院直接去会场，抱病坚持的。这种情况不能长时间持续下去，必须找出人来接替他。

其次，毛泽东挑选过几个接班人，如林彪是入九大党章的，但已折戟沉沙，葬身蒙古国。"九一三"事件之后，选了王洪文，他当过兵，种过地，做过工，兼工农兵于一身，又是中国最大工业中心上海的工人造反派的头头，似乎是理想的人物。但实践证明，他也不堪重任。再次，毛泽东对邓小平有较全面的了解，虽然有不满意的地方，但总的评价还是好的，认为他没有历史问题，有战功，与所谓苏联"修正主义"斗争是坚决的，"政治思想强""人才难得"，在群众中有较高的威望。基于以上三点，可以说，重新任用邓小平是当时毛泽东做出的最佳选择，当然也是对社会主义事业最有利的选择。

作者回顾这段变化急剧又精彩纷呈、波澜起伏又井然有序的历史时，得出一个认识：中国之所以走上建设中国特色社会主义的道路，邓小平之所以成为中国改革开放和现代化建设的领导者，并非如国外人所说，是党内上层少数人政治行为的结果，或适应一时政治需要做出的决定，而是与许多特定的历史机缘相联系的历史必然，是70年代以来历史发展必然性和偶然性的综合体现。

邓小平在毛泽东的支持下，主持党中央和国务院的日常工作。他根据毛泽东提出的"要安定团结，把国民经济搞上去"的指示，在主持召开的各种类型的会议上，明确、坚定地提出要进行"全面整顿"的指导思想。要把国民经济搞上去，不仅要恢复生产秩序，完成1975年的年度计划和"四五"计划，而且要设计出实现"两步设想"、建设"四个现代化社会主义强国"的蓝图。在"四人帮"的干扰破坏下，全国各方面工作都陷入严重混乱状态。

邓小平受命于危难之际，他不顾刚刚出来工作、困难重重的处境，以高屋建瓴、势如破竹的革命魄力，以运筹帷幄、决胜千里的领导才能，很快扭转了局势。他开始在工业、农业、商业、财贸、文教、科技、军队等领域进行"全面整顿"。整顿的核心是"党的整顿",经过整顿要建立一个强有力的、"敢"字当头的领导班子。要搞好安定团结,发展社会主义经济。要加强党的领导,发扬党的优良作风。要坚决同派性做斗争,对派性要寸土必争、寸步不让。要注意落实政策,比如对老、中、青干部,对劳动模范、老工人,对知识分子的政策都要落实,以调动多方面的积极性。为"全面整顿"做准备,邓小平指导起草了工业和科技两个条例,以"三项指示为纲"指导"全面整顿"的社论也已由国务院政治研究室起草。他还提出科学技术是生产力的马克思主义的重要观点,要求一定要搞好科学技术工作等。他的这些讲话,促使人们从长期极左思潮的影响下醒悟过来,精神为之大振。在邓小平领导下,有一批先后恢复工作、担任领导职务的老同志同心协力地配合,对各方面工作的整顿便大刀阔斧地开展起来,并且迅速收到显著的效果。

  对于在邓小平主持下各个领域的整顿,"四人帮"从一开始就进行顽固的阻挠、抗拒,并伺机提出反对。由于以邓小平为代表的中央政治局和国务院许多领导同志的共同努力和斗争,由于毛泽东对"四人帮"一定程度的抑制,由于人心思治,广大党员、干部和群众积极工作,努力生产,1975年的形势明显好转。一些地区的武斗得到制止,大部分地区社会秩序趋于稳定,国民经济迅速回升,下半年成功发射了三颗卫星。但是,对各个领域的工作进行整顿,势必要触及"文化大革命"中实行的许多"左"的政策和理论,逐渐发展到对这些错误政策和理论的系统的纠正。这就有从根本上否定"文化大革命"的趋势。这种状况,既遭到"四人帮"的反对,也为毛泽东所不满。就在"全面整顿"进行或尚未展开之际,刮起"批邓、反击右倾翻案风",导致"全面整顿"遇挫搁浅。

  从当代中国历史发展来看,可以说1975年是少有的波澜激荡的一段历程。只要我们审视历史,哪怕只是不长的一个段落,就会发现,历史发展的进程,同处于主导地位的个人的主观意志,同原先设定的目标不一致,甚至背离,这种情况是时常发生的。一位伟人说过:"历史喜欢作弄人,喜欢同人们开玩笑。本来要到这个房间,结果却走进了另一个房间。"毛泽东领导中国人民解放事业取得胜利,缔造了中华人民共和国,并奠定了社会主义基业。他所发动和领导的"无产阶级文化大革命",就处于这样的事与愿违的悲剧境地。同样,作者在《不可调和的矛盾》的章节里,也写出了邓小平"全面整顿"遇挫搁浅到"批邓反右"的沉重打击,再联想到后来邓小平"拨乱反正""改革开放"等富有传奇色彩的人生华章,完全可以说,1975年的整顿是"文化大革命"发展到特定历史时期的产物。这一年里,上演了许多惊心动魄、生动感人的活剧,给人们留下了不可磨灭的记忆,对中华人民共和国的历史发展产生了巨大而深远的影响。

江泽民同志曾对邓小平在1975年整顿的历史地位作了这样的评价:这次整顿"反映了广大干部和群众的愿望,代表了党的正确领导,在短时间内就取得显著成效"。由于整顿的深入势必系统地纠正"文化大革命"的错误,邓小平同志又被指责为搞"右倾翻案风",再度被错误地撤销一切职务,这是他政治生涯中的第三次严重挫折。但是,整顿的业绩和他在整顿中表现出来的风骨,赢得了党心、军心、民心,为粉碎"四人帮"打下了广泛的群众基础。整顿所做的探索,为新时期的拨乱反正和改革开放打下了实践基础。"全面整顿"不仅具有丰富的实际经验,而且具有深刻的理论价值,也奠定了日后形成完整科学体系的邓小平理论的基石。

作者梳理的脉络分明的"整顿历史",证明了世纪伟人邓小平,既是毛泽东事业和毛泽东思想的继承人,又是毛泽东事业和毛泽东思想的发展者。走到了中国政治舞台中心的被打倒多年的邓小平，在关系到国家发展的重要时刻，他和一些思想敏锐的干部群众对中国前途的深沉思考，以及为探索正确的发展道路而表现出的无私无畏、不屈不挠的境界和风骨，感人至深，回味颇多。今天看来，当年积累起的一些真知灼见和政治经验，无疑连接着以后中国的历史发展进程，并导向了当今中国特色社会主义的建设道路，且"提供了重要思想资源"。

作者在书中真诚地告诉读者：近年来，她在完成单位交办的各种任务和其他工作的过程中，四处奔走，查档、采访、收集资料，在十几个专题研究中形成认识，断断续续地写下了这本书的一章章、一节节。整个过程不容易，基本上是写写停停，稍微有点时间，就赶紧回到这本书的写作中来，思绪也随之闪回到那些动荡的岁月里，光阴伴着电脑键盘的跳动从指间一点点流逝。这些叙述都诉说出作者对时光的挽留和世事的匆忙。

在前言和后记中，作者细腻地道出了自己的复杂心情。她曾经采访过的当事人，有的已经故去，有的已身患重病，言语困难。而她却时常被这样那样的事情"绊"住，不能一鼓作气地写作、修改此书，因此经常感到苦恼。不过，每当想到那些白发苍苍、步履蹒跚的老同志为了接受采访而翻箱倒柜搜寻尘封多年的笔记本和第一手资料，竭尽所能地提供各种线索时，一种责任感便使她平静下来，又打起精神投入到研究和写作中去。

这些都是作者战胜自己的映照，也是战胜自己的精神补给。她说她作为经历过那个年代的人，每当翻阅当年的史料，便在心灵上产生奇妙的感应和契合，脑中形成一股股涌动的思绪，或许还与回顾历史时有了新的发现有关。

对于史无前例的"文化大革命"，每个人都有各自不同的经历，但是，个人的经历毕竟有限，我们可能至今不清楚当时许多事情的来龙去脉，也压根儿不会想到一件看似平常的事会掀起怎样的轩然大波，会对历史产生怎样的影响。至于现在的年轻人，对那个年代发生的事情可能就更感到困惑了。她深情地告诉读者："既然自己有幸重新审视这段历史，就应该把自己了解到的、想到的写下来，告诉同辈的和后来的人。使人们更好地了解中国的昨天，认识中国的今天，思考中国的明天。"

虽然，今天中国的发展已经彻底否定了"文化大革命"，可是，对于毛泽东发动"文化大革命"的思想动机是很难简单地予以否定的，更何况那个年代遗留下的一些问题至今仍在缠绕着人们。在各级政权机构中，最大限度地吸收工农兵代表，就一定能克服官僚主义现象、保持干部与群众的密切联系吗？通过阶级斗争的方式，能保持党的先进性和纯洁性吗？共产党怎样才能巩固执政地位，保持政权不改变性质……"文化大革命"曾被宣传为共产党历史上一次"最广泛、最深刻的整党运动"，实际情况却完全相反。学习无产阶级专政理论，限制"资产阶级法权"，能够反对官僚主义、防止干部队伍出现腐败现象吗？在社会主义条件下，执政党应该是一个什么样的党？怎样加强执政党的建设？怎样建设社会主义国家政权？对党和社会主义制度可能产生的最大威胁到底来自何方？……

这场云谲波诡、瞬息万变的运动，把毛泽东的思考、他的实践、连同这些问题，一起留给了后人。综观《邓小平与1975年的中国》，这本书为我们思索这些问题提供了一个比较典型的历史环境。可以看出，作者对史学类图书如何写出文采、增强可读性、增大信息量等方面也做了大胆的尝试。作者在书中还刻画了胡耀邦、张爱萍、周荣鑫等同志栩栩如生的形象，具有相当的艺术感染力。像《科研工作要走在前面》里胡耀邦那段激动人心的讲话，读者看到这里都会对他产生几多遐想，甚至眼眶潮润："25年后的今天，是2000年，那时再开这样的大会，要请立下丰功伟绩的同志上台，请你们讲实现四个现代化的新的长征故事。我们这些人呢？那时也许是呜呼哀哉了！我想挣扎一下。假如我能挣挣扎扎地活到那一天，我就靠我的孙子、孙女，用小车子推着我来，坐在一个角落上，别的不要求，只要给我那么一两根烟就可以了。那时候，我将看到坐在台上的、为祖国'四化'贡献了力量的，我将向他们祝贺，把我的希望献给为祖国奋斗的年轻人……"

至今，科学院的许多老同志都对胡耀邦那场报告难以忘怀。他们说胡耀邦讲到激动的地方时，台下成片的听众流下了眼泪。诸多章节文末都运用了章回小说的写法或电影"蒙太奇"手法，使叙述风格充满了悬念和张力。作者很谦逊，她说到目前为止，所能查阅的资料和能了解到的情况是十分有限的。因为亲历者、记录者的认识不可避免地带有各种片面性，对于同一问题、同一件事，不同的人、不同的视角都会得出相异的，甚至截然不同的看法。因此，对一些史实的叙述也不可避免地带有难以摆脱的局限性。

我想，一个史学专著的作者能够全面、客观、"换位"、严谨、富有人文精神地注重对重大问题、重要人物进行多层面的思考，是非常不容易的。诚然，她著作的思想成就和研究价值最终还要由读者、人民群众去评定，由历史来检验。历史和人民需要那些致力于资政育人、真心记史、扎实作文的史学家。

再看1975

记述邓小平领导1975年整顿工作的书,我还有三部。第一部是程中原、夏杏珍的《历史转折的前奏:邓小平在1975年》,该书于2003年8月由中国青年出版社出版。第二部是张化在2004年纪念邓小平100周年诞辰前夕由中共党史出版社出版的《邓小平与1975年的中国》。

第三部就是我案前的这部由河南人民出版社2007年出版的薛庆超的著作《中国改革的前奏》,写的就是为新时期拨乱反正和改革开放做出更为直接准备的、波澜激荡的1975年整顿探索的历程。

追根溯源,当代中国改革开放和社会主义现代化建设的源头,应当从1975年邓小平主持中央工作时,在全国各个领域进行的全面整顿说起。

从1957年开始,政治运动接连不断,因而社会主义经济建设的发展、人民生活水平的提高、国家综合国力的增强等受到影响。更有甚者,在"文化大革命"中,政治运动压倒一切,国民经济受到严重冲击,一度到了崩溃的边缘。为了扭转这种局面,邓小平在1975年主持中央工作期间,进行了有力的尝试和实践。

在1975年中国共产党大事记中这样写道——

1月5日,根据毛泽东的提议,中共中央发出文件,任命邓小平为中共中央军委副主席兼中国人民解放军总参谋长。

1月8日至10日，中国共产党十届二中全会在北京举行。会议讨论了第四届全国人民代表大会的准备工作。会议选举邓小平为中共中央副主席、中央政治局常委。

1月13日至17日，第四届全国人民代表大会第一次会议在北京举行。任命了周恩来为总理、邓小平等为副总理的国务院组成人员，挫败了"四人帮"的组阁阴谋。

9月15日，邓小平在全国农业学大寨会议开幕式上讲话，提出了实现四个现代化关键是农业现代化的看法。他还提出了各方面的整顿问题。他说："毛主席讲过，军队要整顿，地方要整顿，工业要整顿，农业要整顿，商业也要整顿，我们的文化教育也要整顿，科学技术队伍也要整顿。文艺，毛主席叫调整，实际上调整也就是整顿。"邓小平强调对各方面工作都要整顿的方针，实际上就是要系统地纠正"文化大革命"的"左"倾错误。

……

用作者的话说，他从1997年就开始撰写《中国改革的前奏》书稿了。正是因为看到和感受到了广大读者以及众多的同志和朋友对1975年邓小平主持中央日常工作、进行全面整顿这段历史的关注，薛庆超才利用早上、晚上、双休日、节假日来潜心著述。其间，从1999年到2001年，他甚至连业余时间也全部用于分内分外的工作，《中国改革的前奏》书稿整整三年处于停顿状态。2002年上半年，作者到中央党校学习，一边学习，一边读书，一边写作，《中国改革的前奏》书稿终于得以完成。

作者为了更好地沉淀对那段历史的情感，书稿一放又是5年。

众所周知，不同的立场有不同的历史观。所以，人们对历史人物的评价和历史问题的处理方法也不尽相同。

对于1975年邓小平主持中央工作、进行全面整顿这段历史，薛庆超谦逊地说，他的研究仅仅是初步的，《中国改革的前奏》一书也只能起到一种"铺路石"作用。他相信，在党史研究的"百花园"里，广大党史工作者对于这段历史的研究会更加深入，认识会更加深化，一定会有更多、更好、更有创新意义的研究著作问世。

1975年，薛庆超刚刚20岁，他当时虽然身居中国社会的最基层，但也亲身感受到邓小平主持中央工作、进行全面整顿的历史进程。

薛庆超告诉我，邓小平主持中央工作以后公开的或内部的许多讲话，他都曾通过各种传播渠道听到过，认真地阅读过，有的还记录了下来。他至今在阅读《邓小平文选》（第二卷）的有关文章时，当年第一次听到邓小平这些讲话精神的往事还历历在目。撰写这本书时，他就运用了不少当年的"原始资料"笔记。

历史事件的发生和发展，都不是任何个人主观意志的产物，而是各种力量交互作用的结果，像无数个力的平行四边形。

对于邓小平，毛泽东在1951年同一位民主人士的谈话中做了这样的评价："无论是政治，还是军事，论文论武，邓小平都是一把好手。"1956年，在中共七届七中全会上的一次讲话中，毛泽东特别就邓小平的情况向中央委员们做了介绍："我看邓小平这个人比较公道，他跟我一样，不是没有缺点，但是比较公道。他比较有才干，比较能办事。你说他样样事情都办得好吗？不是。他跟我一样，有许多事情办错了，也有话说错了，但比较起来，他会办事……他是在党内经过斗争的。"在中共高级干部中，能够获得毛泽东如此高度评价的，确实为数不多。在中共八大上，邓小平当选为中共中央政治局常委、中共中央总书记，实际上确立了他作为毛泽东又一个接班人的地位。

"无数事实有力地证明，对于世间一切事物，抓与不抓，效果大不一样；一般号召与真抓实干，结果完全不同；全力以赴，知难而进，勇于排除前进中的一切阻力，不达目的决不罢休，更是与泛泛而谈、坐而论道的结果大不相同。空谈误国，自古亦然。实干兴邦，中外皆同。"作者由衷地说。

1987年10月，邓小平在会见匈牙利社会主义工人党总书记卡达尔时指出："就我们国家来讲，首先是要摆脱贫穷。要摆脱贫穷，就要找出一条比较快的发展道路。贫穷不是社会主义，发展太慢也不是社会主义。否则社会主义有什么优越性呢？社会主义发展生产力，成果是属于人民的。就是说，在我们的发展过程中不会产生资产阶级，因为我们的分配原则是按劳分配。当然分配中还会有差别，但我们的目的是共同富裕。要经过若干年的努力，体现出社会主义的优越性，体现出我们走社会主义道路走得对。"邓小平还说："在对社会主义作这样的理解下面，我们寻找自己应该走的道路。这涉及政治领域、经济领域、文化领域等所有方面的问题。我们提出要搞建设，搞改革，争取比较快的发展。说到改革，其实在1974年到1975年我们已经试验过一段。那时的改革，用的名称是整顿，强调把经济搞上去，首先是恢复生产秩序。凡是这样做的地方都见效。粉碎'四人帮'以后，十一届三中全会重新确立了实事求是的思想路线，确定了以发展生产力为全党全国的工作中心，改革才重新发动了。"

党的十七大指出，党的十一届三中全会标志着中国从此进入了改革开放和社会主义现代化建设的历史新时期，中国共产党从此开始了建设中国特色社会主义的新探索。

党的十一届三中全会结束了1976年10月以来党的工作在徘徊中前进的局面。社会主义中国面貌的历史性变化，最根本的，就是在党的十一届三中全会做出的彻底否定"以阶级斗争为纲"的错误理论和实践,把党和国家工作中心转移到经济建设上来,在实行改革开放的历史性决策引领下,我国实现了从"以阶级斗争为纲"到以经济建设为中心、从封闭半封闭到改革开放、从计划经济到市场经济的深刻转变,拥有十几亿人口的中国创造了并继续创造着充满活力的社会主义。

30年来,中国进行的改革开放和社会主义现代化建设的成功经验和大胆实践,令整个世界为之瞩目。不论是西方国家,还是东方国家,凡是不带任何偏见的人,都对中国改革开放和社会主义现代化建设取得的辉煌成就给予了高度评价。

历史的发展本身是在曲折中前进的,中国革命和建设绝非坦途,前进道路上有成功,也有挫折。每次我们的路线、方针、政策都是在总结了成功时期的经验、失败时期的经验和遭受挫折时期的经验后制定的。党十分珍惜来之不易的胜利成果,历史上成功的经验是宝贵财富,错误的经验、失败的经验也是宝贵财富。

邓小平经常说起要让年轻人多学习党的历史。他认为:"总的来说,我们党的历史还是光辉的历史。虽然我们党在历史上,包括建国以后的三十年中,犯过一些大错误,甚至犯过去搞'文化大革命'这样的大错误,但是我们党终究把革命搞成功了。"社会主义建设取得了巨大成就,中国能够发生如此翻天覆地的变化,都是"与中国共产党的领导、同毛泽东同志的领导分不开的"。

古人云:"以史为鉴,可以明得失。"总结历史,为的是开创未来。正确的历史观,对分析一个事件成败得失的经验教训,十分重要。薛庆超也正是在凭借着自己的历史观去书写那段历史。做一个客观公正全面的史学家,是社会良知的体现,是为信史的代言。试想,一个连良心都没有的学者,又怎么去担当社会的责任?在《中国改革的前奏》里能看到作者澎湃的激情和直抒胸臆的鲜明立场,这是很不容易的，甚至要准备付出代价的。

通读《中国改革的前奏》一书，就会觉得薛庆超有扎实而丰厚的文学功底。在书的大部分章节里，读者会明显地感受到作者娴熟的诗词运用技巧。

如参加贺龙骨灰安放仪式的，有身经百战的开国元勋，有贺龙在战争年代的老战友、老部下，有因贺龙冤案受到株连的党政军领导干部和贺龙的亲友、子女。听着周恩来对贺龙的高度评价，望着贺龙遗像上那坚毅的面容，回顾贺龙为共产主义事业而英勇奋斗的壮丽人生，大家不禁失声痛哭，整个大厅里，哭声响成一片。作者引用了毛泽东的词："忽报人间曾伏虎，泪飞顿作倾盆雨。"

"朝辞白帝彩云间，千里江陵一日还。两岸猿声啼不住，轻舟已过万重山。"古诗之后，作者紧接着叙述道："由于毛泽东对江青多次严厉批评，江青蓄谋已久的妄图利用四届人大'组阁'的图谋，未能得逞。"

书中刻画了叶飞顶住"四人帮"的政治压力，以一个老共产党人的浩然正气和铮铮铁骨，在一次会议上说："杀了我的头也不检讨！"作者马上引用了于谦著名的《石灰吟》："千锤万击出深山，烈火焚烧若等闲。粉身碎骨浑不怕，要留清白在人间。"古人在诗中表达出来的这种临危不惧、临难不苟的豪情壮志，正是1975年为全面整顿作出了重要贡献、1976年在"反击右倾翻案风"中受到批判与责难的整整一代老共产党人的精神写照。

"山重水复疑无路，柳暗花明又一村。"作者道出的是在促使邓小平复出与重新工作问题上，周恩来把毛泽东的决策变成现实的艰苦努力。

岳飞的《满江红》、辛弃疾的《南乡子·登京口北固亭有怀》、毛泽东的《沁园春·雪》《水调歌头·重上井冈山》《念奴娇·鸟儿问答》、姚雪垠的七律诗、郭沫若的《怀念周总理》，对这些诗词的运用可见作者匠心。

在书的第十六章里，作者深情地礼赞了全面整顿后的中原："在中国古代，河南为'豫州'，故简称'豫'。河南是中华民族的重要发祥地，在中国历史上，又常常把'中原'作为中国的代称。如'逐鹿中原''问鼎中原'等。又因为中国古代把中州、中原地区视为'中国之中''天下之中'，甚至'世界之中'，河南人民便世代相传，习惯以'中''不中'来表达对事物的看法。凡是同意的便说'中'，凡是不同意的便说'不中'。这种语言习惯，实际上是中国数千年历史文化的一种积淀和延续。新中国建成以后，经过勤劳勇敢的河南人民几十年艰苦奋斗，河南成为全国重要农副产品的主要产区、重要的能源和原材料的生产基地、全国重要的交通运输枢纽。全面整顿在地处中原的河南省也产生了明显效果。"

作者在后记中真情地对读者说，中原大地是他的家乡，他一直以是一个河南人而自豪、骄傲。河南深厚的历史文化积淀和古朴悠远的历史文化传统，一直是他从事历史研究的重要源泉。

从阅读到批评，是与作者互动的一个过程。批评需要反复地阅读，批评者自由的思考不一定能够接近对作品的理解。这一点尚要提升批评者的学识、学养以及对政治和社会的理解。

在书中由于作者历史和年龄的局限，使用了渐渐淡出人们视野的一些词语，如"大放厥词""毒汁四溅""丧心病狂""天怒人怨""混蛋逻辑""信口雌黄""狼子野心，昭然若揭""什么货色""葫芦里卖的什么药""黑文""狼狈为奸"，等等。这就使读者不免产生对那个时代所遗留下来的历史痕迹的喟叹。

活在读者心中的金冲及

2024年11月14日下午,我惊闻著名历史学家金冲及先生于14日上午在北京逝世,心里很难过。

十多年前,我在原中央党史研究室聆听过原中央文献研究室研究员金冲及先生的学术讲座。科研管理部主管的内刊《科研工作动态》编发了金先生的讲课稿。我见过金先生修改这次讲稿的花脸稿,对金先生严谨的治学态度,感佩不已,印象很深。

2018年4月,党中央机构改革,原中央党史研究室与原中央文献研究室、中央编译局三家单位合并,成立中央党史和文献研究院。我和金先生算是一个单位的同事了。大家都知道,他离而不休,每周还来前毛家湾一号处理一些文稿。

2021年,为庆祝党的百年华诞,我把我写过的一些有关党史人物类、革命旧址类等散文随笔集纳成一本文集,名字叫《行悟初心》。东方出版社的编辑说,请几位名人大家为本书写上几句推荐语,也算是"蹭流量""广而告之"。我应允后,第一时间,想到的就是金先生。

2022年3月8日,得知金先生要来前毛家湾一号办公室,我就拿着《行悟初心》样书和金先生的著作《一本书的历史:胡乔木、胡绳谈〈中国共产党的七十年〉》,趁午饭后,便敲门惊扰金先生。没有想到金先生已经躺在长椅上休息了,在长椅的一侧扶手前,连一个枕头也没有。我说明来意后,金先生很客气,并愉快地在他的那本书上为我签名。为了使金先生对我的散文随笔集有所了解，我便把《行悟初心》样书留给金先生，供先生写推荐语参考。

《一本书的历史：胡乔木、胡绳谈〈中国共产党的七十年〉》资料性强、信息量大。金先生见证了《一本书的历史：胡乔木、胡绳谈〈中国共产党的七十年〉》出版的前前后后，在编写《一本书的历史：胡乔木、胡绳谈〈中国共产党的七十年〉》历史中，胡乔木和胡绳同志先后主持编写这本书。在编写过程中他们有许多次讲话。这些讲话，对读者了解这本书的基本思路和一些问题，如为什么那么写，对提高党史工作者的思考和研究能力，都有帮助。他们讲话时，大多只有四五个人在场，并不准备发表，讲的也比较随意。由于金先生长期的职业习惯和训练，他对这些讲话作了详细的记录。金先生曾说，这些记录在他的笔记本中搁置了20多年。记的时候，字迹相当潦草，别人不易辨识，有些话对不了解当时语境的人而言更不易明白。如果不赶紧整理出来，将来成为废纸实在可惜，心里总觉得欠了一笔账。所以，他花时间把它整理了出来，希望对后人有点用。

金先生曾经主编《毛泽东传》新中国成立之前部分、《周恩来传》、《刘少奇传》、《朱德传》；与其他同志共同主编《毛泽东传》新中国成立之后部分、《陈云传》、《李富春传》；共同撰写《邓小平传略》。《毛泽东传》和《周恩来传》分别获得第一届和第三届国家图书奖。金先生的个人著作有：《转折年代：中国的1947年》《五十年变迁》《二十世纪中国的崛起》《辛亥革命的前前后后》《孙中山和辛亥革命》等。其中，2002年由生活·读书·新知三联书店出版的《转折年代：中国的1947年》，是金先生在年过70岁以后利用公余时间写成的。为什么把1947年称为"转折年代"？因为正是在这一年，统治中国20年的国民党从优势转变为劣势，由强者变为弱者；反过来，中国共产党却从劣势转变为优势，由弱者变为强者。中华人民共和国的诞生，就是在这个基础上很快到来的。这本书所要回答的问题是：为什么在短短一年内会发生这样巨大的变化，它是怎样一步步走过来的？后来，这本书被收入了由中国出版集团主办的"中国文库"。

2022年4月12日，我又带上金先生的四卷本《二十世纪中国史纲》巨作来到金先生的办公室再次请他题签。金先生还是写下了请晚辈指正的谦辞。

金先生的时间太宝贵了。他的书稿，大多是一个字一个字用手写出来的。金先生在《二十世纪中国史纲》后记中写道："在我满75周岁的第二天，开始动笔写这本书的。说是动笔，因为我不会用电脑写作，只能很笨的用笔一个字一个字地写。甚至连大段引文也只能一个字一个字地抄录，这样写了两年多……"

金先生还说，到了这个年龄，为什么还要自讨苦吃？从他个人来说，大概有几个原因。第一，在20世纪的100年中，他生活了超过70年，和同年代的中国人一样，经历过许许多多的痛苦和欢乐，也在不断地追求和思考。可以说见证过这段历史。这就产生一种冲动，想把自己亲历或知道的这段历史记录下来。第二，命运使他成为一个史学工作者。他的研究范围恰恰是从晚清到改革开放这100多年，有机会接触到比较多的这段时期的历史资料。第三，动手时掂量过自己的健康状况和经历，看来有可能写完这部书。

有朋友听说金先生要撰写《二十世纪中国史纲》后，劝他不要写，理由是当代史也许只能让后来人来写，生活在今天的人，写起来难免有这样或那样的局限性，是一件吃力不讨好的事情。这一点金先生不是没有想过，他承认当代人写当代史总有他的时代局限性，有些事情也许多隔一些时间能够看得更清楚。后人在论述时也会更加放得开，并且有许多新视角。

但金先生认为，后人也有后人的难处，研究的依据只能是前人留下的一些资料。而那时的时代氛围、人际关系、民众心理以及影响事态发展的种种复杂原因，特别是一些大量存在而人们已经习以为常的东西，未必在资料上记录下来，人很容易拿多少年后的状况和经验去推想当年的事情，或者把个别未必准确的文字记载看作事件的全体，有时就显得隔膜以至失真。应该说，当代人和后人各有各的作用，各有各的局限性，谁也未必能代替谁。至于同时代人，由于各人的经历和认识不同，看法也未必相同。那不要紧，读者完全可以拿来比较，得出自己的结论。

金先生的史学观，令人钦佩。一部二十世纪中国的历史，也可以说是中国人在这一百年内实践记录的总汇。它有过悲惨的遭遇，也享受到胜利的欢乐；在取得胜利的过程中，有巨大的成功，也经历过严重的挫折。一切言论和主张，都在如此丰富的实践中经受检验。它比任何滔滔雄辩更能说明什么是正确的、什么是谬误，给读者留下无穷启示。

那一天，金先生对我说："有一次去开会，胡绳在火车上说，文章水平的高低靠什么来判断，靠你驾驭资料的水平。什么是水平？拿烧菜做比喻，同样靠这些原材料，特级厨师和一般家庭妇女做出来的菜大不一样，这才叫水平；如果只是你有这种原材料，他却没有，这怎么算是你的水平呢？我也把胡绳说的这段话送给你。"

"靠同样的原材料烧菜，特级厨师和一般家庭主妇做出来的菜就大不一样，这才叫水平。写文章也一样。我把这句话送给作者。"这是金先生送给我的一段话，让我受益匪浅，享用不尽。后来，出版社就把这段话印在了《行悟初心》一书的封底上。

金先生谆谆教诲，语重心长。写文章自己先朗读一遍，如果结结巴巴，就赶快改。朗读要抑扬顿挫，而且要干净有力，不拖泥带水。写文章带感情是讲一件事时自己内心感情的自然流露，先感动自己。毛泽东同志有一次写道："无数革命先烈为了人民的利益牺牲了他们的生命，使我们每个活着的人想起他们就心里难过。"这话讲得多感人！带感情的话不是堆砌一大堆华而不实的形容词。

金先生娓娓道来的"金句"，道出了他生命的积淀和对历史的思考。

金先生走了，你留下了许多珍贵的精神财富。你虽然化作了一缕青烟，一朵白云，但你却活在读者心中。

看见你的著作，仿佛在听你讲述，讲述你勤奋的一生、不平凡的人生。

听你讲述你早年求学、接受新思想、加入地下党、在复旦工作和初步接触学术研究等方面经历的人和事。

听你讲述你青年时期的经历为你毕生的学术志向、思想立场和行事风格打下基础的青春岁月。

听你讲述你离开复旦大学后，先后在文化部政策研究室、文物出版社、中央文献研究室等机构多个岗位工作。你从个人角度，以严谨学术思考，呈现风雨兼程的人生历程，分享你口述大历史下的小细节、历史长河中的片片浪花。

你走之后，能留下些什么？这似乎是每一位活着的人应该思考的一个永恒话题。

历史不会遗忘湖湘英烈

《湖湘英烈故事丛书》（第三辑）于2019年12月出版发行，可喜可贺。

湖南是一方红色沃土，素有"革命摇篮、伟人故里"的美誉。这里诞生了毛泽东、刘少奇、任弼时、彭德怀、贺龙、罗荣桓等老一辈革命家，发生了秋收起义、平江起义、湘南暴动、桑植起义等影响中国革命历史进程的重大事件，无数湖湘革命先辈舍生忘死，为中国人民谋幸福，为中华民族谋复兴，留下了可歌可泣的英雄故事。

《湖湘英烈故事丛书》收录了中宣部组织报道的《为了民族复兴·英雄烈士谱》中提到的湘籍英烈的故事。这份烈士谱收录了793位中国革命、建设、改革时期的英烈。其中，有95位（组）是湘籍英烈。丛书全景式地再现了95位（组）英烈的生平事迹、品格风范。

丛书所打造的"湖湘英烈通俗历史传记系列"，汇集了英烈们珍贵的史料，具有极高的文化品位和史学价值。本辑书以人物成长历程为线索，打造了故事性人物小传，以时间为序展开故事，润物无声，形象生动，既有思想深度，又通俗易懂地展现了18位（组）湘籍英烈感人的生平事迹，相对完整地展现了主人公的生平和事功，塑造了湖湘英烈的群像"家谱"。书中的传主有：学生运动领袖、黄埔一期的高才生、位列"黄埔三杰"的蒋先云；毛泽东同窗挚友、自少年时代就一起"立志在匡时，欲为国之英"的罗学瓒；致力于唤醒彼时沉睡的中国，被毛泽东同志以诗词感怀"我失骄杨君失柳"的柳直荀；中华苏维埃共和国临时中央政府机关报《红色中华》第一任主笔、红中社（新华社的前身）第一任负责人周以栗；国际共产主义战士罗盛教；在一无图纸、二无资料、三无样机的情况下，艰苦攻坚，成功研发图形发生器，填补了国家科技空白的"中国式保尔""最美奋斗者"罗健夫……共18位（组）湖湘英烈。该书集纳了全国党史军史专家学者、优秀作家和新闻记者以及烈士后人等倾情为传主立德立言立传，确保权威性、准确性，传颂他们"为有牺牲多壮志，敢教日月换新天"的革命精神，充分挖掘红色历史资源，弘扬湖湘红色文化、传承湖湘红色基因，极大地激发了湖湘儿女的爱国热情和干事创业热情，为建设富饶幸福美丽的新湖南而凝智聚力。

丛书始终坚持用唯物主义历史观认识和记述历史，帮助读者鉴往知来，自觉抵制和反对历史虚无主义，共同营造精神家园，为学习党史、新中国史提供了一套有思想、有温度的参考读物。

通过阅读这辑丛书，我相信读者也一定会有以下几点启示。

一是革命英烈的思想先进性启示。共产党员的先进性，既是一种品质，又是一种能力，还是一种行为。革命英烈们思想境界高、精神风貌好、道德修养优，他们英勇献身的光辉事迹和毕生奋斗的崇高精神是共产党员先进性的外在彰显。传播好英烈们的先进事迹，以英烈精神凝聚湖湘儿女的价值共识和精神追求，一定会为书写中华民族伟大复兴中国梦的湖南篇章做出新的贡献。

二是革命英烈的信仰坚定性启示。信仰，是对主义的信任和尊重。作为自己人生的行为准则，信仰决定着人生的发展方向。中国共产党人的信仰就是对马克思主义的信仰，这是共产党人的政治灵魂，是共产党人得以经受住任何考验的精神支柱。在全社会营造纪念、缅怀、崇尚、学习英烈的浩然正气和浓厚氛围,就是要激发实现中华民族伟大复兴中国梦的强大精神力量,并坚定不移地为之奋斗。

三是革命英烈的精神赓续性启示。在翔实准确的史料支撑和深入细致的研究分析的基础上,多渠道、多介质地把革命先辈们的英雄事迹和牺牲精神阐述好、宣传好,汲取不忘初心、牢记使命、接续奋斗的精神动力,能够使革命事业薪火相传、血脉永续。

四是革命英烈的广泛人民性启示。英烈的人民情怀,即亲民、爱民、为民的情怀;英烈的人民立场,即一切为了人民的价值取向;英烈的人民幸福观,即把实现人民幸福作为党的奋斗目标;英烈的力量源泉,即一切依靠人民。在湖湘革命英烈故事中感受共产党人的初心,感受他们自强不息的奋斗精神和为国为民的牺牲精神,感受他们与人民群众的紧密联系,深刻认识到红色政权来之不易、新中国来之不易、中国特色社会主义来之不易、今天的幸福生活来之不易,从而内化为砥砺前行、干事创业的精神力量,激发起不忘初心、牢记使命的责任担当,全心全意为人民服务。

五是革命英烈的顽强斗争性启示。斗争精神,是我们党赢得革命胜利的重要法宝和实践原则。过去,我们党秉持斗争精神,开启了波澜壮阔的执政生涯,在改革开放的征程上夺取了一个又一个胜利。新时代在前进的新阶段将会遇到新的风险和挑战,必须科学把握新时代斗争精神,既要敢于斗争、勇于斗争,又要善于斗争。

六是革命英烈的鲜明时代性启示。中国特色社会主义进入新时代,行进在历史的交汇点,面对前所未有的历史境遇,中国从哪里来、中国处于什么历史方位、中国应该往哪里去,这些影响时代发展的历史之问、时代之问、实践之问亟待我们来回答。学会用客观的、辩证的观点对待历史、研究人物,从时代变化中把握党的历史发展的主题和主线、主流和本质，才能找到研究的真正价值所在。丛书从创作主题和作品内容上都体现着鲜明的时代性，贯彻落实了习近平总书记关于"把红色资源利用好、把红色传统发扬好、把红色基因传承好"的重要指示精神。只有铭记红色历史，凝聚红色力量，脚踏中国大地，用湖南人物、湖南故事、湖南精神教育人、感染人、激励人，才能真正凝聚起建设富饶幸福美丽新湖南的磅礴力量。

我们期盼着丛书第四辑、第五辑的出版发行。

从他们身上汲取砥砺前进的力量

《忠诚：优秀共产党人的故事》出版发行了，可喜可贺。这份旨在扩大宣传辐射范围的融媒体实践产品，舒展了文字时空，转换了阅读形式，延伸了读者的阅读体验。

该书收录了彭湃、林祥谦、陈树湘、钱壮飞、华罗庚、谷文昌、程开甲、杨善洲、钟扬、李保国、任长霞、罗阳、邹碧华、黄大年、张富清、高德荣、黄文秀、黄诗燕、张桂梅、王继才等20位共产党人的故事，内容感人至深、思想丰富深刻，体现了中国共产党人独特的价值追求。创作者们科学运用新的技术、新的手段，激发创意灵感、丰富文化内涵、表达思想情感，使文艺创作呈现了更有内涵、更有潜力的新境界。他们力求把这些活在人们心中、让人们感佩深远的英雄，用鲜活的形式宣达出来；在主题呈现上，既体现大众视角，又表达了浓厚的家国情怀。

一百年来，中国共产党人坚持原则宗旨，坚定理想信念，坚守初心使命，勇于自我革命，在生死斗争和艰苦奋斗中经受住各种风险考验，付出巨大牺牲，锤炼出鲜明政治品格，形成了以"坚持真理、坚守理想，践行初心、担当使命，不怕牺牲、英勇斗争，对党忠诚、不负人民"的伟大建党精神为源头的精神谱系。

一百年来，一代又一代中国共产党人，为赢得民族独立和人民解放、实现国家富强和人民幸福，前仆后继，浴血奋战，勇于奋斗，无私奉献，谱写了气吞山河的英雄壮歌。在他们身上，生动体现了中国共产党人坚定信念、践行宗旨、顽强拼搏、廉洁奉公的高尚品质和崇高精神。他们以对党和人民的赤胆忠心，把对党和人民的忠诚和热爱牢记在心中、落实在行动上，为党和人民事业奉献自己的一切乃至宝贵生命。他们平常时候看得出来、关键时刻站得出来、危难关头豁得出来。他们来自人民、植根人民、服务人民，是立足本职、脚踏实地、默默奉献的平凡英雄。他们的精神可追可及，他们的事迹可学可做。

该书于细节处见精神。以小故事映现大主题、小切口折射大图景，正是本书的特点之一。书中每个故事都配一篇短文、几幅插画，通俗易懂、形象生动，且故事开头页面上都有二维码，还可看三分钟动漫短片，全面立体地展现优秀共产党人代表的光辉形象和感人事迹，这也是一个崭新的创意。

整体上看，该书实现了平面视觉艺术的多元立体传播，唱响主旋律、传递正能量、提振精气神，充分发挥重点出版物的引领示范作用，有助于在全社会营造致敬英烈的浓厚氛围。

中华民族是崇尚英雄、成就英雄、英雄辈出的民族，和平年代同样需要英雄情怀。心有榜样，就要学习英模人物、先进人物，在学习中养成好的品德追求。

崇尚英雄才会产生英雄，争做英雄才能英雄辈出。对中华民族的英雄，要心怀崇敬，浓墨重彩记录英雄、塑造英雄，让英雄在文艺作品中得到传扬，引导人们树立正确的历史观、民族观、国家观、文化观，绝不做亵渎英烈的事情。

真正的文化是魂，是一条生生不息的历史长河；真正的文化能给人的心灵带来启迪，带来温暖，让人们产生继续前行的力量。

一个有生命价值的人死后，他的精神是永恒的。比如彭湃、林祥谦、陈树湘、杨善洲、雷锋、孔繁森、焦裕禄，等等，还有无数没有留下名字的革命先烈，他们的精神永存。

梦想照亮前程，精神照亮心灵。对一切为党、为国家、为人民做出奉献和牺牲的英雄模范人物，新时代的党员、干部和群众，尤其是青少年，都要厚植英雄情怀，激励报国之志，坚持人民至上，发扬他们的精神风范，唱响共产党好、社会主义好、改革开放好、伟大祖国好、各族人民好的时代旋律，从他们身上汲取奋发前行的力量，共同为推进中国特色社会主义伟大事业、实现中华民族伟大复兴而顽强奋斗、艰苦奋斗、不懈奋斗。

穿行于历史间的思考

我穿行在京城地铁里，读完中共中央党史研究室研究员李向前的著作《历史穿行》（人民出版社，2010年7月第1版）。主书名下还有两行副书名——《域外访史与社会主义寻踪》。捧读这部近30万字、"有游记、有散记、有论述、有访谈"的"资政"类专著，徜徉在著者"域外访史"途中，分明感到李向前所带来的是并不轻松的思考。

李向前说，人的活动构成历史。历史的本质就是人类的活动。因此，一切社会人，都在历史中"穿行"。人们改造历史，并在历史中留下各式各样的印记。正是人与历史的这种联系，才构成了人的"历史穿行"。挑剔的读者还会为李向前文中的一段话所感动："作为知识分子，其社会责任和专业兴趣，可能是更重要的东西。作为一种社会分工，知识分子必须忠于自己的职守。而作为一种职业道德要求，知识分子应该具有高度的自律：他们首先是为社会的精神生产而存在，而不是只关心营利的商人。"我想，在我们这个市场经济还不算高度发达的社会里，在知识分子生活还相对清贫的状态下，人文精神的保持更有重要意义。这不仅因为我们有绵延千年的人文传统和"良史"精神，而且还肩负了更沉重的社会责任。

在著者采访东欧一些政治家、学者的篇章中，人们最关注的问题是：为什么苏联和东欧几个社会主义国家，执政那么多年，突然改变了颜色呢？李向前努力用自己的一笔一画来解读这个"剧变"。

我倒觉得,《历史穿行》更像执政党的一份"大参考",理应认真阅读理解,以此为鉴。

苏联和东欧社会主义国家,曾在社会主义建设事业中作出了有益贡献,极大地发展了社会生产力,人民生活在原来的基础上有很大提高。但是,在历史前进的过程中,他们教条主义地对待马克思主义,没有适应当代社会发展的潮流和趋势,固守已有模式,不力求改革,党内外民主没有改进,民族问题处理不当,加之执政党的社会公信力日渐下降,敌对势力乘机捣乱,在内外压力下,执政党被迫实施改革,却又得不到人民的支持和拥护。这样,早年被历史选择的社会主义制度经不住历史的考验,终被历史放弃。

笔者与著者一起游历于历史时空之中,着力寻找一些值得执政党所诫勉的东西来。原民主德国总书记克伦茨说:"社会主义走到后来,的确出现了很多问题,经济发展、政治民主化、党同人民群众的关系、思想教育、文化事业的发展以及培养接班人的问题等,都出现了一些问题。这些问题就像蓄满了蒸汽的锅一样,把锅盖顶了起来。党没有及时地解决这些问题。特别是,在很长的时间里,我们对党的状况的评价是不那么真实深入和实事求是的。党内的信息也不那么畅通。基层组织经常提出意见批评了一些问题,但越到上层就越没有批评。各个州为了互相竞争,看谁是最好的,所以都高调报告自己的成绩。在给中央的报告中,在写给政治局的东西里面,他们都知道总书记最爱听什么话、不爱听什么话。从20世纪80年代初开始,没有注意到人民想法的逐渐变化。我们看到了自己的成就,但没有注意到新的发展一定伴随着新的要求,特别是年轻人的要求。也有一些重要的决策,是总书记一人做出的,没有经过充分讨论。"

李向前就保加利亚共产党如何对待历史的遗留问题,访问了原保加利亚共产党中央政治局委员、保共著名理论家和社会活动家亚历山大·利洛夫。利洛夫说："在我们党的历史上，在不同历史时期，一些领导人的确受到过迫害和冲击。最有名的就是科斯托夫。他曾是季米特洛夫的副手，是党内职位很高的一个人。1933年以后季米特洛夫侨居国外，实际工作就由他主持。但在斯大林时期，科斯托夫受到迫害，被指控为反苏分子，是敌特分子，是西方的间谍。当然，这一切说法都是错误的。但是日夫科夫没有给科斯托夫彻底平反。这倒不是因为日夫科夫否认科斯托夫是一个伟大的领袖，而是因为日夫科夫和他的助手们，都曾与这个事件有关联，不好处理。在欧洲共产党中间，有一个很不好的习惯，就是把历史上很著名的领袖人物否定掉了。保加利亚是科斯托夫，罗马尼亚是班纳帕斯库，匈牙利首先是卡塔尔，接着是罗兰斯基。对过去历史做出客观评价，是一个党健康发展的前提。在历史上，我们对好多事情的评价，要么是白，要么是黑，很不客观。"作为共产党，成熟起来的标志之一，是对历史做出明智的评价。反对派总希望我们党的历史上坏人越多越好。

李向前曾感触道："人不可能不犯错误，政党也不可能不犯错误，写共产党的历史要把犯错误的真实情况告诉群众，并深刻分析其原因，让人们从中吸取教训，从而获得人民群众的认同、信服和支持。相反，人民群众最为反感。我们并不缺乏对历史的大量文字表述，可在多得无数的历史、党史教科书中，却缺少对错误的制度原因分析。只有科学合理、缜密有据的历史分析，才称得上'信史'。作为理论意识形态的一个重要组成部分，历史问题时刻影响着今天人们的思想和活动。你不讲，有人会讲；你讲得不深刻，就有人用'故事'来争夺市场。时代在发展。历史正在开始新的延续。因而，不应让历史'包袱'再阻碍新的历史进程。要让人们更深入地了解党的历史的本然和所以然，从错误中吸取教训，这极为重要。"

在《与迪克曼教授谈党史》中，著者细腻地描述了教授的一个"庄重的托付"。

教授从带来的大提袋里拿出了一大摞稿件。原来，统一社会党的历史"正本"只出到第一卷，就赶上了剧变。党都没了，当然再没人管党史。于是后三卷就成了永久的打字稿。迪克曼教授对李向前说："我有一个建议，如果你们需要这部历史，我愿意把它'借'给你。它可能是最后的保留在我们党员手里的手稿了。人的生命是有限的。如果在我死的时候，我们这里还没有出现一个真正的强有力的共产党的话，我愿意把我保存的我们党的另外一些东西，比如在我家里保存的我们高级党校的旗帜等，运到中国去。可我是乐观的。我相信到那时，我们这里会有一个真正的共产党。"说到这里，教授神情肃穆，似乎在做一个庄重的托付。接着迪克曼教授语气沉重地说："我们犯了一个错误，就是在评价历史和人物时，只看了他们如何说拥护社会主义，如何拥护党，而没有注重他们的行动。结果言辞是靠不住的，那些信誓旦旦的人，后来变成了叛徒。这是写历史要吸取的教训。真正的共产党员要靠自己的表现，而不是自己的宣称。""一个人要变成真正的社会主义者，需要很长的时间。"迪克曼教授意味深长的一句话，却萦绕在李向前脑际很长时间，就像刻成了字一样。李向前说，他走在回去的路上，他感觉整个柏林都是那样沉重。

2005年夏天，著者作为代表团成员访问古巴。李向前记述了古共国际部部长雷米雷斯在同代表团会面时讲的一段很精彩的话。雷米雷斯说："我们应该向我们青年一代宣传革命传统和马克思主义。因为敌对势力正顽强地争取我们的青年一代。不论是世界史、国家史，还是人民史，都是好的教材。不光在古巴，在其他国家，情形一样。这里面有一个今后的路向何处走的问题。而要确定以后的道路，很重要的事情是了解过去。我们的革命首次使我们成为独立自主的国家。如果没有古巴革命，很难想象美国不会并吞古巴。我们古巴是19世纪拉美地区最后获得独立的国家。因此我们的独立战争历史最长。很多人因此牺牲了生命。没有反殖斗争，古巴不可能取得独立。这个历史必须要使年轻人懂得。"雷米雷斯部长的话，再次让我们感到，古巴党对革命以及革命中蕴含的民族独立精神，有着强烈的尊重和自豪。他们相信，作为精神遗产，这种革命和独立的历史，是凝聚包括青年一代的古巴人民的动力，是坚持社会主义道路的思想源泉。

维护古巴的团结，历史学家负有责任。历史和党史要为古巴党当前的战略目标服务，这也是凝聚人民精神和斗争意志的基础。从这个意义上，李向前感慨地说，他们的历史和党史研究，发挥了更为强大的育人作用。我们自己同样有用历史和党的传统来教育年轻一代的问题。中国社会主义制度的选择，同样来自中国近代历史的深刻本质。目前成长在市场经济条件下的年轻人，是否认同中国社会主义的历史选择，关乎未来中国走向的大计。做一个优秀学者，恐怕首先是要净化自己的心灵。杂念、急功近利等，只会毁了纯洁的知识殿堂。

在《苦难，是谁加给我们的——欧洲犹太人大屠杀纪念馆参观有感》中，李向前说，柏林欧洲犹太人大屠杀纪念碑群唤起了德国人民乃至所有参观者的良心与良知。一个民族意识的进步，同社会良心和良知的弘扬关系紧密。如果没有深刻反思去唤醒社会良知并使之坚定起来，德国社会将永远不敢面对自己耻辱的历史。这个包罗巨大而又别开生面的纪念系统，回答了人们的各种疑问，构筑了人们强固的是非、真假和善恶的心理底线。或许，一些顽固的法西斯余孽和新出现的纳粹分子还在拒绝正义、诋毁文明，但在正义的努力面前，良知的进步他们是阻挡不了的。而人类良知的推进，显然更依赖于一代又一代的年轻人。他们代表了未来，也肩负着光大良知的社会责任。如何教育他们，让他们记住历史，记住曾经有过的人类罪恶，是极其重要的课题。而在这其中，关于到底是谁给各国人民带来苦难的疑问，已然不言自明。

　　《访罗见闻》记录了齐奥塞斯库夫妇被处决的文字。我深刻地感到惨烈而忧伤。不容否认，自1965年齐奥塞斯库担任罗（罗马尼亚）共总书记，到80年代中期的一段时间，罗在政治、经济上是卓有建树的。当时，罗的经济发展虽排在东德、捷克等国之后，但已相当不错。而80年代中期后，罗经济开始下滑。1989年12月21日，齐奥塞斯库夫妇从伊朗出访回国到遭处决，他们仅仅度过了5天时间。在政治上，罗最大的问题是家族统治。从1972年开始，齐奥塞斯库将自己的家族成员纷纷拉进高层政治圈子，担任重要职务。其中，齐的夫人在政治局常委中列第三位，并担任政府的第一副总理。在她和齐奥塞斯库中间，是罗的总理康斯坦丁，但康基本没有发言权。因此，在大事上，是齐一家说了算。据说，他们一家生活相当腐化。罗现在保留有三座昔日的皇宫，其中一座就被齐奥塞斯库夫妇占用，并大肆扩建和装潢。显然，这是不会得到老百姓拥护的。然而不管怎样，剧烈的政治动荡对于一个社会，特别是对老百姓来说，不是一件好事。罗共顷刻之间瓦解，可以说在东欧剧变中，是一桩最令人震惊的事件。这些难道不是执政党所必须吸取的血的教训吗？在行刑前的那一刻，齐奥塞斯库夫妇的思想该是多么芜杂而悲痛啊！

著者在哈佛大学听"文革"课。作为一名中国学者，李向前无缘在偌大的课堂上对"文化大革命"课程评论什么。但是，当他看到几百位出生于西方的年轻大学生，聚精会神地听着在遥远中国发生的并不遥远的一段往事，其中很少有人真正理解中国革命的性质，也根本不知道六七十年代世界社会主义运动所处的那个极其复杂的政治背景，却在好奇地、疑惑地琢磨着这样一场社会乱象。

《中国"文化大革命"文库》是由在美的七位华裔人士和一位来自中国台湾的研究者共同编辑出版的。1998年，上述八人组成光碟编辑部，广为搜罗"文革"材料，用三年时间，完成了这个容纳约三千万字的"'文革'文库"的编辑。该"文库"分为"有关'文化大革命'的中共文件、指示和公报""毛泽东关于'文化大革命'的讲话、指示和文章""林彪关于'文化大革命'的讲话、指示和文章""中央首长关于'文化大革命'的讲话和指示""有关'文化大革命'的重要报刊社论文章""'文化大革命'中红卫兵、群众运动重要文献""'文化大革命'中的异端思潮重要文献"等七个部分，其中包括相当一批涉及"文革"期间党内核心情况的材料。这些材料在"文革"期间通过不同渠道流传出来，经鉴定多数是真实的。此次再版，光碟又增加了约五百万字的材料，其中一半以上内容经过重新校勘。该文库之所以值得重视，不仅因为它汇集材料众多，成为迄今为止有关"文革"的最大资料集，而且它在境外出版，更形成了一定的社会影响。对此，国内党史研究部门应有所考虑，如我们不能整理和编辑反映历史全貌的"文革"资料，并把它当作一项重要工程来做，那么，境外并不规整的材料，就会覆盖"文革"研究领域。事实上，胡乔木生前已提出并倡导编辑大型的"文革"历史资料。"特别是在课堂上放映关于红卫兵造反与个人崇拜达到狂热状态的电影纪录片时，我真的很不自在。因为那毕竟是我们民族历史上一段不堪回首的年代。"李向前倾吐着域外心痛的观感。

合上《历史穿行》,我突然想起法国思想家帕斯卡尔的一句话:"人是一枝有思想的芦苇。"哲人的话,是有千百种诠释的,没有正确答案。帕斯卡尔说人的生命像芦苇一样脆弱。而我觉得,芦苇是非常坚韧和顽强的,它生长在沼泽地带,根部很深,你几乎难以把它拔起,芦苇细长,中空似竹,有很好的力学性能。有一诗曰:"墙头芦苇,头重脚轻根底浅",也一直存疑。墙头怎么能长出芦苇呢?似是"墙头茅草,头重脚轻根底浅"而已。又有人说,芦苇迎风做事,风要它向哪里低头它就向哪里偏,无论什么问题都只是弯着腰点头称是。如果把人比作芦苇,那好像只能是一部分人,趋炎附势的那种吧,既然是那种人,又怎么会是用大脑思考的人呢?人的尊严是什么?是思想。思想形成人的伟岸,思想支撑人的脊梁。所以,我们看社会、看作品、看问题,没头脑、没思考,浮于浅表,人云亦云,行吗?认识自己至少是认识人的一部分,是伟大与卑微的统一、高贵与贫贱的统一、幸福与不幸的统一。因此,我们对自己的认知越深刻,就越接近于一个真实的人。

思想的书与书的思想统一起来,散发人文气息与彰显智慧光芒,是读者最需要的。再好的介绍与书评,都不如读者亲自去看看,去翻翻。在浮躁的城市中匆匆穿行,在生活的荒漠中跋涉,都会渴求思想的绿洲。在时间的夹缝里,能找寻到一段文字,一段能够引领人生探索生命意蕴的文字,一段能够拨动心弦、开拓灵魂张力的文字,就仿若酷夏冰凉的一杯饮料,令品者惬意而酣爽。看完李向前的这本新著,阐发些一鳞半爪的想法而已。见笑了。

东方社会发展道路新视域

《理解晚年马克思》（北京市社会科学院张晓庆著，中央编译出版社，2023年8月第1版）一书既从文献文本角度梳理了马克思晚年关于东方社会的相关论述，又与社会主义国家的具体实践，特别是中国特色社会主义具体实践相结合，试图探寻这一思想从马克思早年到晚年、从东方到西方、从十月革命到中国革命、从科学理论到具体实践之间的逻辑体系。作者一方面从马克思主义政治经济学的角度分析，以"商品"为细胞，通过对资本的逻辑批判，指出其必然溢出资本主义国家向国际贸易、世界市场等范畴自然延伸，从西方资本主义推向了东方古老社会；另一方面从马克思晚年未完成、未发出的书信、手稿等资料，试图提炼出东方经济社会的总体性范畴——"农村公社"，探讨东方社会的农村公社在资本主义冲击下解体和演变的发展规律。可以说，从纵横、时空两个脉络来讨论东方社会的出路，从两条相反且相向而行的思路分别叙述，最后得出马克思晚年东方社会思想的整体性结论。

闪耀明珠：马克思晚年东方社会思想

马克思早年重点研究的是西欧资本主义经济和社会问题，晚年的研究重点在东方，形成了浩瀚的《人类学笔记》《历史学笔记》。《理解晚年马克思》这本书通过梳理大量文本资料，创新提出马克思很可能是想把"农村公社"视为东方社会的经济"细胞",就像把商品视为资本主义经济的细胞一样。"农村公社"有两大主要特征:一是以血缘共同体(氏族、部落等)为基础的社会组织;二是这种共同体共同占有生产资料的生产方式。马克思的"人类学笔记"、关于俄国社会发展的通信、对毛姆著作的评论等等,突出的都是农村公社。作者认为马克思不是把氏族、部落、农村公社说清楚就行了,他关注的焦点是东方农村公社在西方资本主义冲击下解体、演变的规律,东方国家的历史发展又是如何利用其历史演进中的"后发优势"的。通过研究阐释马克思的资本主义世界体系理论的东方维度,进而对马克思"世界历史"理论有一个更加完整的整体把握,为当今我们理解全球化、东西方关系以及中国社会主义道路提供了更清晰的认识,特别是更好地认清当代中国在世界历史、世界体系中的地位,进一步提升对新时代中国特色社会主义的理论自觉和道路认同。

新世纪"曙光":中国社会主义道路的具体实践

从20世纪初开始,灾难深重的中华民族在马克思主义指导下,通过艰苦卓绝的民族独立、人民解放的革命,以及后来的社会主义革命和建设,成功地建成了繁荣强盛的社会主义制度,这是重大的历史事实。但如何从理论上解释这个历史事实,尤其是中国社会主义的"前史"与马克思晚年东方社会的思想究竟是什么关系?《理解晚年马克思》提出可以从马克思农村公社理论来审视中国特色社会主义的历史前提,试图探索从农村公社到中国社会主义之间的逻辑关系。作者推测中国古代存在过农村公社,只是存在的时间较短,解体得比较早,以血缘关系为基础的农村公社被发达的官僚宗法社会彻底解构，形成了以小农经济、宗法社会、家长官僚专制为特征的中国前社会主义形态。在面临西方资本主义入侵时，与西方资本主义互动的不是农村公社，而是中国这一特有的社会形态。因此，我们不能简单地套用俄国"跨越"模型和其他社会的"解构"模型，来解读中国社会主义的前史。作者提出中国在融入"世界历史"进程的过程中，既充分吸收利用西方发达国家在生产力方面的先进经验和积极成果，又充分借鉴俄国社会发展经验，使我国更主动地融入"世界历史"，不断发展生产力，走出了中国特色社会主义道路，实现了社会主义和共产主义的内在价值。

新时代伟大实践："两个结合"的成功典范

新中国成立 70 多年，尤其是改革开放 40 多年来，中国的发展进步引起世界的瞩目，中国的经济、政治、国际地位和影响力都不断增强，甚至引起了国内外思想界关于"中国模式""中国道路"的讨论。本书提出，从世界历史的普遍性和特殊性视野看待和审视中国社会主义发展道路，中华民族从谋求民族独立、人民解放到逐步实现国家富强、人民幸福的社会主义现代化，从"引进来"到"走出去"，从"被动接受"到"主动影响"，从"生搬硬套"到"创新发展"，中国成功走出了一条既顺应世界历史发展、又符合自身特色的中国特色社会主义道路，为世界历史发展不断贡献着自己的力量。中国特色社会主义道路，既符合马克思世界体系理论的普遍原则，也有其自身发展的特殊性；这条中国式现代化发展道路不仅扬弃了资本主义制度，而且符合世界历史发展大势，引领了时代发展。新时代中国特色社会主义的伟大成就再次验证了马克思东方社会思想的真理性，丰富和发展了马克思主义，彰显了人类文明发展的多样性，为广大发展中国家提供了现代化新路径，为解决人类共同问题提供了中国方案和中国力量，为 21 世纪马克思主义作了最新贡献。

这是一个青年学者从自身视角出发，在《理解晚年马克思》一书中着重宣达的几层意旨，为我们全面理解马克思特别是晚年马克思思想提供了一个新的视域。

兵团精神的模范践行者

当我审读完《新疆生产建设兵团史料选辑》（以下简称《兵团史料选辑》）第 25 辑"援外专辑"书稿后，眼前不时闪现几组难忘的章节。它们像影视剧中蒙太奇镜头一样在我脑海里不停地播放。我被几代兵团人"热爱祖国，无私奉献，艰苦创业，开拓进取"的精神所感动。兵团党史研究室工作人员多年沉下心来编辑出版的这套资料丛书，无不体现着党史工作者的历史担当和经世致用的严谨态度。

一、《新疆生产建设兵团史料选辑》的深远影响

1949 年 9 月，新疆和平解放。1954 年 10 月，中央政府命令驻新疆人民解放军第二军大部、第六军大部、第五军大部、第二十二兵团全部集体就地转业，脱离国防序列，共同组建"中国人民解放军新疆军区生产建设兵团"。这是新中国屯垦戍边史上具有里程碑意义的伟大创举。新疆生产建设兵团（以下简称兵团）忠实履行着国家赋予的屯垦戍边的光荣使命。兵团实行党政军企合一体制，是在自己所辖的垦区内，依照国家和新疆维吾尔自治区的法律法规，自行管理内部的行政、司法事务，是国家实行计划单列的特殊社会组织。

为了新疆的发展稳定，为了新疆各族人民的幸福安宁，为了祖

国的安全统一，兵团人在新疆一手握枪，一手拿镐，自力更生、艰苦创业，吃了无数苦，作了大贡献。在天山南北，在边境沿线，在沙漠戈壁，哪里最艰苦，哪里最需要，哪里就有兵团的团场连队、干部战士。老一代兵团人在艰苦恶劣的自然环境中挖渠引水、开荒造田、治沙治碱、植树造林，建成了一片片绿洲、一个个农场、一座座军垦新城，创造了一个又一个人间奇迹。在革命战斗中，他们是英雄；在生产建设中，他们是拓荒牛；在维护稳定中，他们是中流砥柱。兵团人所作的历史贡献，党中央不会忘记，共和国不会忘记，新疆各族人民不会忘记，全国人民不会忘记。

兵团的历史是一部开发建设边疆的历史、一部巩固祖国西部边防的历史、一部维护新疆稳定的历史、一部促进民族团结进步的历史，更是一部弘扬爱国主义、国际主义和时代精神、民族精神的历史。

1991年9月，兵团党史研究室开始编纂《兵团史料选辑》，截至2015年底，已经编辑出版了25辑，1500多万字。这是一套记载兵团发展史的权威性历史资料丛书，得到了兵团历任史志编纂委员会领导的悉心指导，尤其是近几年党史工作围绕中心、服务大局，更好地发挥以史鉴今、资政育人任务的作用更加突显，做到"一突出两跟进"（进一步突出开创和发展中国特色社会主义时间段的历史研究，即时跟进党的十八大以来党中央决策部署，即时跟进以习近平同志为核心的党中央的理论发展），兵团党委常委高度重视史料选辑工作。编委会副主任李新明、姚新民、赵广勇、任炜、刘和鸣（专职）亲自主持策划专题，并要求编者按兵团组建、创业和发展壮大等不同阶段选取重大事件、重要历史人物分辑出版。各辑以历史文献、组织沿革、屯垦史话、专题资料、珍贵图片、人物传记、回忆录、大事记、图表等栏目，真实记载了兵团履行生产队、工作队、战斗队、宣传队任务;发挥推动改革发展、促进社会进步的建设大军作用,增进民族团结、确保社会稳定的中流砥柱作用,巩固西北边防、维护祖国统一的铜墙铁壁作用;真正成为安边固疆的稳定器、凝聚各族群众的大熔炉、先进生产力和先进文化的示范区的辉煌篇章。

近年来,国内外兵团史研究专家学者、全国各大图书馆、兵团老军垦战士,来信来函,纷纷订购《兵团史料选辑》。

二、"援外专辑"的特点

自20世纪50年代末开始,兵团积极执行国家交给的援外任务。在越南、坦桑尼亚、索马里等异国大地上都洒下了兵团人的汗水、鲜血。1968年、1978年,来自兵团的筑路英雄几次进入巴基斯坦,在悬崖峭壁、空气稀薄的帕米尔高原上,用汗水和生命铸就了中巴友谊的不朽丰碑——中巴公路。

近年来,兵团还多次承担国家对巴基斯坦、塔吉克斯坦等周边国家的援外任务,获得广泛赞誉。为征集兵团援外历史资料,兵团党委党史研究室委派专人分赴中央档案馆、中国人民解放军档案馆、新疆军区档案馆、兵团档案馆、兵团商务局、兵团外事局等部门查阅资料,获得珍贵的援外资料。兵团援外专家严以绥的爱人及子女,喀喇昆仑筑路指挥部副参谋长陈逸民的女儿,老同志杨化东等,都愉快地接受了采访,并提供了很多珍贵的照片、文稿。这些老同志的回忆录、口述史,丰富了专辑内容。在他们身上,无不汇聚了对兵团事业的关心、热爱和期许。

"援外专辑"分为"文献资料"篇、"难忘援建岁月"篇、"图表、照片"篇等。在"文献资料"篇里,先后收入了我国政府与越南、坦桑尼亚、巴基斯坦、索马里、塔吉克斯坦等受援国政府关于经济技术合作协定的议定书、复函、会谈纪要、报告、批复、通知等珍贵文献。尤其是1968年12月25日中国人民解放军原新疆军区生产建设兵团供销部《关于做好新年慰问伤病员、烈士家属、援巴筑路人员家属的通知》、1969年9月12日《国务院、中央军委给援巴筑路全体同志的慰问信》、1970年春节《中华人民共和国喀喇昆仑公路筑路指挥部给援巴筑路战士全体家属同志的慰问信》等，至今读起来仍让人感到振奋和温暖。

  在"难忘援建岁月"篇中，会读到《带着总理嘱托在荒谷建农场》《张仲瀚同志对援越工作和发展中越友谊的贡献》《梦中的"当代丝绸之路"》《三次修筑中巴公路》《援巴筑路之歌》《兵团人在援建索马里的日子里》《跨国紧急大救援》等战天斗地、感人肺腑、催人泪下的诸多篇章。回顾艰苦卓绝的援建岁月，我们更加深切地领悟到兵团儿女用自己的青春、热血和生命凝成的"热爱祖国，无私奉献，艰苦创业，开拓进取"的兵团精神，它成为兵团事业接续发展壮大的强大动力和永久珍贵、世代相传的精神财富。几代兵团人继承和发扬人民军队精神，传扬中华民族伟大的民族精神，为世界人民的和平与发展作出了不可替代的贡献。祖国和人民应该记住他们，记住奋斗、捐躯的兵团人，他们是兵团精神的模范践行者。

  "援外专辑"中，许多图表、照片大都是首次公开使用的。《援巴筑路兵团捐躯人员名录》中，列有捐躯人员的姓名、性别、族别、籍贯、出生时间、工作时间、党团、死亡时间地点原因、死亡时部职别、出国前部职别等信息，当人们怀着沉重的心情阅读这份记载着罹难兵团筑路者的名录，无不静默、唏嘘。不知什么原因，有的捐躯者连籍贯也没有。

这本"援外专辑"集中反映了 20 世纪 60 年代以来，兵团以承担我国政府对第三世界国家的经济技术援助为主要内容的援外历史。兵团参与和筹建的援外项目，大多地处古荒僻野、险山断岭，生产生活条件极为艰苦，兵团援外人员以强烈的国家荣誉感和神圣的使命感贡献着他们的智慧和力量。历史应该永远铭记他们。

三、拾撷点滴慰英雄

严以绥，中国援非专家组专家、专家组副组长。1963 年至 1970 年，受委派赴坦桑尼亚、索马里、加纳、乌干达等国家执行援外任务。

当我们来到石河子大学一栋宿舍楼，采访已故援外专家严以绥的老伴儿陈赛玉阿姨时，老人早早拿出珍藏多年的照片和几本采写丈夫的业已发黄了的书。她显得淡定而欣然。在严以绥援外的日子里，陈赛玉带着女儿住在石河子农学院附近一个简陋的窑洞里，每个月只能通一封信，且规定家里和国内的情况不允许对外面说，他们在信里只能互相报平安。1965 年 6 月，周恩来总理访问非洲，来到坦桑尼亚，还专程接见了援坦专家。那天在总统府，严以绥穿着一身崭新的中山装和其他专家静静等候周总理。"小伙子很精神嘛！好好干，将来一定大有作为。"周总理走到严以绥面前，温和地伸出有力的手与严以绥的手紧紧握在一起说。

能在异国他乡感受祖国亲人的关怀，并且还是敬爱的周总理，严以绥万分感动。后来，严以绥抑制不住激动，和专家组其他成员一起抱头痛哭起来。陈赛玉说，专家组成员之所以如此哭成一团，还有另一个原因，就是在周总理到达的前一天，专家组中的一位水利专家在山里勘测时，被一群黑蜂蜇伤，不治身亡。

坦桑尼亚的乌本加农场和鲁伏农场位于非洲南部，土地肥沃，植被茂密。虽然河流丰富，但雨季洪水泛滥，旱季又干涸，难以用于农业灌溉，农场开发必须采取钻井用水。自然环境恶劣，毒蜂、毒蛇及蚊虫肆虐。此前，荷兰、法国等国的专家经考察后都断言，此地不宜农业生产。援建农场项目组由农垦部领导和兵团勘测设计分队队长严以绥工程师、兵团农学院农业试验站站长吴仁弟农艺师组成，并进行实地考察研究，决定立即开展水稻种植试验。1966年3月，专家们克服条件简陋、土地原始化程度高、技术人员少等种种困难，终于取得试种水稻的成功。

兵团援建鲁伏农场的英雄们还有一师医院的陈玉书、一师一团副团长李旺春、二师二十九团团长李炳智、二十九团十二连连长李庆林……严以绥去世前是石河子大学经济贸易学院教授、享受政府特殊津贴专家待遇。

张春祥，中国驻巴基斯坦大使。1970年他进入北京大学学习乌尔都语，1974年到巴基斯坦参加喀喇昆仑公路的建设，任筑路指挥部联络官、翻译。1987年任中国驻卡拉奇总领馆领事，1995年任中国驻巴基斯坦使馆政务参赞，2002年4月出任中国驻巴基斯坦大使。2006年3月，在巴基斯坦国庆之际，巴基斯坦总统授予张春祥巴基斯坦国家最高荣誉勋章——"新月"勋章。

张春祥说："援巴影响了我半生。我当时作为喀喇昆仑公路总指挥部翻译达5年零7个月之久，亲身经历了修建这条公路的艰辛和困苦。在两国历届政府和几代领导人的共同培育下，中巴睦邻友好关系不断加强，双边互利合作富有成果。作为一个在巴基斯坦工作、生活了20多年的中国外交官，我从20世纪70年代参与建设喀喇昆仑公路至今，亲身经历了两国关系的许多发展历程，对此深有同感，也深感自豪。

"……每当想起那些长眠在群山之中的战友,他们当年大多只有20多岁,想起他们我十分难过。当时的施工条件异常艰苦,雪崩、泥石流、落石随时会夺走援建人员的生命,早期牺牲的援建人员的遗体大多运回新疆喀什市安葬,后来则根据国内有关指示就地安葬。烈士们为中巴两国人民的友谊架桥铺路、甘洒热血的精神,无时无刻不在鼓舞和鞭策着我。

"1978年6月,巴基斯坦人民在喀喇昆仑公路途经的重镇——巴北部地区首府吉尔吉特建立了一座中国烈士陵园。出国人员、旅游者或商人经过这里时,常会停车致敬或上前献花,当他们经过崎岖、高寒、险峻的喀喇昆仑山时,无不为中国筑路员工勇于牺牲的精神而感叹。在巴基斯坦当地,也有人数十年来一直默默守候着陵园,修剪花草、清扫墓碑。这些年我一直有一个心愿,希望能和当年的领导和战友相聚。那些长眠在巴基斯坦的烈士们,多年来一般都是在一些节日里由大使馆的人员去扫墓,他们在国内的亲属、战友却很难来这里扫墓,这不能不说是一个遗憾。"

张春祥一直希望能有一天,可以看到烈士亲属来到这里,走一走英雄们修的路,祭奠一下长眠在这里的烈士们。喀什城内有援巴烈士墓,当时的墓地里有挖好空置的墓穴。后来得知,喀什陵园那时一直保留有10个墓穴,掩埋一个牺牲的筑路人后,就立即再补充一个墓穴,始终保持有空置的10个墓穴。可见当时施工环境的艰险程度。"看到这样的场面,心里都很不是滋味,胸口像压上了一块石头,沉甸甸的。"几位老人这样告诉我们。

多年来,兵团在党中央和自治区党委的正确领导下,始终坚持国家利益和中华民族根本利益就是兵团利益,以对祖国和人民的无限忠诚、不怕牺牲,认真履行党和国家赋予的职责使命,不仅在开发建设新疆、增进民族团结、推进社会进步、巩固西北边防等方面发挥了特殊重要作用，而且圆满完成了各个历史时期国家交给的各项对外援建援助任务。兵团人不仅培植了我国在广大亚非国家的民意基础，还助推了我国发展巩固与广大发展中国家的友好关系。

新时代，以习近平同志为核心的党中央统筹国内国际两个大局，提出了亲诚惠容周边外交理念和"一带一路"倡议。兵团将进一步落实党中央外交战略和国家援外政策，总结经验，发挥地缘和区位优势、体制和组织优势，在丝绸之路经济带核心区建设中走在前列，为确保如期全面建成小康社会，为实现第二个百年奋斗目标、实现中华民族伟大复兴的中国梦奠定更加坚实的基础。

这也是这本书给我们的启示和思考。当然，历史资料是以史鉴今、资政育人的研究基础。援外资料的征集范围还不够全面深入，新史料没有征集上来，难免挂一漏万。所以，兵团援外的珍贵文献、历史图片以及艰苦岁月、成功喜悦和感天动地的故事，远远不是本辑所能概括的。这也是兵团党史工作者日后需要努力的方向。

不能忘记海外挚友

马克思曾说:"人的生活离不开友谊,但要得到真正的友谊是不容易的。友谊需要真诚去播种,用热情去灌溉,用原则去培养,用谅解去护理。"一个政党、一个国家、一个民族也离不开友谊。

中国共产党成立 100 多年来,无数国际友人发扬伟大的国际主义精神,热情、无私地帮助中国共产党和中国人民,与中国人民同呼吸共命运,与中国共产党领导的革命和建设事业融为一体。有的国际友人数十年如一日为党的事业奔走操劳,有的国际友人加入中国国籍,有的国际友人光荣地加入中国共产党,有的国际友人甚至为中国革命献出了宝贵的生命……

单伟编著的《志同道合:中国共产党的海外挚友》一书,选择了热爱中国和中国人民、长期坚持对中国友好,与中国共产党积极合作并对中国人民解放事业、社会主义建设和改革开放作出突出贡献的 18 位国际友人——毛泽东在《纪念白求恩》等纪念文章和讲话中提到的白求恩、埃德加·斯诺、史沫特莱、斯特朗等;习近平在纪念抗战胜利 75 周年座谈会上的重要讲话中提到的柯棣华、贝熙叶、汉斯·希伯等;获得"中国改革友谊奖章"的大平正芳、萨马兰奇、松下幸之助等;"中国缘·十大国际友人"网络评选中获选的爱泼斯坦、路易·艾黎、阿尔希波夫、平松守彦等。他们来自不同国家、地区、行业,年纪也不尽相同,很多人来了就不曾离开,将中国视为心目中的理想之地和心灵家园;有些国际友人在帮助中国度过革命和内战的艰难岁月后，不顾中国仍处于艰难时期，选择中国作为他们的"第二故乡"，与中国共产党风雨同舟、亲密合作，建立了命运与共、历久弥坚的伟大友谊。

大家耳熟能详的几位国际友人曾这样表达并践行自己的心语——

加拿大共产党员、著名胸外科专家白求恩："我现在到中国去，是因为我觉得那是最迫切需要去的地方，那是我能够更有用的地方。"

新中国卫生事业的先驱、新中国成立后第一个加入中国国籍的外国人马海德："从此，我能够以主人翁的身份，而不是作为一个客人置身于这场伟大的解放事业之中，我感到极大的愉快。"

美国新闻记者、作家、社会活动家史沫特莱："我到过很多很多国家，但无论到哪儿，我总归是一个外国人。只有当我在中国的时候，我就不感到自己是外国人了。不知道是什么缘故，在那儿，我总认为自己是中国人民的一员。我仿佛已经生根在那块土地上了。"

印度医生柯棣华宣誓："我志愿加入中国共产党。我宣誓为反对法西斯斗争的胜利，为实现共产主义，我要将我的一切包括我的生命献给这壮丽的事业。"

埃德加·斯诺留下了把部分骨灰"安葬在中国的土地上"的遗愿。1973年10月19日，在北京大学未名湖畔，周恩来亲自参加了埃德加·斯诺骨灰安放仪式。

"远道而来的朋友"，受到中国共产党和中国人民高度的敬重。党和国家领导人在重大庆祝和纪念活动中对他们表达了真诚的感谢和纪念；中国人民在国际友人生日时对其祝福、逝世时表示哀悼、诞辰日时举行纪念活动；国家还为外国友人设立颁发了各种荣誉奖章。

  单伟说,编写这本书的目的,就是要向以他们为代表的众多国际友人表达崇高的敬意。这是绝不能被忽视和遗忘的历史。品读国际友人的感人故事,感受他们跨越时空、历久弥新的精神风范,从特定视角感受百年党史的艰辛历程、巨大变化、辉煌成就,对促进中外交流合作、推动构建人类命运共同体有着更为深远的时代意义。

阅读是一种游历

央视一位记者说，采访是一场抵达。我觉得，阅读是一种游历。读者能从阅读中找到自己需要的精神力量和精神给养。阅读是一个游历书中作者所构建的精神家园的过程，就像与喜欢的人一起去游行。一路上，感受小溪、鲜花、激流、险滩、沙丘、绿洲、悲欢、离合；坐看庙宇的禅静，冷观山川的峻美；体察旅行的快乐，领悟智者的心语；陡增岁月的阅历，细品生活的甘苦。

近日，阅读完北京师范大学教授、博士生导师、高校党建研究中心主任张静如的著作《暮年忆往》（中共党史出版社，2013年1月第1版），我觉得就是一次精神的游历，就像在茶舍里惬意地和"一个爱喝豆汁的北京老头"品茗、聊天。张老先生的话语亲切自然，字句直言率真。

1933年生于北京的张静如先生从教60年，致力于中共党史、中国革命史、中国社会史的研究与教学，治学严谨、视野宽广；张老先生为人宽厚、德高望重、奖掖后学、桃李满园，堪为学界翘楚，师者风范。张老先生为党史教育事业的发展和党史学科建设作出了贡献，受到学界同仁和师生的爱戴。

张老先生在自序中说，由于他是研究党史的，回忆中有关党史的事，对于学习和研究党史的读者了解已经过去了的党史学界的情况可能有点用，但对一般读者来说就没什么意思了。另外，回忆中碰到一些问题，有的写了几句议论的话，对不对就不敢说了，如有不合适的说法欢迎批评。在书的结语，他仍然谦逊地说："写下的这些话，不见得都对，也未必都有用，仅供参考。"我作为一名党史研究部门的干部，从书中看到张老先生做人、做事、做学问方面的"道行"，感触颇多。与此同时，我也以为先生的"道行"值得读者深深体悟。

张老先生是我国著名学者、党史专家，是新中国培养出来的第一代马克思主义专家学者。在60年的从教生涯中，张老先生坚持勤奋学习，教书育人，坚持科学研究，开拓创新，辛勤耕耘在科学研究的园地里，著述颇多、建树颇多，在党史学界和社会上都产生了很好的反响，得到了各方面的好评。

张老先生说，研究社会科学，一定要关注相关学科的发展，只有具备多学科的知识，才能搞好本学科。一定要关注社会，了解社会，懂得社会。"不食人间烟火"、远离社会的人，肯定搞不好社会科学。研究历史的学者，也要研究不同历史时期的社会。对于当代社会的关注和了解，要从多方面、多角度进行。就是说，既要了解社会经济、政治、文化，也要了解社会生活的其他方面；既要了解城市，也要了解农村。掌握社会实际情况，不仅要从报刊上、电视上、网上了解，而且要走出去，到实际生活各个角落去了解。

在思考过去的历史时，要理性地、科学地对待，不能不顾历史的真实而胡思乱想。一定要"尊重前人""尊重历史"。懂得写历史必须掌握大量史料，把历史过程叙述清楚。写历史必须有充足的史料，否则会干巴巴的。

不仅读起来很枯燥，而且也弄不清楚是怎样走过来的。治史者要对历史上的事件、人物做分析和评价。其实，任何一个人，活一辈子，不可能一件好事都没做过，也不可能办的都是好事。历史就是历史，要按照历史的本来面目去分析。当然，这并不是一件容易的事，因为总会受到史料的制约，或者缺失，或者不准确，甚至是假的，使用起来相当费事，有的需要考证，有的需要辨伪。尤其是回忆性的史料，主客观因素的制约很大。就拿人的记忆来说，有人记忆好，有人记忆差，加上主观认识，写出来的文字未必都准确。

总结历史经验，以利未来的发展，是人类在长期生活中慢慢体验出来的非常有意义的道理。弄清楚以往成功的经验与失败的教训，就可以在未来的发展中避免重犯错误，使成功的经验得到发扬。中共历史上，特别是"文化大革命"所犯的错误，不是以马克思主义为指导所致，而是背离了马克思主义、背离了马克思主义与中国实际的结合所致的。不管是外国的学说，还是中国古代的学说，要用它就必须与中国现实实际相结合。马克思主义是科学的，但如果不与中国实际相结合，用起来一样会失误。中国共产党成立后，不甚懂得中国国情，特别是有一段时间"左"倾领导人完全不顾国情，差点把革命断送。毛泽东的高明之处，就在于深入研究国情，把马克思主义中国化。中国确立社会主义制度之后，又出现脱离中国国情的局面，以至于发动了"文化大革命"。临危之际，邓小平出来了，指明建设中国特色社会主义的道路，其高明之处也在于懂国情。

张老先生说，研究中共历史必须坚持历史唯物主义，由于一切历史事物和现象，包括人物、事件、制度、思想等，都是在特定的历史条件下产生和发展的，所以就应该从历史本身的发展过程去考察，把它们放到一定历史范围之内进行具体分析；研究中共历史要贯彻群众和杰出人物作用的理论。无论对群体还是个人作用的分析，都要依据大量材料，不要做抽象的推论，既不能夸大，也不能缩小；研究中共历史要注意吸收中国传统治史理论和方法，以及自然科学、社会科学理论和方法的有用部分。

张老先生在书中还多次指出，做学问也要有一种创新精神。创新包括克服保守观念、习惯势力，冲破各种阻碍和困难。创新并不是否定过去的一切，创新是在继承的基础上前进，抛弃什么、改造什么、发扬什么、更新什么，这又是难上加难的。创新是民族发展的不竭动力，离开创新人类社会就会停滞。人类历史是一部不断创新的历史，创新意味着进步。

在书中，张老先生像对待自己的孩子一样向年轻人娓娓道来建立一个美好的、和谐的家庭的秘诀。小时候靠父母养活，自己不能独立，但从小就应该懂事，不要任性，不要胡闹，不要闯祸，以免给家庭带来麻烦、不愉快。长大后，就要慢慢把小家立起来。要立家，先要谈恋爱。谈恋爱当然要花时间，但不要用太多时间耽误各自的事业。如果恋爱关系处理好，相互鼓励，就会各自产生动力，在事业上大有成就。买菜做饭、打扫卫生之类的家务劳动，在这方面男人更应该严格要求自己，主动承担，不愿做、不会做家务的是不太合格的男人。家庭教育的重要意义不容忽视，它甚至是子女一生的财富。

人活一辈子要有理想，作为自己追求的目标。张老先生说，树立理想要从实际出发，最基本的实际有两条：一是自身条件，符合自身条件才能做到；一是社会需要，只有对社会有贡献才有意义，否则就是空想、幻想，甚至是妄想。有了理想，才能有努力方向，才有动力，才能克服前进中的一切困难。当然，在这个过程中，也许会碰到客观的无法克服的困难，那只能调整自己的理想，做别的方面的努力。

在如何对待宽容和诚恳的问题上，张老先生可谓毫不保留地传授着自己的人生经验和感悟。宽容是一种美德，是一种好的修养。"我年轻时，不懂得这个道理，常常不让人，特别是嘴上没有把门的，说些伤人的话。"

随着年龄的增长，越来越觉得宽容的重要，逐渐树立起宽容观念。只要自己行得正，不亏心，一心扑在事业上，外界再怎样，也没什么了不起。要学会宽容一切，对自己严格，对别人多理解。整过自己、骂过自己、不理解自己的人，都有他们的目的和想法，对此不去计较；即使自己占据优势，也不去报复。李大钊说过，要有"容人并存的雅量""自信独守的坚操"，这话非常有道理。

活着就要与别人接触，相处的过程，总会出现一定的大小矛盾。关键是自己要有一种对别人的宽容态度。赞同、支持自己的，当然没问题，关键是对不赞同、不支持甚至反对自己的人，特别是对错怪、冤枉、打击过自己的人，能够容忍、原谅就太难了。但为人应该努力做到宽容别人，只有宽容才能和谐。与别人日常相处要宽容，做学问，特别是在交流学问中也要宽容。不同的学术观点，不可避免要交锋，坚持自己的观点并不为错，但一定要有"容人并存的雅量"，不要一看到或听到别人的不同观点，就说三道四，表现出不能容忍的态度，更不能讲一些难听的、挖苦人的话。在这方面，年纪大的学者要做榜样，为后学者创造更宽松的学术环境。

人活一辈子，不可能不说错话，不可能不办错事，因为任何人对客观世界的了解与认识不可能都是全面的，不可能都是准确的。关键是对自己说错话、办错事，采取什么态度，是掩饰或强调客观，还是勇于承认自己的错误。有错就改，伤人就道歉，是正直的人应该做到的，也是容易得到别人原谅的。勇于承认自己的错误，不会被别人看不起，反倒会受到别人尊重。

"我这一辈子，不知说过多少错话，办了多少错事，也伤了一些人，确实应该自责。尤其我公开发表过许多文章，其中虽然有对的观点，但错误也不少，对后学者起了误导作用。"这些话，都是张老先生情真意切的心灵独白。

在洋洋洒洒近40万字的篇幅中，处处可见张老先生唯真唯实、纯朴直爽的为人本色，平实大器、自信达观的做事态度。他对学术锲而不舍的执着精神、对教育孜孜不倦的敬业精神，都值得大家学习。

书写让观众共鸣共情的史诗

全景式展现西北革命波澜壮阔的历史，2024年11月5日，三十九集重大革命题材电视剧《西北岁月》，在总台央视综合频道（CCTV-1）开播后，引起观众强烈共鸣共情。

西北岁月，峥嵘岁月。电视剧《西北岁月》从1927年国民党内反动集团叛变革命，残酷屠杀共产党人和革命人民，大革命遭到惨重失败的历史背景开始，纪录片式地展开讲述习仲勋（靳东饰）等老一辈无产阶级革命家为了党的事业和人民的利益，心怀壮志，坚定信念，浴血奋战，艰难求索，从星星之火到燎原西北，从保卫硕果仅存的革命根据地，到摧枯拉朽推翻蒋家王朝，建立新中国的故事。

习仲勋1913年10月出生在陕西富平县一个农民家庭。他从小受陕西进步思想浸染，逐步接受革命和民主思想，萌发反抗黑暗、向往光明的志向，接触进步思潮，接近党团组织，参加革命活动。他在武廷俊等人影响下，渴望"成为一束光"，走向人生新征程。习仲勋13岁加入中国共产主义青年团，15岁加入中国共产党。1932年4月，19岁的他组织发动"两当兵变"。

习仲勋的父亲习宗德（成泰燊饰），为人忠厚，性格刚直，他卖了家中的毛驴也要供习仲勋上学。习宗德对习仲勋（吴磊饰演青年习仲勋）说的"为天下穷人谋条活路，那毕竟危险啊"道出了对儿子进步思想的挂心与担心。国民党的"清共"活动，使许多无辜民众遭受残酷迫害，广大人民群众处于水深火热之中。面对这样的形势，习仲勋没有动摇，没有退缩，反而看清了国民党当局的反动本质。他除了刻苦学习之外，与同学程建文、宋文梅一起以更大的激情投身革命活动。他们积极参与游行，散发传单，宣传演讲，表现十分突出。

习仲勋等人考入省立第三师范学校，就包含了他们对自己心目中爱国英雄的崇拜和对新文化、新知识的追求。习仲勋曾在狱中宣誓：永远为劳苦大众谋幸福，决不反悔。

1935年春，陕北、陕甘边两块根据地在反"围剿"战争中连成一片，合并成立西北革命根据地。它是我党在土地革命战争后期唯一保存下来的一块革命根据地，也是我们党在西北唯一的苏区。陕甘宁边区是1935年10月中共中央到达陕北后在西北革命根据地的基础上扩大、巩固和发展起来的。包括陕西、甘肃、宁夏三省交界的各一部分地区，人口约150万。陕甘宁边区从1935年10月到1948年3月，是中共中央所在地、全国革命的指挥中心，在中国革命历史上占有特殊的重要地位。西北革命根据地是党中央和中央红军长征的落脚点，是八路军抗日的出发点，为中国革命取得胜利建立了不朽功绩。习仲勋对党忠诚，对人民负责，作风扎实，意志坚定，是创建陕甘边革命根据地的主要创建者、领导者之一，在革命危难的关头发挥了决策性作用。

以龙平平、夏蒙等影视剧、纪录片大家组成的主创团队将刘志丹、谢子长、习仲勋、张宗逊、王泰吉、王世泰、齐心等一大批战斗在西北大地上的革命人物呈现在观众面前，描绘了西北革命群英谱。该剧还栩栩如生地塑造了毛泽东、周恩来、刘少奇、朱德、任弼时等我党领导人，以及彭德怀、贺龙、王震等将帅人物，并刻画了大量生动的西北群众形象。该剧既呈现宏大战争场面，又以诗意表现手法将历史真实与艺术再现相结合，填补了重大革命题材影视作品在西北革命史、陕甘根据地建设史上的创作空白。

彭德怀同志曾多次在领导人之间和一些会议上，以赞赏的语气表扬习仲勋，说习仲勋是陕北老区的一位老同志，他与边区人民有着深厚的感情，同群众保持着密切的联系，他具有密切联系群众的好传统，值得大家学习。

习仲勋对生他养他的三秦故地有着浓厚情怀，他常说："生身之地，养育之恩，走遍天下，难忘乡亲。""任何时候都不能忘记根本，任何时候都不能脱离群众。"这也是习仲勋赠送给晚辈的两句话。

习仲勋坚持马克思主义群众观和党的群众路线，他一辈子热爱人民、珍惜群众。他关心群众疾苦，心里始终装着人民群众。他总说，群众才是真正的英雄，江山是人民的江山。他宠辱不惊、九死不悔的革命理想、坚定信念和高尚情操，成为我们党和人民的宝贵精神财富。

习仲勋向群众讲话，用土话，老百姓一听就懂。他把一些大道理通俗地讲，老百姓一下就明白了。他给游击队队员讲战术，说绳子从细处断，打敌人就要打他的薄弱处。习仲勋有很好的群众作风，所以得到边区人民拥护，选他做主席。

毛泽东曾经多次称赞习仲勋：党的利益在第一位；一个从群众中走出来的群众领袖；如今他已经"炉火纯青"；诸葛亮七擒孟获，你比诸葛亮还厉害；他是一个政治家，这个人能实事求是，是一个活的马克思主义者。

1981 年 12 月 27 日，习仲勋在会见全国故事片电影创作会议代表时说："批评和自我批评任何时候都是我们前进的动力，没有批评和自我批评，我们的工作就不可能做好。拍电影也是一样，没有批评和自我批评，就拍不出好的片子。有缺点，不要紧，大家来评论，群众来评论，专家来评论，评论了之后还可以再改嘛。所以，有缺点并不可怕，怕的是我们不敢批评，也不敢作自我批评。有缺点不要紧，关键是看会不会使用批评和自我批评这个武器。如果善于使用这个武器，我看这样和那样的缺点都是能够克服的。"

重温西北大地革命烽火往事，就像电视剧《西北岁月》中孙楠唱的那首歌《先驱》一样（大意），催人去寻找、来赓续那条红色血脉、红色基因——

> 饥饿的土地，
> 疾风和暴雨结成知己，
> 镰刀与锤头结成兄弟。
> 与信仰相遇，
> 为强者奠基，
> 不屑崎岖，
> 将信念磨砺。
> 思想火花点燃信仰火炬，
> 先驱，赤脚的足迹，
> 先驱，迎送伟大的暴风雨，
> 将阳光普及。

让我们怀着礼敬之心、敬仰之情，向那些为西北党的建设，为陕甘边革命根据地的创建，为统一战线的发展壮大，为陕甘宁边区政权的建立，为中国人民的解放事业和社会主义事业作出贡献的先辈们致敬！

彰显信仰力量的《百年求索》

由中华人民共和国国史学会、中央新闻纪录电影制片厂（集团）等单位联合出品，人民日报数字传播有限公司等单位联合摄制的百集微纪录片《百年求索》，在央视频、学习强国、新华影像、人民数字等平台播出，引发观众的关注和点赞。

《百年求索》集中反映了在中国共产党的领导下，中华儿女壮怀激烈、惊天动地、可歌可泣的奋斗历程，用影像语言讲述党的不懈奋斗史、不怕牺牲史、理论探索史、为民造福史、自身建设史，集中反映建党百年的伟大历程、伟大成就、伟大精神，浓墨重彩地弘扬了伟大建党精神。该片定位准确、脉络清晰、叙议自然，见史实、见人物、见道理。

在主题表达上，《百年求索》准确把握党的历史发展的主题主线、主流本质，以百年来的重大历史事件、重大方针政策、重要会议和重要人物为切入点，通过一个个铭刻着光荣印记的历史瞬间，串联起中国共产党百年的光辉历程、伟大成就和宝贵经验。该片用影像生动地表达了中国共产党一经诞生，就把为中国人民谋幸福、为中华民族谋复兴确立为自己的初心和使命。100多年来，中国共产党团结带领中国人民进行的一切奋斗、一切牺牲、一切创造，归结起来就是一个主题：实现中华民族伟大复兴。尤为可贵的是，该片对党史上的重大事件、重要会议、重要人物做到了正确认识和科学评价，实事求是地看待党史中的一些重大问题，既不因为成就而回避失误和曲折，也不因为探索中的失误和曲折而否定成就。

在阐释方式上，《百年求索》以鲜活的历史人物、感人的历史细节为依托，从理论逻辑、实践逻辑和历史逻辑三个层面，立体呈现中国人民近代以来180多年斗争史、中国共产党100多年奋斗史、中华人民共和国70多年发展史、改革开放40多年实践史，新时代中国特色社会主义取得的历史性成就、发生的历史性变革。通过生动、深入、具体的纵横比较，把基本史实讲得明白、基本脉络讲得清晰、基本道理讲得透彻，很好地回答了中国共产党为什么能、马克思主义为什么行、中国特色社会主义为什么好等重大问题。

在视觉呈现上，《百年求索》的创作者致力于讲好党史故事、彰显信仰伟力，结合影像、配乐和剪辑等多种手段打造富有新意的视听感受，有机融合了纪录片的生动性、大众性和感染力，生动展现了百年历史进程中国家、民族、个人所发生的巨大变化，有利于世界了解中国、了解中国共产党，可以说是中国微纪录片创作和推广模式的一次有益尝试。

《百年求索》致力于讲好中国共产党的故事，大力唱响共产党好、社会主义好、改革开放好、伟大祖国好、各族人民好的时代主旋律，更加坚定受众的"四个自信"。

中国共产党团结带领中国人民踏上实现第二个百年奋斗目标新的赶考之路，回望过往的奋斗路，眺望前方的奋进路。《百年求索》片尾以庆祝中国共产党成立100周年大会为背景影像，展现了中华民族迈向伟大复兴不可阻挡的坚定步伐。

你的故事是讲不完、写不完的

观看了由中共中央党史和文献研究院出品的八集微纪录片《讲述·周恩来的故事》，我的感觉，是有点不太"解渴"。

周恩来的故事，哪能是《少年时光》《周总理的一天》《拒收礼品》《西花厅，温暖的家》《严守保密纪律》《俭朴的生活》《病重的日子》《恩爱夫妻》短短八集能讲述完的。

我建议，要继续拍下去，到全国各地，乃至世界各地，任何他到过的地方，去寻找周恩来的足迹，挖掘周恩来的故事。

一位领导人，不论官大官小，他为人民服务的身影，在人民心中永远抹不掉，因为人民心中有杆秤。

记得诗人臧克家将对周总理的哀思化作一首悲歌——泪是丰碑，泪是誓言，泪是动力，泪是火焰！昂起头来，揩干眼泪，红旗指向，无坚不摧！这位诗人还有一首家喻户晓的诗——有的人活着，他已经死了，有的人死了，他还活着……

周恩来，这是一个光荣的名字、不朽的名字。每当我们提起这个名字就感到很温暖、很自豪。周恩来在为中国人民谋幸福、为中华民族谋复兴、为人类进步事业而奋斗的光辉一生中建立的卓著功勋、展现的崇高风范，深深铭刻在中国各族人民心中，也深深铭刻在全世界追求和平与正义的人们心中。

周恩来是伟大的马克思主义者，伟大的无产阶级革命家、政治家、军事家、外交家，党和国家主要领导人之一，中国人民解放军主要创建人之一，中华人民共和国的开国元勋，是以毛泽东同志为核心的党的第一代中央领导集体的重要成员。

八集微纪录片通过周总理的亲属、秘书、卫士、专机机长口述，邓颖超画外音等方式讲述了周总理工作、生活的故事，展现了周恩来的精神风范和优良家风。

我看到了讲述者的眼噙泪水，我看到了审片现场专家发言时的几度哽咽，我也注意到观众在《病重的日子》这一集评论区的留言："我不敢看，怕自己忍不住泪水。"

"文化大革命"时期，紧张繁重的工作严重影响了周恩来的健康。即使手术住院期间，周恩来依然没有停止工作，他像蜡烛一样，为了国家和人民，将自己燃烧到生命的最后一刻。

周恩来的卫士高振普，细心地记录整理了周恩来病重住院期间每一天的活动日程。自1974年6月1日住院，到1976年1月8日去世共587天，周恩来共做大小手术13次，约40天左右就要动一次手术。但只要身体能够支撑，仍继续坚持工作。住院期间，周恩来会见外宾65批，在接见外宾前后与陪见人谈话17次，在医院召开会议20次，出医院开会20次。外出看望人或找人谈话7次。每次会见时间大都是1小时左右，最短的一次10分钟……高振普回忆："在医院光找领导层的谈话242次还是245人次，谈话时间289小时零43分钟，这我有记载。有人跟我说总理在医院，这实际上除了手术以外，也就等于8小时办公。"

在"文化大革命"极端复杂的特殊环境中，周恩来作出了常人难以想象的努力，忍辱负重，苦撑危局，维护党和国家正常工作运转，尽一切可能减少损失。周恩来保护了一大批党的领导骨干、民主人士和知识分子；协助毛泽东粉碎了林彪反革命集团妄图夺取最高权力的阴谋，同"四人帮"进行了坚决斗争。"九一三"事件后，周恩来主持中央日常工作，批判和纠正极左思潮的错误，使各方面工作有了转机。他全力支持邓小平领导对各方面工作进行整顿，这不仅深深影响了当时中国的政局，而且为后来中国的改革和发展准备了条件；他在四届全国人大一次会议上重申实现四个现代化的宏伟目标，极大鼓舞了全党全国各族人民。

在这一集里，周恩来的秘书纪东回忆道："大手术伤口还没有完全恢复，他在深夜里给李先念打电话，告诉他收到了一封群众来信。在山西的一个山区里，当地群众吃的咸盐比城里贵一分钱，周总理在这个时候仍然想到这件事还没有办，给先念同志打电话，赶快派调查组去了解情况，赶快让群众能吃上盐。我说，在老人家心里，一分钱、群众吃不上盐这样的事，有多么重的分量。"

周恩来始终把密切联系群众、深入调查研究作为共产党人应具有的基本品质和工作原则，以实际行动同形式主义、官僚主义作坚决斗争。他强调要了解情况，就得学习，就得调查，"一切问题都要到现场去实践"。他告诫各级干部，"官僚主义是领导机关最容易犯的一种政治病症"，"克服主观主义和官僚主义，对我们有着特殊重要的意义"。他特别强调，搞社会主义就是要"为最大多数人民谋最大利益"，"我们是从人民中来的，我们过去的胜利都是在人民的支援下取得的，不能忘本"。

1976年1月8日上午9时57分，周恩来病逝于中国人民解放军三〇五医院，享年78岁。

纪东说："最后，骨灰也撒掉了，什么叫春蚕吐丝啊，什么叫蜡烛燃尽啊，我们总理用自己的身躯，做了最后的全面的诠释，实现了生前说的，最后一次为人民服务。"

我认为，编导应该把镜头定格在周总理胸前那枚"为人民服务"的徽章上，让观众从徽章上领悟"为人民服务"这五个大字的时代价值和历史意蕴。

《恩爱夫妻》是八集微纪录片的最后一集,给我留下很深印象。

周恩来和邓颖超的爱情,缘起于青春澎湃的五四运动。他们一起走过危机四伏的白色恐怖、生死一线的漫漫长征、见证各地抗战的山河岁月。在长达半个多世纪的风风雨雨中,经受了无数惊涛骇浪,相濡以沫,携手同进。

听到旁白中邓颖超念着自己写下的《从西花厅海棠花忆起》段落,尤其令人动容。

春天到了,百花竞放,西花厅的海棠花又开了。看花的主人已经走了,走了12年了,离开了我们,他不再回来了。

你不是喜爱海棠花吗?解放初期你偶然看到这个海棠花盛开的院落,就爱上了海棠花,也就爱上了这个院落,选定这个盛开着海棠花的院落来居住。你住了整整26年,我比你住得还长,到现在已经是38年了。

…………

每到海棠花开放的时候,常常有爱花的人来看花……你离开了这个院落,离开他们,离开我们,你不会再来。你到哪里去了呀?我以为你一定随着春天温暖的风,又踏着严寒冬天的雪,你经过春风的欢送和踏雪的足迹,已经深入到祖国的高山、平原,也飘进了黄河、长江,经过黄河、长江的运移,你进入了无边无际的海洋……

…………

因此,我们的爱情生活不是简单的,不是为爱情而爱情,我们的爱情是深长的,是永恒的。我们从来没有感觉彼此有什么隔阂。我们是根据我们的革命事业、我们的共同理想相

你的故事是讲不完、写不完的

爱的。

多么炽热的爱,多么深厚的情。视频里闪过一帧帧周恩来与邓颖超的照片,画面感极强,让人的思绪随江海的波涛汹涌翻腾,久久不能平抑。

这使我想起周总理去世后,国内建筑的第一座、也是当时唯一的一座周恩来纪念碑。它位于我曾工作过的新疆石河子,坐落于1965年7月5日周总理在石河子接见兵团上海知青代表所在的位置。纪念碑由钢筋混凝土浇筑而成,呈方柱体。碑体总高12.8米,其中碑身高7.8米,象征着周总理享年78岁;碑文高6.7米,象征着周总理视察新疆时67岁;纪念碑红砖铺地基座宽8.1米,象征着周总理领导的八一南昌起义。纪念碑坐北朝南,正面镌刻着"敬爱的周恩来总理永垂不朽"。碑体上有周总理为兵团的题词手迹:"高举毛泽东思想的胜利红旗,备战防边,生产建设,民族团结,艰苦奋斗,努力革命,奋勇前进。"

纪念碑的旁边,是周恩来纪念馆。馆内的巨幅油画下方,有这样一段话:"1965年7月,是新疆各族人民永远难以忘怀的日子。周总理和陈毅副总理一行出国访问归来,不顾旅途劳顿,来到新疆看望各族人民。周总理先后视察了和田、喀什、乌鲁木齐、石河子等地。他深入工厂车间、田间地头、学校幼儿园,他询问群众的工作、生活情况。他叮嘱鼓励各族干部要加强民族团结,开发建设边疆,维护祖国统一。他对百万兵团军垦儿女屯垦戍边、保卫建设新疆的历史功绩给予充分肯定。"周总理从下午1点到石河子,到第二天上午11点离开,一共是22个小时,几乎一刻不停地参观、座谈、会见、谈话……当时他已经是67岁高龄,却始终保持着旺盛精力。周总理的音容笑貌永远留在新疆各族人民心中。

我在周恩来纪念馆的展柜里看到一张"大字报",上面用毛笔写着——

周恩来同志:我们要造你一点反,就是请求你改变现在的工作方式和生活习惯,才能适应你的身体变化情况,从而你才能够为党工作得长久一些更多一些。这是我们从党和革命的最高的长远的利益出发。所以强烈请求你接受我们的请求。

这是1967年2月3日周总理身边的工作人员写的一张"大字报"。上面有赵炜、高振朴(普)、霍爱梅、李进才、张作文、郑淑云(芸)、赵茂峰、桂焕云、张佐良、高云秀、纪书林、张树通、孙岳、杨金明、张元等的签字。

"大字报"左侧是2月4日周恩来竖着写下的一行字:"诚恳接受,要看实践。"

从"大字报"字里行间,能看出身边工作人员对周总理的景仰和爱戴。

在《病重的日子》这集里,纪东口述道:"'我累了',他说完这句话以后,就又昏迷了。这是老人家跟我们秘书说出的最后一句话,最后一个字,就是'累'。在这之前,不管多累,不管多难,老人家从来没有跟我们透露过一个字。"

周恩来年少时曾立下誓言,"为中华之崛起(而读书)","愿相会于中华腾飞世界时"。

周恩来,不仅仅属于中国人民,也属于世界人民。讲好周恩来的故事,传承好周恩来的精神,学习周恩来的人格风范,对于一个人的立德、立言、立行、立功都大有裨益,也是用之不竭的精神营养。

走进镜头记录的历史现场

2024年8月22日，是邓小平同志120周年诞辰。中共中央党史和文献研究院、国家广播电视总局联合出品20集微纪录片《红相册·邓小平的故事》。该纪录片由中共中央党史和文献研究院第七研究部、国家广播电视总局网络视听节目管理司、四川广播电视局联合摄制，8月份在各大视频网站及部分地方媒体推送播出后，引起观众好评。

一个个经典瞬间，一段段珍贵回忆。历史照片把历史瞬间定格为历史永恒。真实的历史，才彰显出历史的意义和光辉。该纪录片以邓小平在各个历史时期的照片为基本素材，辅以历史影像、档案、实拍画面，以真实的影像，还原一幕幕历史现场，讲述有温度的领袖故事，并从这些个人故事映现国家故事，个人家庭相册折射国家相册、家国历史。

这部纪录片之所以有如此深刻的意义，引发观众共鸣，至少是因为具备如下特质。

一是强烈的精品意识。每集六分钟的微纪录片浓缩了邓小平同中国共产党、中国人民解放军、中华人民共和国创建和发展历史进程紧紧相连的一生，同中国革命、建设、改革历史进程紧紧相连的一生，同中华民族抗争、独立、复兴历史进程紧紧相连的一生，同战友、同志、外国友人、家人、亲人战斗生涯、友情亲情相助紧紧相连的一生，符合历史逻辑。纪录片所展示的一组组珍贵影像透视出的重要历史事件与瞬间，对于认识一个真实的中国和伟人的思想风范、人格形象都至关重要，也凝聚着正确的历史观。

创作团队以严谨、科学、求实、民主的学术风格认真审视每集每张照片、每句解说词，对纪录片每集的前后顺序都进行了认真筹划。出品方约请党史、军史专家对20集微纪录片创作文本和初编样片进行了六次集中修改、专班审看，专家学者提出了数十条意见和建议。创作团队夜以继日精细修改、打磨。该纪录片赢得专家、观众一致好评，尽在情理之中。

二是用心用情讲好故事。重要历史人物的照片是历史时空的记录，定格了波澜壮阔历史进程的光影。创作者们运用历史唯物主义的思想方法，深入挖掘照片背后的感人故事和历史信息，讲好伟人故事、党史故事、共和国故事。同时，讲故事还要防止浮浅化和碎片化。只有这样才能真正讲好故事，并通过故事引导广大党员群众，尤其是青少年加深对党史的理解和把握，加深对党的领袖人物、对党的理论的认知和理解。纪录片直观再现历史现场，带给读者的是情景交融、身临其境的感受，从而使受众近距离与领袖、与人民亲密接触，生发情感共鸣。此片就是以最原始、最鲜活、最具体的照片为切入点，真实刻画了邓小平战斗、工作、生活的细节，用心用情讲述了邓小平的生平华章。

三是力求以小入口，反映大主题。该纪录片顺着一张纸照片所展现的历史事件的线索，分析照片背后所隐含的非凡历史意义。把邓小平革命、建设、改革时期以及退休后的生活厚植于党和国家事业发展之中，用宏阔的大视野、大格局、大情怀，以小见大，使受众在跨越时空中能够真正触摸到邓小平的精神面貌和思想光芒。纪录片通过照片背后故事的延展而变得立体，有深度、有温度、有广度、有长度，较好地处理了小与大、点与面、情与趣、远与近的关系，生动呈现了邓小平的人生历程、思想风范、家国情愫、特有性格。

四是以情化人、以理服人，使人在理性思考中获得精神引领。该纪录片有情感、有立场、有分析、有文采。我们可以从中见证、聆听伟人一路走来的历史的回声，感触他的忧思喜乐，还原一个有血有肉、有情有义的历史人物。与此同时，该纪录片使受众随着纪录片表达的逻辑主线，条理脉络，见证历史，在情绪渲染中获得情感升华，在情感升华中领略邓小平实事求是的思想作风和真挚的家国情怀。创作者们在文献档案资料基础上，带着深厚感情和理性思考，使纪录片不仅展现了在重大历史关头中，邓小平作为政治家亲民爱民的崇高品格，也展现了他对道路、理论、制度、文化的深入思考。与此同时，纪录片也不忘展现邓小平与家人在一起时暖情慈爱的温暖瞬间。

伟人留在照片中的大多数形象是沉稳、威严的，但在纪录片中展示的邓小平和孩子们的合照中，邓小平的脸上总是洋溢着灿烂的笑容。在记录邓小平晚年生活的照片中，我们会经常看到他与孩子们嬉闹的画面：孩子们在院子里查验爷爷的"通行证"，爷爷总是乖乖等待着被"检查放行"；小孙子堆雪人，爷爷总是第一个来分享拍照留念；孩子们挠爷爷的脚心，爷爷却从不恼怒。

邓小平对孩子最是深情。为了祖国下一代，邓小平倾注了真挚的感情。在他眼里，孩子们是未来和希望。在国内考察或接见外宾时，他总是抱着孩子轻轻亲一下。他为孩子们写下"戒懒"的书法横幅，推进"希望工程"，嘱托"三个面向"。

五是在伟人的同期声中感悟真理的力量。从邓小平大量"历史回声"中，分明感到他"实事求是"的思想伟力。邓小平对党和人民的贡献，是历史性的、世界性的。党的十一届三中全会以后，以邓小平同志为主要代表的中国共产党人，团结带领全党全国各族人民，深刻总结新中国成立以来正反两方面经验，围绕什么是社会主义、怎样建设社会主义这一根本问题，借鉴世界社会主义历史经验，创立了邓小平理论，制定了到21世纪中叶分三步走、基本实现社会主义现代化的发展战略，成功开创了中国特色社会主义。

在纪录片《有催人跑的意思》这一集中，邓小平1978年10月出访日本，他对现代化有了直观感受。邓小平不禁感慨道："我懂得什么是现代化了。"在东京开往京都的时速210公里的特快列车上，邓小平回答提问时说："就是感觉到快，有催人跑的意思……"结束日本访问，邓小平又应邀到泰国、马来西亚、新加坡三国访问。出访考察四国，使邓小平对现代化道路思考良多。同年12月，党的十一届三中全会开启了改革开放和社会主义现代化建设的伟大征程。第二年的3月，邓小平明确提出了"中国式的现代化"这一理论思考。

该纪录片中，使用了很多"邓小平同期声"，催人奋发，发人深省，醍醐灌顶。

他说——主权问题，是不能够谈判的，就是说中国1997年，收回（香港）的问题是不能谈判的，不管用什么方式，谈判的题目就是一个，归属问题。

他说——中国只要不坚持社会主义，不搞改革开放，发展经济，不逐步改善人民的生活，走任何一条路都是死路，动摇不得。

他说——要使人民的生活继续提高，他才会相信你，才会拥护你。

他说——两手都要硬。两只手，不是一只手，一只手抓改革开放，一只手严厉地对待那些坏的东西。毫不手软，软一点都不行，软一点都搞不起来。

他说——依靠科学工作者出把力。要摆脱落后和被人欺负的局面，落后就要挨打。

他说——从现在起到下世纪中叶，将是很要紧的时期。我们要埋头苦干。我们肩膀上的担子重，责任大啊！

深切缅怀邓小平为党、为祖国、为人民建立的不朽功勋，追思学习他为党和人民事业不懈奋斗的崇高风范，目的就是进一步激励全党全军全国各族人民在新时代新征程把强国建设、民族复兴伟业继续推向前进。这也是微纪录片《红相册·邓小平的故事》所要宣达的主旨和意义。

一个敬重英雄史诗的伟大民族

为隆重纪念红军长征胜利80周年，由中共中央党史研究室、北京前锋视线国际文化传媒有限公司联合摄制了8集电视纪录片《永远的长征》。《永远的长征》共有8集，分别是：第一集《悲壮出发》，第二集《伟大转折》，第三集《雄关漫道》，第四集《坚韧不拔》，第五集《生命颂歌》，第六集《情深意长》，第七集《北上北上》，第八集《奠基西北》。

这部片子以对标史传的严谨笔法，还原了长征途中的重大事件与历史事实；以"工笔画"的笔法，细致地考证并讲述了长征历史的线路、人物等重要史实；以史诗般的全景镜头、激情澎湃的旋律、深沉厚重的解说，为大家呈现了一个真实的中国工农红军各路长征的全过程。

更重要的是，在观看完这部纪录片后，我受益匪浅，思绪良多。在《永远的长征》中，我充分感受到了中国共产党人强大的精神信念、团结的不竭力量、感人的民族之魂、理性的智慧之思。正是在这个意义上，《永远的长征》是一部磅礴大气、主题深刻、充满张力、饱含深情、洗练感人、述事宏大、特色鲜明的优秀之作，具有思想性、生动性、艺术性、感染力，为伟大长征精神宣传注入了新的时代内容。

启示之一：没有中国共产党，就没有长征的胜利

在漫漫征途中，红军将士冲破百万敌人的围追堵截，进行了600余次重要战役战斗，几乎每天都有一次遭遇战，但始终打不倒、压不垮，表现出了压倒一切敌人的革命英雄主义气概。面对极其恶劣的自然环境，红军将士用顽强意志征服人类生存极限，用惊人毅力谱写出一曲曲悲壮的生命颂歌。红军长征不仅创造了可歌可泣的人间奇迹，而且形成了万丈豪情的伟大长征精神。这是一次雄浑的集结、一次悲壮的前行；这是一次从危难中走出的胜利、一曲精神超越的长歌，是通向人间正道的跋涉。在红一方面军二万五千里的征途上，平均每300米就有一名红军牺牲。长征这条红飘带，是无数红军用鲜血染成的。

回顾长征历程，领导红军承担如此历史重担并取得最后胜利的政治力量，竟是刚刚成立不到15周年的中国共产党，这无论在当时还是在以后，都是一个难以想象的奇迹！创造这一奇迹的深层原因在哪里？就在共产党人的"初心"。红军进行的这场席卷大半个中国、历时两年的战略大转移，其规模宏大、历程曲折，生动而又集中地展示了中国共产党人的"初心"。中国共产党和中国工农红军的伟大领导人，他们面临这样惨痛的局势，湘江之战损失了5万多人，但是他们内心没有丢掉对革命胜利的信心，如果丢掉信心了，就散了，就走不到胜利了。

毛泽东同志指出："谁使长征胜利的呢？是共产党。没有共产党，这样的长征是不可能设想的。"长征的胜利，不仅保存了革命力量，而且使我们党找到了中国革命力量生存发展新的落脚点，找到了中国革命事业胜利前进新的出发点。从长征的终点出发，我们党领导中国人民展开了中国革命波澜壮阔的新画卷。

启示之二：检验真理的远征

红军始终被敌人追着，空中有飞机轰炸，地上有国民党地方军阀和嫡系部队合围，当时的红军领导人如何在长征过程中解决红军内部矛盾和冲突问题，这也是纪录片的一条主线。如跟博古、李德教条主义展开斗争，就是追求真理的过程。该片另外浓重的一笔就是描述中央红军和红四方面军的关系，与张国焘分裂主义进行斗争，同样也是坚持真理的过程。

1935年6月，中央红军与红四方面军在长征途中胜利会师。党中央在两河口召开会议，全面分析了形势，确定红一、红四方面军共同北上，创造川陕甘苏区，迎接即将到来的抗日民族战争。然而，张国焘违背红四方面军广大指战员的意愿，自恃人多枪多，向党闹独立性，反对党中央的北上方针，提出了南下的错误方针。党中央召开沙窝、毛儿盖等重要会议，通过了一系列决议，一再强调北上方针的正确性，一再强调加强党对红军的绝对领导，一再强调维护红一、红四方面军的团结，分权给张国焘。但是，张国焘一意孤行，坚持其错误主张。在危急情况下，党中央率红一方面军主力先行北上，于1935年10月到达陕甘革命根据地，与红十五军团会合。张国焘不顾党中央的决定和劝告，擅自率部南下，并宣布另立"中央"，公开分裂党、分裂红军。被裹挟南下的朱德、刘伯承等领导同志，与张国焘进行了坚决的斗争。在实践中，张国焘的南下方针失败。1936年7月，红二、红六军团与红四方面军会师。根据中革军委电令，红二、红六军团和红三十二军改编为红二方面军。朱德、刘伯承、贺龙、任弼时等领导同志坚决拥护党中央的正确路线和方针，广大红军指战员强烈要求北上，与党中央和红一方面军会合。最终，在党中央的指挥下，红二、红四方面军并肩北上，实现了三大主力红军胜利会师。如果红军分散力量，则更容易被敌人击破。红军长征过程不是仅仅用一种精神就能够概括的，很多真理是在这个过程中发现的。正确的路线、正确的观念、正确的方针政策，都是在实践的过程中摸索、实践出来的。一步一步走过来，就是实事求是地寻求我们前进的道路。历史，既是人类进步的传承者，也是错误或罪责的审判者。在历史大潮面前，有人显得渺小、可悲；而有人，永远站立于高山之巅。

正如习近平总书记所说，长征是一次检验真理的伟大远征。

启示之三：一个没有英雄的民族是可悲的

一个不懂得尊敬和崇拜自己民族英雄的民族是可悲和没有希望的民族。请让我们记住这些民族脊梁的名字——

陈树湘：红五军团第三十四师师长。湘江血战，担任断后任务的红五军团第三十四师，被敌人截在了江东。桥被炸断了，几千红军没有了退路。弹尽粮绝后，陈树湘被敌人抓获。他硬是把从伤口处流出的肠子拽断，以死抗争，红三十四师全军覆没。

贺昌：中央军区政治部主任。1935年3月5日，在突围战斗中不幸中弹，面对包围上来的敌人，他高呼着"红军万岁！"，用最后一颗子弹结束了自己29岁的生命。

古柏：红军独立第三师师长。1935年3月6日，在激战中身中数弹英勇牺牲，时年29岁。

阮啸仙：中共赣南省委书记、赣南军区政治委员。1935年3月6日，在突围战斗中牺牲。他留下的最著名的话是："和恶魔决斗，我不牺牲，谁当牺牲。"

毛泽覃：苏区中央局秘书长，毛泽东的弟弟。1935年4月26日，为掩护部队突围而中弹牺牲，时年29岁。

何叔衡：中国共产党创始人之一。1935年，59岁的何叔衡，在突围中，因中弹而倒下时，为不做敌人的俘虏，突然间奋力跳下了身边的山崖。

刘伯坚：赣南军区政治部主任。他拖着沉重的铁镣吟出了惊人的诗句：带镣长街行，镣声何铿锵；带镣长街行，志气愈轩昂……

瞿秋白：中国共产党早期主要领导人之一。"我不会出卖我的灵魂和信仰！"在刑场上，他从容面对刽子手，说："此地甚好，开枪吧！"

吴焕先：牺牲时只有28岁的政治委员。他在向中央提出"去陕北同红二十六军会合"的建议时，特别强调了团结的意义。他说：只有"集中大的力量去消灭敌人"，才能"创造西北新的伟大的巩固的革命根据地"。徐海东把吴焕先身上所有血迹擦得干干净净，最后把自己心爱的大衣给他穿上。

在一次突围战中，红军伤亡1000多人，担任红三军团前锋的红四师师长洪超，在突击时英勇牺牲，年仅25岁。这是中央红军长征路上留下的第一座烈士墓。而四川省通江县红军烈士陵园里安葬了25048位红军烈士的英灵，是长征沿线规模最大的红军烈士墓。

在松潘草原的北缘班佑，矗立着班佑胜利曙光纪念碑。红一方面军十一团政委王平，就在走出草地的时候，又接到了彭德怀的命令，要他带队返回班佑，去搜寻掉队的人员。在返回寻找的途中，他隔着班佑河，用望远镜看到了河对岸，坐着几百名红军战士，可当他走近的时候，才发现那些战士已经全部牺牲了。那是真正的革命者啊！他们睡去，就再没醒来。那几百个生命，凝固了悲情，也凝结了坚强。他们用这样一种特殊的仪式，雕刻出一曲生命的赞歌。

启示之四：人心是最大的政治

红军打胜仗，人民是靠山。长征，在沿途老百姓的心中，已经成为抹不去的集体记忆。在 80 多年前红军走过的地方，今天，随处都能看到以"红军桥""红军渡"命名的地方，听到红军的歌谣，看到红军的标语，读到红军的诗歌。

将心比心，互见襟怀；以诚待诚，金石为开。正是由于红军执行了严明的纪律、宣传和执行了党的民族政策，红军所到之处，才得到了最热烈的欢迎、最真心的拥戴。

杨成武回忆说，出发的时候，房东大娘来了，她用一小块白布包着两个热气腾腾的红薯，说："孩子，你路上吃。"她的三个儿子都当了红军，两个牺牲了。此时此刻，她捧出两个红薯来，真是捧出了一片心。

贺龙让用银圆换布币，在信守承诺、取信于老百姓上反映得非常深刻。一支队伍、一个政权、一个政府取信于民，事关民心走向，事关执政党的威信，这是一种信念引领。广大人民群众是长征胜利的力量源泉。

启示之五：艺术作品的感染力在于细节的真实

细节是作品的血肉，细节表达真实。《永远的长征》用了大量的细节讲历史，只有真实才可信。比如讲顾全大局的博古在遵义会议之后交权的情景："什么叫真正的共产党人？党中央决定了我现在不能当领导，那我交印，你分配我干什么我就干什么。"他当场交出了三枚章，包括一枚中央军革委的章、两枚中央书记处的章。

刘伯承因对李德的军事指挥持反对意见，被贬到红五军团当参谋长，但他没有抱怨。到红五军团后，他第一次讲话，就说："不能因为红军转移就认为中国革命失败了，失利是军事指挥上的失误，在转移中，红五军团担负殿后掩护任务，要有充分的思想准备，准备做出牺牲，在任何情况下都要确保党中央的安全。"

廖承志是一个画家，他就讲过一件事情，在行军中间看到一个女兵生孩子，当时的那些老大姐，就为了这一个小生命的诞生，把她们所拥有的东西全拿出来，比如一块布，比如一把米，比如一块牛骨头，都给了她，用担架抬着，但是为了不影响行军，这位生孩子的女兵，把这孩子丢弃了。廖承志想把这个情景画下来，但他一想到这个事情，手就发抖，画不下来。

战争并非只属于男人。在那条跨越万里的艰难征程上，无数红军女战士用勇敢、坚毅和牺牲，重新诠释了女人和战争的关系。战斗与牺牲，同样"眷顾"着女战士。李坚真回忆说："女同志还有更难言的苦衷。""例假来了，没有草纸，只好找块破布代替，连一块破布也很珍贵，用完了，洗干净，大家轮流着用，到后来破布也难找到，就用小块破布包些干树叶垫上。"

细节是影视的生命。大气而不失细节的画面构图和剪辑，给人以力量。

启示之六：信史方可信

讲好中国故事，要用鲜活的历史，就是要历史人物说话，所以这个纪录片就是力求通过一个个故事，讲述中国共产党人的理想信念，讲述中国共产党人的集体信仰和追求。这部片子的访谈对象，除了有老红军、当事人、老革命的后代，还有中共中央党史研究室、中共中央文献研究室、国防大学、军事科学院等单位的党史专家、军史专家,还有基层的党史研究人员,地方史、地方志研究人员等,增加了广度和可信度。不论哪个时代,每个人都要有一种精神,支撑着人们去达到某种目标。这种精神层面的东西应该是永恒的。不论是什么年龄段的人看到这部纪录片时都应该吸收这种精神追求。

就如该片总撰稿李向前说:"历史已经过去了80年。现在所经历的不可能和80年前的人们完全一样了。我们要做这个片子,我们要从里面找点什么。可能更重要的是精神层面的东西,这种精神追求可能是永恒的,有意识形态的革命的目标,但是人们可能也要有一种精神活着,在这儿支撑着你去达到某种目标。如果我们现在玩物丧志,完全没有追求,那我觉得这个社会就很难再维持了。"

长征,是中国革命力量的一次伟大汇聚。在中国工农红军长征路线图上,我们清晰地看到,各路红军部队在中国大西南和大西北的广袤地域上,由分散到会聚,由弱小到刚强,肩负人民希望,向着北方,向着拯救民族危亡的战场,勇敢地走下去。在敌人围追堵截下,在关山阻隔、通信中断的危难中,他们像洪流击水,像大潮搏浪那样,走下去,坚韧地走下去。还有一部分红军将士,他们留在根据地坚持斗争,条件更苦、遇险更烈,但他们舍身忘命。理想、信念、旗帜、精神,这一切,都构筑了万世不朽的长征魂!而今天,中国正不可阻挡地走在民族复兴路上。牢记伟大长征精神、学习伟大长征精神、弘扬伟大长征精神,使之成为我们党、我们国家、我们人民、我们军队、我们民族不断走向未来的强大精神动力。

长征,一部我们永远读不尽的书,一个永远也讲不完的故事。历史和现实都表明,一个抛弃了或者背叛了自己历史文化的民族,不仅不可能发展起来,而且很可能上演一场历史悲剧。

一个敬重自己英雄史诗的民族,一定是一个伟大的民族。

纪录片《苦难辉煌》的几点启示

12集大型纪录片《苦难辉煌》自2013年5月在央视两个频道隆重献映以来,好评如潮。我觉得它是一部有激情、有新意、有美感、有深度,引导人、塑造人、鼓舞人的好纪录片。它让无数观众感受了一次伟大的精神洗礼、一次深情的历史回望、一种撼人心魄的信仰力量。它至少给我留下三点启示。

一是共产党人不能忘记来时的路,后人们要真诚地向为中华民族伟大复兴而牺牲的先人们致以深深的敬意

历史在人民的探索和奋斗中造就了中国共产党,中国共产党又领导人民造就了新的历史辉煌。从1927年春季开始,仅在当年的4月到1928年的上半年,被杀害的革命志士就达31万多人,26000多名共产党员在这一时期被屠杀。共产党人的苦难就是从那个血雨腥风的如晦年月开始的。

周恩来万分痛心地说:"敌人可以在几分钟内毁灭我们的领袖,我们却不能在几分钟内锻炼出我们的领袖。"

从血泊中站立起来的共产党人并没有被血腥的屠杀吓倒,历史选择了他们,在现代中国的舞台上奏响了一曲民族复兴的热血壮歌。一位学者在纪录片中说:"现在看长征整个的历史,湘江战役是最惨烈的一次战役。中央红军从中央苏区出发时有8.6万人,过了湘江只剩3万人，损失一大半人，这一大半人都是被这次战役消耗掉的。当时中央红军离开中央苏区，很多都是我们江西老百姓，很多都是孩子，当他们离开根据地的时候，没有想到路途会这么漫长、战争会这么激烈。湘江战役，有些人牺牲，有些人逃亡了，包括被白崇禧俘虏的八千红军，有一部分可能被他收纳为国民党军。有些人从这个地方回家了，不再向西走了。大多数人还是回到了家乡，他们还是我们的英雄，我们不能因为这点贬低我们的英雄。"

1935年11月6日，毛泽东在吴起镇组织召开的全军干部大会上，用浓重的湖南乡音说："同志们，辛苦了！"随之是经久不息、发自肺腑的掌声。与会者激动不已，挥泪鼓掌。毛泽东接着说："从瑞金算起，12个月零2天，共367天，战斗不超过35天，休息不超过65天，行军约267天，如果夜行军也计算在内，就不止267天……同志们，长征我们胜利了，但是我们损失也是巨大的，中央红军从苏区出发时有8万人，现在大约只剩下1万人了，人数虽少些，但留下的都是中国革命的精华。现在中央红军又与陕北红军、陕北人民一起，担负着更艰巨的任务，我们今后要更好地团结一起，共同完成中国革命的伟大任务……"

纪录片回响起人民久违了的毛泽东的同期声，那是他在宣读他撰写的人民英雄纪念碑的碑文——

三年以来，在人民解放战争和人民革命中牺牲的人民英雄们永垂不朽！三十年以来，在人民解放战争和人民革命中牺牲的人民英雄们永垂不朽！

由此上溯到一千八百四十年，从那时起，为了反对内外敌人，争取民族独立和人民自由幸福，在历次斗争中牺牲的人民英雄们永垂不朽！

开国大典那天晚上，毛泽东对身边的工作人员说："我们的革命不容易啊，有多少革命同志献出了生命，如果他们能看到今天这种场面，一定比我们还高兴。"我认为，这是《苦难辉煌》所告昭我们的第一层含义。

二是真正的铜墙铁壁是群众，是千百万真心实意拥护中国共产党的群众

《苦难辉煌》中的那段可歌可泣的历史，告诉我们，正是紧紧与人民站在一起，为民族独立与人民解放义无反顾、舍生忘死的共产党人，才成为中华民族的脊梁，才赢得了引领中华民族走向伟大复兴的执政资格。

蒋介石为消灭共产党，不惜牺牲民族利益的代价，以"攘外必先安内"为幌子，一再组织对共产党和工农红军的"剿杀"，反而证明了中国共产党代表了中华民族利益的历史方位性和准确性，不仅扩大了共产党的同盟军，而且壮大了共产党的队伍。

纪录片描述道："大渡河上的泸定桥，川军拆走了桥板，老百姓捐出了门板。98岁的李国修至今珍藏着一块当年红军用来铺桥的门板……"这一场景让观众为之唏嘘！千千万万真心实意拥护共产党的群众，是任何力量都打不破的。共产党永远还不完老百姓的情！

长期执政的最大危险是脱离群众。党来自人民、根植人民、服务人民；坚持问政于民、问需于民、问计于民，创新联系群众方式，建立健全干部直接联系群众制度，倾听群众呼声，关心群众疾苦，坚决纠正损害群众利益的不正之风；保持党的优良传统，弘扬艰苦奋斗、勤俭节约之风，坚决反对拜金主义、享乐主义和铺张浪费，以优良的作风凝聚党心民心，始终保持党同人民群众的血肉联系，永远和人民群众在一起。对于广大人民群众的切身利益问题、群众的生活问题，共产党人一点也不能疏忽，一点也不能看轻。

当下围绕保持共产党员的先进性和纯洁性，在全党深入开展以为民务实清廉为主要内容的党的群众路线教育实践活动，务必扭住这个关键的节点，扎扎实实做好密切联系群众这篇大文章。

三是正确对待党的历史，准确把握党的历史发展的主题和主线、主流和本质

近代以来，中国人民面临着争取民族独立、人民解放和实现国家繁荣富强、人民共同富裕这两大历史任务。

90多年来，党团结带领全国各族人民为实现这两大历史任务而不懈奋斗，这就是党的历史发展的主题和主线。党的90多年发展史是在马克思列宁主义、毛泽东思想指导下，党领导人民进行社会主义革命、社会主义建设和改革，并取得伟大成就的历史，是党探索适合中国国情的建设社会主义道路、继续推进马克思主义中国化并取得重要思想成果的历史，是党加强自身建设、经受各种考验而不断发展壮大的历史。这就准确揭示了90多年党的历史发展的主流和本质。

在这90多年党的历史中，党经历过失误和曲折，这也是不容忽视的一个方面。正确看待失误和曲折，要坚持辩证唯物主义和历史唯物主义的观点，把这90多年党的历史放在当时的国际国内条件下去分析，放在90多年党的历史中去把握，防止孤立地、静止地、片面地看问题。这对于正确看待党走过的弯路，准确把握党的历史的主流和本质，反对历史虚无主义，具有极其重要的意义。

习近平总书记说:"重视对历史的学习和对历史经验的总结和运用,善于从不断认识和把握历史规律中找到前进的正确方向和正确道路,这是我们党 90 年来之所以能够领导中国革命、建设、改革不断取得胜利的一个重要原因。"

感悟历史,方知事业之艰辛;感悟历史,方知生命之华美;感悟历史,方知自身之渺小;感悟历史,方知天地之宽广。历史的功能是,彰往察来,以史鉴今,资政育人。史学家、艺术家们要用党的成功经验启迪人,用党的优良传统教育人,用党的伟大成就激励人,用党的历史教训警示人。

在这个特别容易忘记历史、又特别需要历史的今天,史学家的使命不是在书斋里穷其精准,或仅仅在象牙塔里舞文弄墨,更要紧的是为更多的人去揭示历史的真谛,彰显国家和民族的品格。

百年奋斗铸就历史辉煌,信心百倍推进复兴伟业。

长征是宣言书,长征是宣传队,长征是播种机。一路硝烟、一路战火、一路鲜血、一路死亡的长征,熔炼了共产党人顽强不息、灿烂夺目的生命力。发掘历史事实是历史研究者的追索,历史精神则是历史创作者的根基。

回首过去,必须牢记,落后就要挨打,发展才能自强;审视现在,必须牢记,道路决定命运,找到一条正确的道路多么不容易,我们必须坚定不移走下去;展望未来,必须牢记,要把蓝图变为现实,还有很长的路要走,需要我们付出长期艰苦的努力。

中国共产党人,绝不能忘记来时的路。

记住的应该是刻骨铭心的

大型文献纪录电影《为了胜利》，运用当年珍贵的影片录影资料，全面展示了中华民族在世界反法西斯战争中，反抗日本法西斯侵略的艰苦卓绝的历程。

这部由中共中央党史研究室、中央新闻纪录电影制片厂等5家单位联合摄制的电影，是专为纪念抗日战争暨世界反法西斯战争胜利60周年而作的。电影通过90分钟的镜头语言，抒写了中华民族在世界反法西斯战争中的英勇身姿与崇高品格。

历史是真实的，历史亦是令人痛心且难忘的。在这个意义上，与其说《为了胜利》是一部电影佳作，倒不如说这是一部记录真实历史的影像历史。拉响的警报声，日本侵略者狂轰滥炸的飞机编队，仰望天空充满愤懑而焦虑、无助的老奶奶的眼神……这些充满痛苦的镜头，无一不将观众的思绪闪回至20世纪的三四十年代，那个因为日本法西斯及其侵略扩张野心而战火纷飞的年代。

可以说，人类对生命与和平的追求是永恒的。没有人可以永远剥夺它，更没有人可以永远毁灭它。谁毁灭和平，谁就是人类的罪人。出现于20世纪的法西斯势力，是人类和平的最大罪人。他们发动战争荼毒生灵，给世界历史带来黑暗的一页。中华民族长达14年的抗日战争，是一场打败法西斯、争取民族生存和维护世界和平的正义之战。它为民族的独立、复兴奠定了基础，它为整个人类社会的进步、昌明奉献了力量，它是中华民族历史上最不能忘记的一次生命洗礼。

那些为了人类和平、为了祖国繁荣、为了民族复兴的反法西斯战士,英勇就义、视死如归。他们不曾想过未来的日子该如何度过,只是想在鲜血流尽的刹那前,不留遗憾。这一切都是因为他们都向着同一个目标前进,那就是——为了胜利。

影片充满了创作者的激情,以写实的手法,历经200多天的挖掘整理,在数万米二战的资料画面中,选用了1000多个镜头,客观、全面地为观众展现了中国军民为了抗日战争的伟大胜利而付出的沉重代价。诚然,这种代价事关政治、经济。更重要的是,战争代价从来都事关人民的幸福与痛苦。毫无疑问,侵略者的无耻行径使中国人民遭受了无以复加的侮辱与侵害。中国人民从不是狭隘的民族主义者,我们热爱和平,期待与邻为善。但是,屈辱的历史不容忘却,日本帝国主义、军国主义、日本法西斯所强加于我们民族的沉重灾难,我们不会且不能忘记。

当日本侵略者企图摧毁中国人民意志的时候,中华民族的刚强被充分释放出来。影片再现了知识分子背负满载的书囊,在后方艰苦的环境中继续学习、研究;工人们利用一切可以运输的工具,将机器运往大后方;云南少数民族同胞用最简陋的工具修筑起绵延千里的滇缅路,用自己单薄的臂膀拖着沉重巨大的石碾子修建起大西南的军用机场等,关乎民族危亡的沸腾而悲壮的正面战场如淞沪之战、徐州会战的描写,也是多年来抗战题材影视作品中所未能表现的。这正体现了创作者严肃的、科学的历史观。

《为了胜利》既以严肃的"史书"笔法向观众呈现了真实的历史,亦以散文的诗语深情缅怀了定格于人生多思年华的一位阵亡战士。解说者用抑扬激越的声音描绘着这位战士,使观众想起无数他这样灿烂年华的先烈:他也许刚刚经过一场惨烈的战斗,手上还缠着绷带，赤脚穿着草鞋，他是那样年轻，还带着孩子的稚嫩。可他是山、是海、是大地。为了胜利，他奉献了自己年轻的生命，我们至今不知道他生在哪里、多大年纪。影片中充满激情的画面不能尽数。

记得有一位作家曾说，一个连自己都不曾打动的作品，又怎么能感动你的读者呢？

创作者将影片名定为《为了胜利》，不仅仅有朴素的中国观众"为了抗战的胜利"的思考，还有"为了全世界人民反对法西斯战争的伟大胜利"的深邃回顾。

于中国而言，抗日战争，绝不仅仅是为了民族自卫而战，更是为了东方，乃至世界的和平而战。它是全世界人民反法西斯战争的一个不可缺少的部分。我们的敌人是世界性的敌人，中国的抗战是世界性的抗战。中国战场遏制了日本法西斯的"南进"计划，打击和牵制了日本陆军主力，在太平洋战争爆发之后，有力支援和配合了美英盟军在太平洋战场和东南亚战场上的协同作战，为最后击败日本法西斯作出了不可磨灭的贡献。同时，中国的抗战也打碎了大规模侵苏战争的"北进"美梦，使苏联免于东西两线作战。所以也可以说，中国军民的浴血抗战对苏联卫国战争的胜利提供了强有力的支援。

我们是为了保卫祖国、反对侵略者而战。我们是国际主义者，又是爱国主义者。中国共产党人将爱国主义和国际主义结合起来，而世界各国秉持着国际主义精神的正义之士们，也都义无反顾地投身到中国的反法西斯战场上。

在华牺牲的外籍战士和友人的墓碑、中国远征军的骁勇、驼峰下飞机的残骸……一幅幅流动的画面向观众诉说了无数应该铭刻于心的悲惨历史。其中英国前首相撒切尔夫人、美国前总统罗斯福、苏联斯大林元帅等政要的音画运用都具有历史感。毛泽东曾说，中国胜利了，侵略中国的帝国主义者被打倒了，同时也就是帮助了外国的人民。

享受和平的幸福，不忘战争的惨痛。当人们反思这场战争的时候，就会更加珍惜今天安宁美好的生活。所以，在影片的末尾，总撰稿人妙笔生花，一连用了四个排比，画龙点睛地道出了这部影片的主旨："难道，我们能允许人类历经无数苦难和艰辛创造的财富，一夜之间再度毁灭于侵略者的战火？难道，我们都无助地看着像鲜花和金子般美丽珍贵的生命，在血腥的屠杀中再次凋谢、泯灭？难道，我们能答应人类生存相传、世代有序的安宁生活，又一次被可怕的枪林弹雨击碎？难道，我们能容许越来越紧紧相依的地球村肆无忌惮地被一批法西斯狂人摧毁？如果这样，我们得到胜利又有什么意义？"

创作者把浓重的笔墨落在对和平的期盼上，全片叠用诸多手法，热情讴歌了和平的金贵。抗日战争所蕴含的历史、情感、思想和政治元素实在太丰厚了。

总撰稿李向前告诉笔者："脚本创作经历了一个漫长而痛苦的历程。抗日战争的史料浩如烟海。从中勾画出一条清晰简明的历史脉络，使之既能处理好正面战场与敌后战场、人民与军队、中国与外国、精神与物质的关系。同时又具有情感的调动、悲壮与奋斗并存的意境，曾经让我们长夜难安。脚本至少修改过10遍。它从开始的23000字压缩到16600字。每次压缩都是痛苦的割舍。

"我们在创作的结构上采取了'线'与'块'的结合方式。从揭露近代日本军国主义崛起后向海外扩张入手，从1931年的'九一八事变'、1937年的'七七事变'、1941年'珍珠港事件'发生和1945年日本帝国主义宣告投降为几个点切入，既全景式展现抗日战争的全过程，又分别叙述了全民族共同抗战局面的形成、中国共产党的中流砥柱作用、中国的抗战同世界反法西斯战争融为一体、抗日战争的意义等四个主题。我们希望让观众特别是青年朋友，在身处巨大的爆炸声和孩子悲惨的哭号声的音效里，深刻感受和平的美丽、生命的美丽和未来的美丽。"

正如古语所言："以史为鉴，可以知兴替。"《为了胜利》的感人之处不仅仅在于影片本身以极为端正且严肃的历史观、和平观向观众呈现了这段充满伤痕与悲痛的战争记忆，更在于影片为后来者，特别是身处和平年代的当代青年提供了不断向前、珍视和平、勇担国之重任的强大精神动能。

历史记着你，人民记着你

2012年，在党的十八大胜利召开之际，湖南卫视播出了23集电视连续剧《粟裕大将》。这部以革命战争为题材、弘扬主旋律的鸿篇巨制，由中央电视台、中共湖南省委宣传部、湖南省广播电视局、中国人民解放军八一电影制片厂、仲弘时代国际文化传播（北京）有限公司联合拍摄，潇湘电影集团、湖南金星影视实业有限公司出品。《粟裕大将》编剧、总制片人张军安告诉笔者：本剧以波澜壮阔的战争史诗画卷形式，通过两大阵营在华东战场的决战过程，具体展现了军事家粟裕的战争实践和军事指挥艺术，以及华东我军指战员勇敢忠诚、可歌可泣的英雄事迹。

这部为迎接中国共产党建党九十周年，纪念卓越的无产阶级革命家、军事家粟裕而精心打造的连续剧，像剧情反映粟裕最为辉煌的、艰苦卓绝的三年解放战争一样，也历时三年之久，可谓精品之作。

电视剧《粟裕大将》一开始，就是干净而大气的画面，观众无不为摄人心魄的镜头所震撼，也被创作者的历史胸怀和眼光所感动。电视剧的创作者们将在人民解放军和世界军事史上占有重要位置的粟裕军事思想和战役指挥艺术予以挖掘整理、发扬光大，是党史和军史上的一件极有意义的大事。

1946年春，中国大地上抗日战争胜利带来的晴朗天空已经乌云密布，美国人出面调停，国共和平谈判危机四伏，觉得蓝色三环旗①快要飘不起来了,为了顾全大局,新四军华中野战军司令员粟裕接受了国民党徐州绥靖公署主任顾祝同的邀请,亲自赴徐州参加军调会。而后,粟裕率部转战华东,逐鹿中原,指挥了很多出色的战役,创造了辉煌的战绩。

　　1946年7月至8月,他坚定沉着,从容不迫,指挥了苏中战役,以3万余人迎击国民党军12万人之众,七战七捷,歼敌53万余人。中央军委将其作为集中兵力打歼灭战的范例,通报全军。1946年10月15日,中央军委电示华东方面,在陈毅领导下,大政方针共同决定,战役指挥交粟裕负责,从此粟裕挑起了华东战区的指挥重担。1947年1月,他部署与指挥了鲁南战役,歼国民党军整编第二十六师和第一快速纵队53万余人,缴获了大批美式武器装备,取得了同机械化部队作战的经验,为组建特种兵纵队创造了条件。接着,又在莱芜战役中歼敌56万余人。5月,在孟良崮战役中,他一反专拣弱敌打的常规,以百万军中取上将首级的气概,出其不意地把国民党王牌军整编第七十四师从重兵集团里割裂开来全歼,击毙不可一世的中将师长张灵甫,震动了国民党统帅部。

　　通常,作为一个战区的指挥员,因其所处的位置不可避免地有一些局限性,但粟裕却有着与众不同的全局眼光,尤其是对中央做出的决策有不同意见时,他敢于"斗胆直陈"。苏中战役之前,他向中央军委和毛泽东同志提出推迟外线出击的建议;豫东战役之前,他又向中央提出推迟渡江、歼敌主力于长江以北的建议;以及济南战役结束之时,提出发起淮海战役的建议等,都得到了中央的重视和采纳,并在战争进程中被证明是正确的。粟裕曾经说过他当时提建议的心情:既担心自己的看法有局限性,会干扰统帅部的决

---

① 指抗日战争胜利后由中国共产党、国民党和美国三方组成的军事调处执行部的标识。

心，又觉得作为一个战役指挥员，应当从战争的全局考虑利弊得失，对上级提出负责的建议，因此大胆地向中央报告了自己的看法和建议。粟裕同志提出这些重大建议的前提是因为他一贯关注战略全局，善于把战略全局与本地区、本部队的实际情况结合起来，并且以本地区、本部队的积极努力，去促进全局意图的实现。

对中央已经决策的战略行动提出不同意见，没有战略家的胆识和敢于对战争全局负责的大无畏勇气是做不到的。然而，粟裕义无反顾地将他的意见于4月28日向中央军委发了电报，5月5日又奉命奔赴阜平城南庄向毛泽东、刘少奇、周恩来、朱德、任弼时五位中央书记当面汇报，提出华东野战军三个纵队暂不向江南出动，集中主力在中原黄淮地区打大仗的建议。中央完全同意并采纳了他的建议，改变了分兵渡江南进的战略部署。

剧中，毛粟战略分歧的一场戏颇为出彩。粟裕的一句铿锵有力的话——"如果坚持渡江南进，甚至会推迟全国胜利的到来。"曾引起了毛主席的不满，以至于产生临阵换帅的想法。但作为一位伟大的军事统帅，毛泽东最终服从了真理。这是多年来影视剧再现领袖与指挥员之间心理矛盾冲突的带有突破性的生花妙笔。

粟裕同志善于洞察战争全局，富有战略上的远见卓识。他总是把自己领导的局部同全局紧密结合起来，从全局上考虑利弊得失，从局部做出最大努力，促进全局发展。他胸怀博大，无私无畏，在关键时刻敢于担当，向中央提出了不少战略性建议。这些重大的战略性建议，有力地推动了华东和中原战局的发展，加快了解放战争的进程，体现了粟裕同志作为军事战略家的远见卓识。

三年解放战争，是粟裕最为辉煌的时期之一。就战绩而言，他指挥的许多著名战役，已载入人民战争的光辉史册。在运筹谋略和作战指挥方面，他准确把握战争的内在规律，并把辩证法运用于作战指导，使他精心组织指挥的一系列大规模战役，斩获巨丰，尽打"神仙仗"。他特别注意把握全局与局部的关系，并以军事家、战略家的远见卓识和革命胆略，多次向中央提出极富建设性的建议，使中央的战略方针更为完善正确。他的大兵团作战指挥艺术，在战争实践中得到了最好的施展和发挥，他的战役构想完全符合中央的战略意图，其策略建议就很快被中央采纳。毛泽东和中央军委在给粟裕的文电中多以"所想正确""部署甚好""完全同意""甚好甚慰"等赞语，充分肯定粟裕战役指挥的正确性，也反映了毛泽东和中央军委对粟裕的高度信任和重托。

  他的革命实践和军事理论，与战争和军事斗争实际相结合，创造性地运用毛泽东军事思想的立场、观点和方法，做到知己知彼，善于分析判断，着眼全局，发挥主观能动性，坚定而有创造性地实现战略意图；他总是把握枢纽，抓住重心，促使战局向有利的方向发展；他善于灵活用兵，哪里好消灭敌人就在哪里打仗，什么时候好消灭敌人就在什么时候打仗，什么敌人好消灭就打什么敌人；他长于抓住稍纵即逝的战机，促使转折，加速战役进程，推动人民战争向更高水平发展。粟裕从不把原则当成教条，总是根据不同情况巧妙地运用，从不机械地对待上级指示，时常加以灵活地发挥。他出奇制胜的军事指挥艺术，是毛泽东军事思想的创造性发展和运用。

  浩瀚而宝贵的历史知识既是人类总结昨天的记录，又是人类把握今天、创造明天的向导。而对待创造这些历史的人物，后人应当实事求是书写他们的历史。不尊重历史事实既是对自己民族文明的不尊重，也是对人类文明的不尊重。一个健康的民族，总要有勇气面对历史。这是这部电视剧秉承的创作理念。

  郁达夫在《怀鲁迅》一文中写道："没有伟大的人物出现的民族，是世界上最可怜的生物之群；有了伟大的人物，而不知拥护、爱戴、崇仰的国家，是没有希望的奴隶之邦。"

1955年9月27日，周恩来代表国务院把大将军衔命令状第一个授予粟裕，并代表毛泽东授予粟裕一级八一勋章、一级独立自由勋章、一级解放勋章。

粟裕常说自己是"沧海一粟"。然而在浩瀚的沧海上能看见一粟，那么这"一粟"，也是闪耀光芒的"金米"（在三年游击战争时期，粟裕曾化名金米）。陈丕显在怀念粟裕的一篇文章中说："历史是无情的又是多情的，她会很快地忘却一些人；也会永远记着一些人，粟裕同志是被历史记着，并且用金字刻在史册的人。"

剧尾，毛泽东说："我很欣赏粟裕的性格，他敢于说真话，敢于坚持真理，敢于为真理而斗争。他不怕误解，不怕委屈，不怕丢乌纱帽。一就是一，二就是二。这就是一个共产党员的优秀品质。"

现代战争题材的电视剧要以历史中重要人物和重要事件为创作依据，尊重历史，尊重历史过程中的重要史实，尊重这个历史中的人的情感。艺术家们按照创作规律，在剧中创造的正面人物和反面人物形象，都具有较高的审美价值，也都给观众以启示与教育。

我觉得，《粟裕大将》在题材的选择、人物的塑造和艺术表现手法上都有一定的创新。

常吟常新的英雄赞歌

2013年10月,由中华文化发展促进会、中央新闻纪录电影制片厂、南京广播电视集团、八一电影制片厂、中国华艺音像实业有限公司联合摄制的12集大型文献纪录片《不能忘却的伟大胜利》,在央视播出,随即受到各界人士点赞。该片从国际视角、以全新的角度,诠释一段值得我们每一位中国人民永远铭记的历史。《不能忘却的伟大胜利》,在党史军史宣传教育和社会主义核心价值体系的培育等方面发挥了重要作用。

抗美援朝战争,是新中国成立后,中国人民为了保卫祖国、维护世界和平而进行的一场正义战争。1950年6月25日,朝鲜半岛发生战争,两天后,美国海、空军武装入侵朝鲜,第七舰队逼近台湾海峡。7月1日,第一批端着卡宾枪的美国士兵踏上朝鲜国土,三千里江山陷入浓烟烈火之中。当战火烧到鸭绿江边,朝鲜民主主义人民共和国危急、中国大陆的安全受到严重威胁之时,中国人民不得不奋起抵抗侵略。1950年10月,根据朝鲜劳动党、朝鲜政府的请求和保卫中国国家安全的需要,中共中央和毛泽东主席代表中国人民的意志,毅然做出了"抗美援朝,保家卫国"的重大战略决策,组织中国人民志愿军赴朝,与朝鲜军民并肩作战。从此,"雄赳赳,气昂昂,跨过鸭绿江,保和平、卫祖国,就是保家乡!中国好儿女,齐心团结紧,抗美援朝,打败美国野心狼"的战歌,响彻在朝鲜战场和祖国的大地上。

沧桑巨变，60多年过去了。"抗美援朝，保家卫国"的口号依然在耳边回响，这是中国人民志愿军将士以血肉之躯谱写的一曲曲英雄赞歌。缅怀为抗美援朝战争捐躯的志愿军烈士，就是为了让我们的子孙后代永远牢记先烈们的卓越功绩和伟大贡献。

60多年来，共和国始终没有忘记老一辈无产阶级革命家和中国人民志愿军所建立的不朽功勋，始终没有忘记谱写了可歌可泣、气壮山河英雄赞歌的志愿军将士，始终没有忘记在抗美援朝战争中牺牲的志愿军烈士们。

《不能忘却的伟大胜利》利用影视的多种艺术表现手段，对抗美援朝这一重大历史事件进行多侧面、多方位的回望和审视，在音影像的处理上，突出厚重、凝练、雄浑、怀旧的氛围，营造、还原出时代氛围和时代气息。

历史没有剧本，也无法彩排。

由于时间久远、空间变化，历史对一些观众而言，或支离破碎、杂乱无章，或恍若烟云、飘忽迷离。因而，对真实历史过程的感知是他们的期待。每一个有良知的文献纪录片编创人员，都力图通过某一重大历史题材纪录片的创作，使观众了解历史，并给观众提供一个鲜明的审视历史的角度，同时，也在为接近历史的真实而努力传播一种信仰的力量。

《不能忘却的伟大胜利》的主创人员通过对60多年前近百位抗美援朝历史的当事人或历史研究者的访谈，请这一历史事件的当事人、知情者或是历史问题的权威研究人士讲述或评述历史的事实，很抓人，很提神。由于拥有特殊身份和地位，他们对这一历史的介绍和评价更具权威性和可信度。

如采访时任第十五军第四十五师野战医院卫生员的王清珍的录影。年仅15岁的她入朝参战。上甘岭战役打响后，王清珍所在的收容所每天接收100多名从前线下来的伤员，她每天给伤病员清理伤口、包扎、喂饭、换药，清洗绷带，还要背伤员出洞大小便。重伤员不能吃饭，王清珍便先将饭含在自己的嘴里嚼烂，然后一口一口地喂到战友口里。药片也是咬碎后喂进战友的嘴里。

77岁的王清珍说："一个腹部受伤的排长，他要解小手，我说我帮你解吧，他不好意思，我说就我一个女同志，我说其他人都有事，女同志怕啥，当卫生员不怕，又是阶级兄弟。我说你死都不怕，还怕害羞，我这样跟他讲。我就用嘴吸导尿管，用瓶子一接，它出来了。尿出来了，这个时候伤员肚子就不鼓了，那个汗就下去了……"

再如摄制组在采访第十五军战地记者郭振文时的那段录影，其艺术感染力很强。

1951年4月22日，五次战役开始后，郭振文被派往第一三三团随部队采访，他和其他记者一起，以笔作枪，记录着战争的残酷。当第一三三团到达目的地时，随行报道的17人，只剩下了7位，负责陪郭振文的团摄影干事熊笃中不幸牺牲。在清理烈士的遗物时，郭振文看到熊干事有一本日记。

郭振文说："打开日记本一看，知道熊干事正在谈恋爱。他的爱人叫玉黛，日记写得非常缠绵，里边还说有很多的承诺。他说，将来胜利以后，一定陪你去全国各地看一看，到莫斯科看一看。这事过去几十年了，我想起这个人以后，很伤心……"

此时的郭振文老人已是老泪纵横，实在说不下去了。在采访郭振文的过程中，老人双眸含泪，几度哽咽……相信无数观众也同样会为之掬一把热泪。

同样，在纪实画面上，杨根思连队战士们气冲霄汉的宣誓也震撼了观众——"我是杨根思的传人，我宣誓：不相信，有完成不了的任务；不相信，有克服不了的困难；不相信，有战胜不了的敌人。"

《不能忘却的伟大胜利》这一文献纪录片中的当事人和知情者就是抗美援朝历史的见证人。他们的音容笑貌、神态动作，也反映出对所表述历史事实的主观感受和强烈的思想感情。观众从他们的表述中不仅了解了抗美援朝事件发生的过程，而且受到叙述者情感和现场氛围的感染。

片子中，周总理亲自到北京前门火车站迎接凯旋的志愿军将士，并指挥陈毅元帅和许多老将军唱起志愿军战歌。他握住杨勇的手说："欢迎凯旋的英雄们！"

天安门广场集合起20万欢迎群众，欢迎最可爱的人胜利归国。杨勇站在第一辆敞篷红旗轿车上，缓缓驶过金水桥，驶向体育馆。在归国大会上，首都人民将巨幅锦旗送给志愿军代表团。旗上写着："你们打败了敌人，帮助了朋友，保卫了祖国，拯救了和平，你们的勋名万古存！"

毛泽东在见到志愿军司令员杨勇和政治委员王平时的第一句话是："都回来了吗？"杨勇说："我们全部回到祖国的怀抱。"毛泽东对志愿军工作给予了充分肯定。他说："中国人民志愿军在抗美援朝保家卫国的运动中，为祖国人民赢得了荣誉。为维护世界和平作出了贡献，值得全国人民学习。"

周恩来举杯祝酒："我代表毛主席和党中央，代表政府和全国人民感谢你们。"可以说，文献资料是文献片的生命本源和主要载体。从某种意义上说，在历史事件发生或历史人物活动的当时现场拍摄或记录的历史影像资料和历史文字资料的运用，是判断一部文献性纪录片价值的标准。

文献资料的高价值就体现在独家、首次公开，带有解密性并能切中片子主题等特点上。纪录片精选了黄继光的母亲邓芳芝受邀出席全国妇女大会的录像。会上，毛泽东对她说："你牺牲了一个儿子，我也牺牲了一个。"会后，毛泽东还特意请她到中南海自己的家中做客，表达了一个烈士的父亲对一位英雄母亲的敬意。这些历史性镜头撼人心魄。

  毛岸英牺牲时与刘思齐结婚还不足一年。在毛岸英的安葬选择上，毛泽东再一次体现出一位伟大领袖的胸襟。志愿军牺牲了的战士都就地安葬在朝鲜，异国他乡，毛岸英也不例外。为什么不把毛岸英运回来呢？是毛主席不爱岸英吗？但是在毛主席心目当中，毛岸英和志愿军烈士一样都是中华儿女。

  对于毛岸英的牺牲，彭德怀曾评价说："国难当头，挺身而出，这不是每个人都能做得到的。但毛岸英做到了，毛岸英是坚决请求到朝鲜抗美援朝的。"

  从入朝参战到牺牲只有短短的37天，年仅28岁的毛岸英没有获得任何荣誉称号和奖章，但是，他和成千上万把生命留在朝鲜的志愿军战士一样，在这场"和平与正义"的战争中永垂青史。片子中，无数志愿军烈士墓、纪念碑、纪念馆也在表达着这场战争的惨烈。

  可以说，伟大的抗美援朝精神也鼓舞着编导组、摄制组等这些团队的每一位成员，他们以对历史、对人民负责的态度，去追寻、去探索。可以说，一次次采访、一组组镜头，就是抗美援朝历史的定格，也是伟大的抗美援朝精神在历史寻找中的升华！他们找回历史，历史也永远不会忘记志愿军英烈。

  伟大胜利，不能忘却。片子中的感人的音画，至今仍让我历历在目：

  ——我彭德怀本事不大，中国生，朝鲜死，朝鲜埋，光荣之至!

——没有水喝,哪有尿啊,就算是有尿,有一点尿接了就都给重伤员喝,轻伤员都不喝。喝尿,这是上甘岭电影上不能演的。你本身不喝水,尿出来的尿是发紫,发红,气味相当难闻。七连连长张计发说,同志们,为了生存,为了生命,胜利,这是祖国买不来的好茶,请大家把它喝下去吧。

——志愿军第四〇军三六〇团三连和韩国第一师展开一场遭遇战。三连坚守阵地三天三夜,面对 20 多名韩国士兵,战士石宝山冲向敌群,拉响了手中的爆破筒,成为抗美援朝战场上第一位与敌人同归于尽的英雄!

——在上甘岭战役中涌现出三等功以上各级战斗英雄共 12347 人,英雄集体 200 余个。在 43 天里,拉响手榴弹、手雷、爆破筒与敌同归于尽,舍身炸地堡、堵枪眼的烈士留下姓名的就有 38 位之多!

——1952 年 7 月,宋时轮奉调回国,车行至鸭绿江边,他让司机停车,面向长津湖方向默立良久,脱帽弯腰深深鞠躬,当他抬起头来,警卫员发现,这位身经百战的将军泪流满面,不能自持!

——第十五军军长秦基伟表态:我秦基伟到朝鲜去,不在功臣榜上署名,我就在烈士碑上留名。

——第六十三军在铁原南、涟川北地区接到的命令是："就是把六十三军打光，也要坚守阵地 10 至 15 天。"第六十三军将士为了全局利益，在宽达 25 公里的正面上，抗击了美军 4 个师、1600 门火炮、400 辆坦克和无数架次飞机的猛烈攻击，血战 12 天，最终完成阻击任务。在撤下阵地的时候，许多战士身上只剩下一条短裤和一支没有子弹的步枪。有的连队只剩下几个人。彭德怀亲自赶去看望勇士们，他眼睛湿润地说："祖国人民感谢你们！"第六十三军军长傅崇碧泪流满面，只对彭德怀说了三个字"我要兵"。

——志愿军工兵部队在"一切为了前线，一切为了胜利"的思想感召下，共修复铁路路基 640 公里，修复桥梁 2294 座次，加宽公路 8100 多公里，新修公路 2510 公里。建造仓库、医院病房、营房等 5.4 万余座。志愿军后方部队作出的重大贡献，同前线将士取得的光辉战绩一样，将永载史册。

——豫剧大师常香玉率领"香玉剧社"从西安出发，一路南下，连演 178 场，将义演的收入捐购了一架战斗机。截至 1952 年 6 月 24 日，全国各界人民共捐款 56 亿元，购战斗机 3710 架。

在这部纪录片中，我志愿军空军也留下了英勇顽强和浓墨重彩的镜头。美国投入朝鲜战场的飞机多达 1100 余架，连同英国、澳大利亚、南非及韩国空军，总共有各型作战飞机 1200 余架。不仅飞机性能优越，机种配备齐全，而且飞行员也大都参加过二战，已有上千小时的飞行记录。与之相比，新中国空军犹如刚刚出蛋壳的幼鹰，通过"速成"，勉强能上阵的仅有2个歼击航空兵师、1个轰炸机团和1个强击机团，各型作战飞机117架。飞行员平均飞行时间不足100个小时，从指挥员到飞行员都缺乏实战经验。

在抗美援朝战争中，志愿军空军由不会空战到学会空战，由打小仗到学会打大仗，由单机种作战到组织多机种联合作战，由只能在昼间简单气象条件下作战到能在昼夜间复杂条件下作战，在战斗中迅速成长。志愿军空军先后有10个驱逐师和2个轰炸师共672名飞行员和9万名地勤人员参加了实战的锻炼。其中，116名年轻的飞行员血洒长空，献出了宝贵的生命。

在旅顺苏军烈士陵园内，长眠202位杰出的苏联飞行员。在抗美援朝战争中，苏空军击落敌机879架，苏方损失飞机745架，这段历史直到20年后才解密。他们以精湛的飞行技艺和大无畏精神，协同年轻的中国空军并肩作战，驰骋疆场，他们的壮举永远值得我们尊敬和纪念！

遥望60年前朝鲜的天空，志愿军将士们曾在那里驾驶战鹰与对手展开殊死搏斗，留下飒爽英姿。历史做证，中国人民志愿军空军前辈们是名副其实的雄鹰。

在抗美援朝战争中牺牲的烈士大部分不满30岁，正值青春年华。至今，在丹东抗美援朝纪念馆中还保存着几十份尚未发出的烈士证。其中，年龄最小的仅有17岁。

每逢民族危亡之际，中国从来不乏挺身而出、勇担重任的忠勇之士。而在灾难过后，善待每一个为国捐躯的英灵，乃至每一位参战的士兵，才是凝聚国家、民族精神的最好手段。当身处和平年代的我们回望战争岁月，除了内心的震撼和感动外，更多的则是对今天和平的珍视。

中国人民伟大的"抗美援朝，保家卫国"的战争，是中国人民不畏强暴反抗侵略的伟大壮举,创造了震撼世界的辉煌战绩,是中华民族的光荣和骄傲。在丹东抗美援朝纪念馆,经过10多年的调查核实,共确认183108名中国人民志愿军官兵在朝鲜战争期间为国捐躯。这些志愿军烈士来自除西藏以外中国大陆的30个省、自治区、直辖市。他们将永远载入中华人民共和国和中华民族的光辉史册,英名永存。

抗美援朝战争的胜利,极大地提高了中国共产党在全国人民心目中的威信。面对这场突如其来的严峻考验,党权衡利弊得失,做出了经得起历史考验的战略决策。在领导抗美援朝战争的过程中,党积累起在全国执政的最初经验,表现出应对和驾驭复杂局面的能力,展示了高超的领导艺术。

抗美援朝战争的胜利,极大地提高了中国人民的民族自信心和民族自豪感,使一部分曾经对美帝国主义抱着恐惧和幻想的人受到深刻教育而觉悟起来。在抗美援朝战争时期,中国人民发扬高度的爱国主义和国际主义精神,大大地鼓舞起革命热情和生产积极性,中国的社会动员能力和组织能力得到空前提高。争取战争胜利,成为恢复和发展国民经济、推动各项社会改革的巨大动力,巩固新中国的进程因此加快。

抗美援朝战争的胜利,说明中国共产党及其领导的人民军队在过去长期革命战争年代形成的以弱胜强的人民战争思想仍然适用于现代战争。正如毛泽东所指出的:"我们的经验是:依靠人民,再加上一个比较正确的领导,就可以用我们劣势装备战胜优势装备的敌人。"在敌我双方经济力量和军队武器装备对比悬殊、极不对称的情况下,我军经受了现代战争的洗礼,锻炼出一大批适应现代战争需要的军事人才,创造了依靠劣势装备打赢现代战争的一系列新经验、新战法。通过这场战争,人民军队建设进入一个新的发展阶段。我国军事思想和理论得到极大丰富，军事科学技术有了很大提高，人民解放军由过去的单一兵种作战过渡到现代多兵种作战，向国防现代化方向迈出了一大步。同时，这场战争也使得党和国家领导人深感加快国家工业化和国防现代化建设的紧迫。

抗美援朝战争的胜利，顶住了美国侵略扩张的势头，维护了亚洲和世界的和平，使新中国的国际威望空前提高。包括美、苏在内的世界各国都感到必须重新估计中国在亚洲和国际事务中的地位和分量。中国的东北边疆得到巩固，国家的经济建设和社会改革获得了一个相对稳定的和平环境。美帝国主义从此不敢轻易地进行欺侮和侵犯中国的尝试。

正如彭德怀在《关于中国人民志愿军抗美援朝工作的报告》中所说："它雄辩地证明：西方侵略者几百年来只要在东方一个海岸上架起几尊大炮就可霸占一个国家的时代是一去不复返了。"

今天，我们用各种各样的方式去纪念那场伟大的战争，去缅怀为和平事业作出贡献的人们，中国人民志愿军一把炒面、一把雪，用鲜血、用青春、用生命再次向世人展示了中国军人钢铁般的意志。爱好和平是中华民族的优秀传统，维护和平是中国人民的坚定决心。

伟大的抗美援朝精神，是中华民族传统美德和民族品格的集中展示，是以爱国主义为核心的民族精神的具体体现，永远是中国人民的宝贵财富，是中国人民团结奋进、战胜困难、勇往直前的力量源泉。我们要用志愿军烈士英雄事迹激励斗志，把伟大的抗美援朝精神发扬光大，为坚持和发展中国特色社会主义、为实现强军梦、强国梦提供源源不竭的精神动力；我们更要脚踏实地，顽强拼搏，攻坚克难，奋力前行，为全面建成小康社会、实现中华民族伟大复兴而努力奋斗。

由张思德"探监"与"捞琴"所想到的

为纪念毛泽东同志发表《为人民服务》60周年而拍摄的电影《张思德》,其故事情节很简单,都是生活中的小事。影片中所表现出来的他那深厚的人民情、战友情、孤儿情都给观众留下很深的印象。

回想影片中"探监"与"捞琴"两个生活片段,至今仍咀嚼有味。

战友刘秉钟栽了跟头入了狱,张思德几次去探望他。影片中的几段台词,非常感人。

"让人家枪崩了你才好……"

"本来不想来……"

"前年我在土黄沟烧炭,你揣着花生米来看我,我才知道过年了……昨天夜里下了岗睡不着,我就琢磨得去看看刘秉钟那个龟儿子,我得好好扇他个嘴巴子……"

"有种你就爬起来……你要真领了大家的心意,就从这个洞子钻出去,好好挺着腰板儿做人……别人过四四年,你就从头过你的三三年,有种就让以前那个刘秉钟活过来!"

镜头中的张思德和刘秉钟两人都泪流满面。这是一个战友、一个同乡掏心窝子的话,这是张思德帮助犯过错、栽过跟头的同乡的话。语言不多,甚至还有点儿糙,但却充满了关爱,字字掷地有声。也许有人为张思德捏把汗,认为张思德和犯人刘秉钟是同乡,而张思德是主席身边的人,他去探望刘秉钟可能会株连他的前途。我看这把汗大可不必捏,探望刘秉钟正是体现张思德人格伟大的精神之光。

如何对待犯了错误的人,是一个重要的问题。正确的态度应当是,对于犯错误的同志,采取"惩前毖后,治病救人"的方针。对于犯了错误的同志,要帮助他们改。人是要帮助的,没有犯错误的人要帮助,犯了错误的人更要帮助。人大概是没有不犯错误的,多多少少都要犯错误,犯了错误就需要被帮助。要设立各种条件帮助他改。犯错误的人,除了极少数坚持错误、屡教不改的以外,大多数是可以改正的。正如得过伤寒病的可以免疫一样,犯过错误的人,只要善于从错误中吸取教训,也可以少犯错误。好意对待犯错误的人,可以得人心,可以团结人。

对待犯错误的同志,采取帮助态度还是采取敌视态度,这是区别一个人是好心还是坏心的一个标准。当张思德追回不愿烧炭而开小差的战友,又从河水里捞起自己一怒之下扔进水里的这位战友的口琴后,张思德诚恳地做了自我批评,"好像张思德犯了错误"。这种勇于批评与自我批评的作风非常可贵。

眼下,批评与自我批评在一些场合走了过场,演变成表扬与自我表扬。比如,在会上有些人给同志提意见就说"最大的不足就是不爱惜自己的身体";还有些人自我批评称"最大的缺点就是我的工作没筹划好,老让同志们加班加点"。

一个时代的"批评缺席",就是这个时代的"缺点"。有人说,不敢批评人,也是一种腐败现象,这并不是耸听的危言。我想,经得起批评的干部,才能受到锻炼,包括"过火"的批评。

他为什么感动中国

中央电视台"2002感动中国"节目播出了一部专题片。这是公安部《中国警务报道》专栏摄制的《生死零距离》。这部片子带给我的感受就是：所有热爱我们电视事业的同仁，你们都是用心在耕耘着这片土地，包括我们共和国的人民警察。

《生死零距离》是一部非常抓人的好片子。无论是从编导、摄像和音乐上的创作，还是技术上的后期制作，都突出了出品人提出的精品意识。

片子一开始就很美：一轮红日下的乌鲁木齐市，春节的脚步一天天临近。然而，就像解说员深情的画外音所述："在匆忙的脚步声中，怎么也想不到有死神在站立……"接着就是扣人心弦的音乐烘托。可以说音乐创作是这部专题片成功的"绿叶"。如泣如诉的《送战友》之歌、激情澎湃的《国际歌》旋律、升华主题的《无悔的忠诚》，"望着你的背影，轻轻地呼唤，历尽万辛的你，再回头看一看，还有放不下的亲人的牵挂，还有热血铸成的誓言。你也有辛酸，可你不说难，亲情道义两肩担，你腰不弯，人民不会忘记，祖国知道你，浩然正气永在天地间……"

还有让观众提到嗓子眼儿上的"秒针声效"，等等，都凝聚着音乐人阿立"用心耕耘"的无尽汗水。

重要画面的重放，即文学手法上的"反复"，也是强化本片感情色彩不可忽视的浓重一笔。主人公"生死零距离"地面对歹徒引爆炸药的"爆炸瞬间",反复了4次之多,把"焰火"映照下的赵新民的身影勾勒得非常高大,使画面产生一种"惨烈""悲壮""正气"之感。一帧是二十四分之一秒,秒针还来不及摇摆一下,一个生命就倒下了。生命多么脆弱,又多么壮烈。

这使人想起离我们已经久远、已经模糊的曾经为人民利益牺牲的英雄画像:刘英俊、罗盛教、董存瑞……片中特写的运用同样起到了画龙点睛之效。

在春节之际从上海赶到乌市参加儿子46岁生日、祭日的悲泣的"老母亲特写"、头顶孝纱的主人公"妻子特写"、花季中的"女儿泪水特写"、铮铮铁骨的"男儿们特写",还有道路两旁送行的"群众特写",形成了一组组撕心裂肺般的画面,引发观众遐想。还有,自始至终,英雄的母亲只让泪水往心里流:"他要不去,别人不是一样也要去。我痛苦……别人要去了,牺牲了,别人的母亲也是一样痛苦。"她的深明大义,令人心碎,让人震撼。

这使我记起一篇散文《在和平的日子里》:"就这么走了。一个、两个、三个……大街上,仍淌着很多的颜色……是呀,这是职责。在和平的日子里,就因为头顶着这枚'国徽',就因为穿着这身警服,说去就去了,一去,就再也没有回来。孩子尚小,女人也还年轻,父亲年迈,母亲还在病中,可人就这样没了……人们哪,在和平的日子里,当有人为你的安全献身的时候,当有人顶着'牺牲'二字往上冲的时候,多一些关怀,多一些理解,多一些抚慰吧!"

这也是《生死零距离》所表达的一种人文的向往,所能打开每一位观众情感闸门的地方。这也昭示了《中国警务报道》的编创人员在辛勤地耕耘着这片土地,也是逐渐被业内人士认为警务报道的亮点之所在。

专题片《生死零距离》讲述了2002年2月，发生在新疆的"惊魂一刻"。那时正临近春节，一名歹徒身绑炸药，企图闯入天山百货大楼，制造恐怖事端。新疆乌鲁木齐市公安局西门派出所教导员赵新民为阻止歹徒的卑劣行径伤及无辜群众，不幸壮烈牺牲。编导陈丽丽抓住了"金色盾牌，热血铸就"这一主旋律，用镜头抒发了"一家不圆万家圆"的崇高情怀，就像片中英雄的母亲的话语："他要不去，别人不是一样也要去。我痛苦……别人要去了，牺牲了，别人的母亲也是一样痛苦。"

戏比天大的常香玉

2005年9月13日、14日的晚上,在北京全国政协礼堂,我连看了两场河南省豫剧一团新编大型现代豫剧《常香玉》。每场都让我热泪盈眶。

剧情从2004年6月1日常香玉弥留之际回望一生写起:一个叫张妙龄的小女孩,因为喜爱唱戏被族人逐出家门,从此改名常香玉。她历尽艰辛,终成"豫剧皇后",但在达官贵人眼里,她依然是一个可以随意凌辱的戏子。是解放军救了戏班,让常香玉找到了做人的尊严,感受到了人间温暖。从此,她把对党和人民的感激化作歌声,唱遍了大江南北,把毕生精力献给了她挚爱的事业……

常香玉1932年登台演出的第一出戏是《老包铡陈世美》(饰英哥);她学的第一出戏是《洪月娥背刀》;她演的第一个现代戏是《打土地》;她唱得最响的是《花木兰》;她人生的"封箱戏"剧目是《拷红》(饰崔夫人)。而新编大型现代豫剧《常香玉》则以"花木兰羞答答"的优美旋律贯穿了剧情始终。

该剧的视角、结构、叙述方式、舞台设计都比较新颖,较成功地揭示了一代豫剧大师的心灵世界,述说了常香玉大师德艺双馨的一生。

看戏就要融入自己的所思、所想、所感。看戏的过程是观众顺着编导的思路去寻找所塑造的人物的一个动态过程。这个动态过程要能牵动观众所有的感官去体悟所塑造人物的苦乐人生,使之找到自己苦乐人生的"影子",继而与所塑造的人物一起悲欢,这是艺术家们所追求的最高境界。

  现代豫剧《常香玉》最打动我的,要数剧中"文革"时期的常香玉,她被下放到农村,背着喷雾器式的药桶穿梭于田间地头。有个老人给邻居打赌说,在地里干活的那个人就是唱豫剧的常香玉。几个老人找到正在干活的常香玉验证。在那风声鹤唳的时期,她哪敢承认自己就是常香玉。老人"输"了。他只好像孩子一样在地上打"车轱辘"。老人说:"我咋看着她这么像常香玉呢?"他说,多年前在西安,常香玉还专门为他加唱了一段清唱呢。常香玉在老人的感染下,一同回忆了在西安演出的情景。看到老百姓这么喜欢自己,常香玉忘记了自己的磨难,忘记了自己是"军统特务"的"身份",冒着再次遭受批斗、关押的危险,给这几个乡亲清唱了一段戏。剧场静悄悄、舞台上静悄悄,只有常香玉的那段《花木兰》中"施礼拜上……"的清唱。台上的百姓流泪,台下的观众唏嘘!周围的百姓得知常香玉在自己村里劳动下放,送鸡蛋的送鸡蛋,送水果的送水果,饱含了群众对艺术家的热爱。舞台上堆满了群众的"深情厚谊"。之后,编剧便以常香玉在郭沫若诗词《水调歌头·粉碎"四人帮"》中的"大快人心事,揪出'四人帮'"一句几乎家喻户晓的唱腔,结束了"文革"动乱这场戏。

  我深深地被这段体现人情冷暖、沉浮人生,拨动观众心弦的戏感动着。十年"文革"留给大家一身伤痕。不管我们怎样衰老,这创伤像鞭子一样抽打着人的灵魂。常香玉一生经历了许多磨难,但最大的磨难可能就是"文革"动乱中的遭遇。有一天,常香玉被四个人五花大绑地架出去要枪毙,后来等了两个钟头也没见动静。就在常香玉惊恐不安的时候,一个炊事员走过来,说那是孩子们闹着玩的,给她松了绑。"文革"割断了许多人的"喉咙",摧残了无数人的艺术生命、政治生命和自然生命。

移动大平台和大转台把三分之二的舞台空间留给观众，带来动感视觉，仿佛时空在转换，老年常香玉与青年常香玉、幼年常香玉同时出现在舞台上对唱、合唱。"为了她，忍辱含羞都不怕；为了她，背井离乡走天涯；为了她，祖宗祖籍都舍得；为了她，没了姓名没了家。"为了戏剧，张妙龄变成了常香玉，"戏子"变成了文艺工作者。在舞台上常香玉找到了爱，找到了幸福，找到了做人的尊严，舞台才是她的家。解放军的一声"同志"，让常香玉一生都对党和人民有了深深的感激……

在艺术上，常香玉广泛吸收京剧、评剧、秦腔、河南曲剧以及坠子、大鼓等艺术之长，同时把风格不同的各种豫剧唱腔——豫东调、祥符调、沙河调等，融会于豫西调中，独创新腔，成为豫剧中的一支主要流派，被誉为"豫剧皇后"。

诗人艾青曾写道："为什么我的眼里常含泪水，因为我对这土地爱得深沉。"无论生活在哪个国家，无论你是什么身份，上至总统总理，下到平民百姓，热爱祖国应该是每个人的基本信念。爱国主义可以有不同的表达形式，战士在祖国需要的时候奔赴战场，百姓在祖国需要的时候也应竭尽所能。

这使我想起在北京沙河的航空博物馆里陈列着的一架"香玉剧社"号战斗机。这架战斗机就是常香玉带领"香玉剧社"为抗美援朝捐献的。为了筹措义演经费，常香玉拿出自己多年的积蓄，还卖掉了自己的汽车。然后和剧社人员一起到全国各地演出，他们不辞辛苦，先后来到西安、开封、郑州、武汉、长沙、广州等地，演了一场又一场，半年下来共筹款15万元，如愿购买了一架战斗机。这架飞机被命名为"香玉剧社"号，当即飞往朝鲜参加战斗，在抗击侵略者的战斗中还多次立功。编剧把抗美援朝的战争烽火和常香玉到战地慰问演出的场面也搬上了舞台。

《常香玉》的最后一场戏,是常大师最具代表性的六个剧目《大祭桩》《破洪州》《花木兰》《白蛇传》《红娘》《五世请缨》中所塑造的人物和常香玉同时登场,好一幅壮观的、生动的历史画面!在舞台上最具代表性的六个人物分别以观众耳熟能详的唱段和常香玉同时登场,回眸大师艺术人生,把演出推向了高潮。

"一生义举动天地,谁说女子不如男。"有人曾说,"一个人为了让人们记住自己,竖了碑,塑了像,立了传,题了词。岂不知:碑要碎,像要倒,纸要烂,词要改。只有像常先生这样让普通老百姓记住的人,才是'有的人死了,他还活着'的人……"

她并没有受过高等教育,但她从一出出的戏里,从自幼艰辛的生活里,承继了作为一个中国人最闪光、最美好的品质和追求,并用一生的时间把这些发扬光大。这一个中原的奇女子,她爱国、无私、善良、勤奋、直爽、刚烈的美好品格,她柔肠百转的传奇爱情,全都是如此光明磊落、实实在在。

她一辈子都在对自己说,首先要做好人,人是最主要的。即便一个人的艺术成就再高,如果他不为人,恐怕也成不了大气候。对自己的尊重,也是对戏的尊重,一个人干啥就得像啥,要不什么也干不好。

2003年冬,正在北京住院治疗的常香玉,得知河南豫剧团在奥运工地慰问河南籍民工时,坚决要求参加演出。建筑工地的露天舞台,寒风凛冽。她在女儿的搀扶下,为普普通通的民工认认真真地清唱了一段,令全场数百名民工热血沸腾。演出结束后,许多人围着她合影。常香玉说:"一个人在做完好事之后,心里会特别踏实,不发慌,晚上睡觉特别香!"这就是大师的胸怀与境界。

新中国成立初期,她替国分忧,在文艺界第一个带头要求降低自己的工资；"文革"后，她把补发的1万多元工资全部交了党费；1995年，她携带弟子义演，票房收入全部捐献给下岗职工；2003年，她又从自己微薄的工资中捐出1万元，用于"非典"防治工作；2004年，她在遗嘱中要求把积攒的最后几万元也全部捐献给家乡巩义。至于她平生资助过多少遇到困难的父老乡亲，更是无法计数。

1994年6月，常香玉荣获"亚洲最佳艺人终身成就艺术奖"；1995年，她被国务院授予"全国先进工作者"称号；2004年，国务院追授常香玉"人民艺术家"荣誉称号。常香玉的爱国为民之心和"戏比天大"的敬业精神，值得我们一辈子去琢磨、去感悟、去学习。

难怪中国戏剧家协会原主席李默然及袁雪芬、方掬芬、刘长瑜、李维康、阎肃、瞿弦和、于魁智、张火丁、韩再芬、濮存昕、张国立、杨洪基、李琦等27名戏剧家，联名向全国戏剧界同仁发出了"学习常香玉，争做德艺双馨戏剧工作者"的倡议书。我想，此举也是这个时代的声音吧！

李树建的"忠、孝、节"三部曲

2015年8月6日，在乌鲁木齐举办的新疆文联系统干部培训班上，我有幸聆听了中国戏剧家协会副主席、河南豫剧院院长、著名豫剧表演艺术家、国家一级演员李树建做的《让豫剧走向世界》文化讲座。

李树建从艺近40年，有30多年的院、团长经历，先后演出了数十个剧目。他说："一部精品剧目的出现，不仅是演员与主创人员共同的心血结晶，也是演员与广大观众真诚交流的结果，同时还是一个院团精心谋划、有为有位的收获。"李树建团队不仅要谋划河南豫剧的发展，还要谋划全国豫剧的发展，让豫剧更好地走向全国、走向世界。

"中原文化是中华文化的母体，而豫剧又是中原文化中的艺术奇葩，它承载着中原人的梦想、渗透着中原人的血液、凝聚着中原人的智慧。传播豫剧就是传播中原文化，就是提升中原文化在海内外的影响力。"李树建的这段话，以及他要做的"三种人"励志语也一直影响着我———"一是政治上的明白人，二是观众的贴心人，三是德艺双馨的戏曲人"。

《程婴救孤》《清风亭上》《苏武牧羊》是李树建主演的"忠、孝、节"三部曲，社会反响非常热烈，好评如潮。"三部曲"不仅荣获了各类国家大奖，还到意大利、法国、美国、土耳其等国家交流演出。李树建还10次带团到我国台湾演出。豫剧《清风亭上》

是由传统豫剧《清风亭》改编而成的,去掉了原作因果报应的迷信色彩,不仅强化了张元秀夫妇的善良、坚韧和正直,而且强调了张继保人性发生逆转的社会因素,因而更具有现代意识,实现了老戏新演;豫剧《程婴救孤》改编自经典名剧《赵氏孤儿》,舍弃了原作个体复仇的主题,强调了程婴救孤的正义性,其救孤不是为了培育一颗复仇的种子,而是出于对国家社稷的维护,实现了名剧改编;豫剧《苏武牧羊》通过讲述汉朝中郎将苏武在极端恶劣的环境下不畏强权、不改气节、坚持信念、永葆操守,歌颂了他的高尚人格和爱国情怀。

在"出彩河南——庆祝改革开放 40 周年中国豫剧优秀剧目北京展演月"上,我在北京长安大戏院,观赏了李树建主演的《苏武牧羊》。

苏武在天汉元年(公元前 100 年)奉命以中郎将持节出使匈奴,被扣留。匈奴贵族多次威逼利诱,欲使其投降;后将他迁到北海(今贝加尔湖)边牧羊,扬言要公羊生子方可释放他回国。苏武历尽艰辛,留居匈奴 19 年持节不屈。至始元六年(公元前 81 年),方获释回汉。苏武去世后,汉宣帝将其列为麒麟阁十一功臣之一,彰显其节操。在长安大戏院舞台上,《苏武牧羊》的场景和造型体现边塞风情,舞美设计精美、大气、震撼。尤其是让人来演羊,从而赋予羊群以人的情感,也表现了苏武与羊群为伴的艰难与孤独。在场观众无不为李树建的倾情演唱和演艺而击掌、泪下。

李树建的这三部作品被拍成戏曲电影,"三部曲"的成功不仅使河南豫剧院二团成为全国先进的戏剧院团,还推出了一大批名家名演,特别是让一批青年才俊崭露头角,实现了名剧出名演、名演带名团。

剧本是一剧之本。剧本好,首先表现在它的题材上。好的题材就是那些高扬爱国、信仰、民生、廉政等人类永恒主题,接地气、聚人气、扬正气的题材,这种题材必定能弘扬民族精神、传播人间正道、激发社会正义、增强文化自信。"三部曲"剧本的创作大都在五年之上。《程婴救孤》从2001年开始创作,到2004年获大奖,中间大改就有10多次,小改可谓不计其数,到现在已经演出1400多场。《苏武牧羊》从2005年开始创作,到2010年搬上舞台也历时数年,演出500多场。《清风亭上》一剧演了近30年,演出3600场,观众超过千万,其中80%的演出都是在农村、矿山、企业,连山羊都到不了的地方他们也曾去演出过。《清风亭上》正是借助广大观众的传播,才产生了广泛的社会影响,该剧自1989年搬上舞台之后,全国已有200个剧团进行了移植演出。

观众是戏曲最好的传播者,一台精品剧目的出现,一段优美唱腔的流传,都是观众在推波助澜,他们不仅是戏曲最公正的评判者,还是戏曲传播最有力的推动者。

李树建在交流演出舞台布景体会时畅谈道:"同一个剧目在不同环境下演出,其舞台呈现是有所不同的,如舞台布景在城市演出时用大景,满足城市观众审美标准较高的需求;在农村演出时用简易景,方便运输和使用;到国际上演出时就用传统的一桌二椅,后面一个大天幕,代表着中国戏曲传统的基本样式。而且在演员的表演上,面对不同的观众也要有所不同,在城市演出要'收'一点,'收'就是含蓄内敛,适合城市观众重体验的审美习惯;在农村演出要'放'一点,'放'就是夸张想象,适合农村观众重热闹的审美习惯;在国际上演出要'舞'一点,'舞'就是尽量多使用肢体语言和程式化的表演,以弥补语言不通的障碍,增加传递信息的手段。"

人民是戏曲真正的衣食父母。一切戏曲活动最终都要为人民服务。戏曲与人民的关系，就如同人民与土地的关系一样，质朴而又密切。

我衷心祝愿李树建的"忠、孝、节"三部曲能以剧化人，传扬恒久。

令人感佩的《大漠胡杨》

我看了两遍由兵团豫剧团演出的大型现代豫剧《大漠胡杨》，我眼里总是饱含泪水。这是一部吟唱兵团人艰苦创业史的大戏、好戏，值得推向全疆、全国巡演。

《大漠胡杨》讲的是1955年冬，段香妮（张培培饰）和高栋梁（杨广高饰）、韩墨轩（周向阳饰）、李豫西（陶卿卿饰）、黄石榴（孙二贝饰）等几个河南籍支边青年，响应党的号召，来到新疆兵团红星二场投身边疆建设的故事。

1949年9月，新疆和平解放。1954年10月，党中央决定中国人民解放军驻疆部队大部就地集体转业，组建新疆生产建设兵团。70年来，新疆生产建设兵团白手起家，艰苦奋斗，忠实履行着国家赋予的屯垦戍边的光荣使命。广大兵团军垦职工栉风沐雨，扎根边疆，同新疆各族人民一道，把亘古戈壁荒漠改造成生态绿洲，开创了新疆现代化事业、建成了规模化大农业、兴办了大型工矿企业、建起了一座座新型城镇，充分发挥了生产队、工作队、战斗队的作用。

1955年，兵团成立之初，党中央决定从河南、四川、江苏、山东等地，动员大批青年投身新疆建设，从而揭开了新中国历史上一段旷世的支援新疆、开发新疆、屯垦戍边的伟大壮举！

最使人振奋和感动的是兵团豫剧团，1956年7月在河南洛阳成立，1959年集体支边到新疆兵团。70年来，剧团足迹遍布天山南北，每年下基层演出 200 多场。

这次历史性的支边行动，对维护新疆稳定、巩固新生人民政权、加强民族团结具有战略性意义。仅以河南省为例，1956 年，该省到新疆的支边人数就达 5.5 万人，其中，涌现出许许多多感天动地的英雄人物和事迹。

豫剧《大漠胡杨》一启幕，就是欢快的劳动场面，器乐悠扬、喜庆（文中，唱词后括号内注有"掌声"二字的，是笔者感到戏中最抓人、演员最应该下功夫处理唱腔艺术的关键点）。远处传来兵团人在工地上类似于"劳动号子"的声音。这也使它成为该剧的主题歌——

> 天山再高，哟嗨，你高不过天，
> 荒原再大，哟嗨，你总也有个边。
> 石头它再硬，哟嗨，碰到咱，它就软，
> 拿在手里，哟嗨，它就是一块砖……

老班长李全福（裴文龙饰），唱腔高亢。他的出场，是全剧中第一次赢得观众掌声的地方。他的那句"大荒原一定是好年景好收成！"沿用了豫剧《李双双》"洼洼地里好庄稼"唱段中的最后一句唱腔，更是激发了观众对豫剧的回味和热爱。

> 开大山劈石料天寒地冻，
> 老天爷一会儿是雪一会儿是风。
> 同志们手脚磨烂肩膀磨肿，
> 要把天山水引到万亩良田中。
> 等到那麦穗翻滚浪千层，

大荒原一定是好年景好收成！（掌声）

该剧的剧情入戏快、紧凑、不拖沓。在工地上，人物一出现，就交代了几个人物之间的情感矛盾。

"他高栋梁是高栋梁，我韩墨轩是韩墨轩。至于段香妮是跟高栋梁好还是跟我好，那是段香妮的事，本人对她可是真心的。""张财旺霍丽雅这是一对，李豫西和黄石榴这又是一对，段香妮和高栋梁是一对。""韩墨轩，你这是孔雀开屏，自作——多情。"

两位主人公出场的戏，自然且具有生活气息。在工歇之余，高栋梁和段香妮看见一个维吾尔族老乡拉着一个架子车坏在路上了，他们就帮着修好了车子……罚他们两个来一段四句唱词，成为本剧的核心主题词。

支援新疆正青春，
屯垦戍边一片心；
广阔天地勤耕种，
各族兄弟一家亲。

编剧把快板书也穿插到豫剧之中，艺术手段多样，很有特点。

竹板打响呱呱，
咱们说一说，
河南的青年志气大。
火车一响到新疆，
戈壁滩上就安了家。
敢战天，敢斗地，

在兵团干得顶呱呱，顶——呱——呱！

而赵二亮尽管是小人物，但作用并不小，演员表演才艺值得点赞，也彰显了兵团豫剧团的整体实力。

戈壁滩垦荒沙把小麦种下，
荒原上治盐碱播下棉花。
栽上了万亩胡杨树，
挡住那千里大风沙。
边生产边劳动，
汗水浇开爱情花。
姑娘都找汉子嫁，
汉子找姑娘假装过家家。
你爱我我爱你，
他们一对一对要成家。
成了家立了业，
一入洞房就生娃娃。（掌声）

最后一句"一入洞房就生娃娃"赢得了观众热烈的掌声。

在开山凿石爆破作业中，高栋梁为掩护维吾尔族大爷不幸被山石压住胳膊，失血过多，危及生命。关键时刻，高栋梁决定让李豫西砍断自己的胳膊截肢。李豫西犹豫不决。

高栋梁大喊："李豫西，你个狗日的！再晚就来不及了……"李豫西抡起斧子，随着他"啊"的一声大吼，手起斧落。高栋梁晕了过去。演员对段香妮因亲人不幸而呜咽哀号的情绪把握得入情入理——

"李豫西！你……你赔我的栋梁哥，你赔我的栋梁哥……"段香妮倒地昏厥，舞台暗光。剧情感人、真实，引得整场观众泪奔。第二场，在《亘古荒原将要变成米粮川》这一大段唱词中，段香妮的扮演者第一次展现其心理活动并为故事做铺垫，唱腔艺术成熟。

面对着金色的夕阳抬头远看，
微风吹棉海滋润我心田。
两年前和同学们立下志愿，
到新疆才知道了人生的内涵。
这是一片待垦的处女地，
它沉睡了几万年。
党中央下了一道令，
好儿女来了万万千。（掌声）
宏伟蓝图已画好，
亘古荒原将要变成米粮川。（掌声）
到那时，
北疆粮食如山牛羊满圈，
南疆棉花似海瓜果满园。
支边路上还有爱人相伴，
和栋梁结连理已把家安。
事业爱情并成一条线，
并肩战斗再苦心也甜！

同样，扮演黄石榴的演员的唱腔艺术也入戏、感人，功力不浅。

没想到戈壁滩竟然这么苦，

没想到平地里像是烤火炉。
没想到一碗水里有半碗土，
没想到吃的是粗糠拌萝卜。
……你先进你党员你是模范，
瓜菜代你吃得比肉香比蜜还甜。
在老家从来就没有吃过这饭，
家再苦俺还是想爹想娘……
（白：俺想开封的小笼包、
周口的胡辣汤、
郑州的羊肉烩面，
还有红烧的黄河大鲤鱼……）
想老家河南。（掌声）

观众在泪水中，爆发出热烈掌声。特别是最后一句"想老家河南"，演员的真情流露和艺术感染力，使情不自禁的泪水再次冲刷观众的情感。

剧中，买买提老大爷的大段道白质朴、真情，说出了新疆各族人民的心声：

场长，我们还得谢谢你们哪。自从你们兵团人来了以后，就把我们盼望已久的水渠修好了，这是我们这辈子最高兴的事，我们这一代居住的乡亲们，过去是天天盼，夜夜想，祖祖辈辈只想修成一条水渠，把天山上的圣水引下来，从此后再也不受荒旱了，可这么大的事情谁能办到呢？解放前，要税的事情有呢，要人的事情有呢，修渠的事情，没有！自从你们兵团人来了以后，不收我们的税，不派我们的工，只用了一年多的时间就把水渠修好了,把天山的圣水引了下来。从此我们有地种了,我们也有水用了,真是天大的喜事,村里人都说,这条渠就叫"幸福渠"吧。

卫生员霍丽雅(王慧敏饰)的几句唱词、唱腔也体现了兵团豫剧团演员争奇斗艳的实力和素养:

没有喜酒没有嫁妆没有鞭炮,
没有花轿没有送亲没有锣鼓敲。
却有真情有真爱有胡杨做证,
这才是大姑娘上轿头一遭。(掌声)

在水渠决口、洪峰凶猛,麦田有可能被大水淹没之际,高栋梁为掩护李豫西献出生命。黄石榴和霍丽雅搀扶着段香妮。段香妮扑在高栋梁遗体上,悲戚至极地喊着"栋梁——",又使观众冲垮了感情的堤坝,泪水扑簌而下……她唱道:

在晴天霹雳平地起、平地起、平地起……
栋梁你为啥走得这么急?
你怎忍撇下我们母子俩,
此恨绵绵无绝期、无绝期!(掌声)

最后这句"此恨绵绵(此处高亢)无绝期、无绝期!"艺术家把段香妮的大爱大诉、大哀大悲淋漓尽致地展现出来。悲戚、哭诉、唱白结合,精准演绎,情感奔放。

第三场戏,人物链之间的矛盾冲突此起彼伏。男人和女人,女人和男人，女人和女人，男人和男人，大人和孩子，甚至还有孩子和狼。

一年以后的一个夏季黄昏，段香妮地窝子前。

兵团的女人啊，就是这样过，
兵团的女人啊，就是这样活；
兵团的女人啊，痴心守大漠，
兵团的女人啊，你咋恁执着，
你咋恁执着？！

这段群众伴唱，也是本剧《大漠胡杨》的点睛之笔。艺术家认真处理这段的每一句台词，都是内心情感宣达的又一次心理展露。段香妮在婴儿的哭声中，抱着孩子唱道：

抱起来我的儿细细打量，
越细看越像是他爹高栋梁。
白日里试验田只把棉花想，
到夜晚搂着儿思栋梁眼泪汪汪。
一千遍地思一千遍地想，
三口人在一起不管它隔着阴和阳。
支边路上抱着儿子就是抱着希望，
抱着儿子抱着坚强。（掌声）
兵团啊俺今生就认定了你，
陪伴着俺的儿也陪伴着大漠的胡杨！

在这场戏中，穿插了段香妮和李豫西的情感纠葛。段香妮说：

"李豫西，我希望你以后少往我这儿来，我和孩子都挺好的……"
李豫西在唱段前的一句"香妮姐——！"处理得到位：

想起来那一斧子我一辈子难忘，
又后悔洪水中我没有拉住栋梁。
香妮你不知道我夜夜难入睡，
（黄石榴拿军用水壶上，在地窝子外听着……）
睡梦中哭着念你想着栋梁。
总想着对恁娘儿俩有些补偿，
是男人懂情义我就该有担当。（掌声）

段香妮说："你担当？你能担当个啥？你还是多为石榴担当担当吧。"

黄石榴哭着喊了一句："香妮姐！"如同李豫西在唱段前的一句"香妮姐——！"一样，处理得到位。这三个字，表达了三人之间的理解和情感的释放，体现了感情的真挚交流和交融。

段香妮唱道：

石榴你真情话句句恳切，
倒让我张着嘴没法去接。
豫西他关心我问热问冷，
待孩子一百诚暖我心窝。（掌声）
我知道他心里满含愧疚，
更知道他心里全是自责。
我的妹妹呀请你放宽心，
恁两个感情事不可能扯上我。（掌声）

幸幸福福过日子，
你别再乱琢磨。（掌声）

在冰雹来临之时，段香妮丢下孩子，夜护棉田。野狼又把苦难兵团女人的幼儿吞噬。

场长王有拿着小宝的虎头鞋，悲戚万分：

小宝，小宝……段香妮！不让你去棉田……你……非要去棉田！我饶不了你。那是你一个人的孩子吗？！那是咱兵团的孩子呀——！我要处分你，我……我要处分你——！

这一段泣血的道白，又一次把观众的泪水送给了这个多难的兵团女人。整个前三场的戏，都非常抓人，有起伏、有高潮。

在第四场里，两次出现了该剧浓缩了艺术家心血的主题词和主题歌，唱腔设计很好，凸显了主题，体现了本剧思想。

支援新疆正青春，
屯垦戍边一片心；
广阔天地勤耕种，
各族兄弟一家亲。

天山再高，　哟嗨，你高不过天，
荒原再大，　哟嗨，你总也有个边。
石头它再硬，哟嗨，碰到咱它就软，
拿在手里，　哟嗨，它就是一块砖……

经过 20 年筚路蓝缕的顽强拼搏，兵团人用鲜血、生命、勤劳和爱，浇灌着这块他们深爱的沃土。他们同当地各族人民一道，把亘古戈壁荒漠变成了片片绿洲，建成了规模化的大农业，兴办了一批大型企业，建起了一座座新城。

从 1975 年兵团撤销到 1981 年兵团恢复，兵团人经历了一场浴火重生般的艰难磨炼。兵团开始了二次创业。兵团屯垦戍边事业不断迈向新的阶段。

但第四场，我觉得剧情难以体现当时人物的思想情感。即使当时韩墨轩和段香妮两人"视同陌路"，也应该用现代人的情感指数去处理他们之间的情感。是否可以与老战友先吃饭聚会，然后，韩墨轩酒后吐真言？而场长和段香妮之间的心理活动处理得好，有人情味。老场长（程国强饰）唱道：

> 老哥哥我站在你面前话不知怎么说。
> 嘴上劝着你我心里在滴血，
> 为大漠你透支了青春透支了光和热，
> 你对你自己亏欠得太多太多。
> 后半生路还远有风也有雨，
> 早应该有个伴相互搀扶着。
> 苦吃尽甘甜来历史让后人说，
> 你应该有一个崭新的生活。
> 香妮你不要再心里头困惑，
> 对你的后半生你得负责。
> 等到那生命的尽头你再回头看，
> 拍胸脯你对得起自己也对得起脚下的大漠，
> 脚下的大漠。（掌声）

此后,段香妮的这一大段唱词,用心吟唱,用心演戏,用情化人。我分明看到演员眼里充满了泪花。

抬头望南归的大雁心头阵阵颤,
我胸中掀起了万丈波澜,万丈波澜!(掌声)
看眼前——
棵棵白杨对我瞪大了眼,
面对着它我有万语千言。
二十年前一场情牵梦幻,
情牵着梦幻我到了边关。
来新疆怀揣着崇高志愿,
风餐露宿战地斗天。
盐碱地去垦荒把脚泡烂,
瓜菜代就凉水穿着单衣过冬天。
开大山劈石料筋骨累断,
兵团女人啊更比男人难。
一场洪水让我的至爱魂断戈壁,
一声狼嚎吞噬了我的宝贝心肝。(泪水)
二十年我攒下的财富是苦难,(掌声)
把青春无私献给了大漠荒原。
我呀我,我呀我——
多少次栋梁坟前我把声带哭断,
狠心人不吭声你默默无言……

隐现在舞台上的高栋梁的一段唱腔,体现了对段香妮的称赞、对段香妮深爱高栋梁的褒奖和理解。

香妮啊我知道你现在遇到了坎，
二十多年夫妻情我没离开一天。
人间的苦你都尝尽，
人间的难你全受完。
离大漠去寻找你新的一半，
你要听哥哥的肺腑之言。
望妹妹后半生幸福美满，
不再有苦不再有难平平安安。
儿子由我陪，
你把心放宽。

  这是段香妮在该剧最能表现兵团女人精神的一段唱词，把《大漠胡杨》的剧情推向观众心中最崇高、最神圣的领地。就是最后那句"我看见胡杨吐翠一派枝茂叶繁！"赢得观众雷鸣般的掌声！段香妮这样唱道：

戈壁乱云独嗟叹，
茫茫大漠自蹒跚……
我猛然抬头远处看，
只看到一棵胡杨迎风立荒原。
它苍劲挺拔傲然伟岸，
躯干如铁风摧枝更坚。
它给我力量向我召唤，
激励我挺立荒原天地间。
要学那戈壁滩上的胡杨树——

耐住干耐住旱耐住酸碱耐住盐。
荒原啊你的女儿不会走，不会走，不会走。
掬一捧黄沙祭奠我青春圣坛。
岁岁枯荣岁岁过，
我看见胡杨吐翠一派枝茂叶繁！（掌声）

尾声部分，韩墨轩的出场非常尴尬。集体婚礼里，没有他，孑然一身的他拿着档案来到兵团,他想干啥？能干啥？让人一头雾水，更让如今的"90后""00后"匪夷所思。

集体婚礼上,是否真的需要遗像？对台下观众的视觉冲击，是否能激发其对高栋梁艺术作品的深刻感受并引发"美"的联想？尤其是晚上大家看完这出戏，导演是否应该考虑观众的心理承受能力？

段香妮最后的唱段是对兵团的礼赞、对兵团女人的礼赞，充满豪情，尤其是唱词的第一句"风雨沧桑几十载"，非常高亢，积极向上，乐观大度：

风雨沧桑几十载，
经历了蹉跎岁月人生华年。
为兵团建设受尽磨难，
无怨无悔再苦再累我心也安然。
水渠引到家粮食堆成山，
一片片绿洲似那灿烂的春天。
一排排高楼耸立，
一条条马路宽宽。
兵团的精神是我们的魂，

艰苦奋斗，屯垦戍边。（掌声）
大漠啊你把我洗礼把我磨炼，
折一根胡杨枝我把人生写完。（掌声）

最后，反映兵团人战天斗地精神风貌的主题歌再一次萦绕在观众耳边，沉淀在观众的记忆里：

天山再高，　哟嗨，你高不过天，
荒原再大，　哟嗨，你总也有个边。
石头它再硬，　哟嗨，碰到咱，它就软，
拿在手里，　哟嗨，它就是一块砖……

但是，纵观女声唱腔，没有出现像豫剧《朝阳沟》中"社员们发愤图强乘风破浪"和新编豫剧《红灯记》中"为的是：救中国，救穷人，打败鬼子兵"这样令人难忘的唱腔艺术设计。

"大忠于祖国，大孝于人民。"一代代兵团人发扬南泥湾精神，继承人民解放军的光荣传统，用热血和生命创造了人进沙退、戈壁变绿洲、荒原变城镇的奇迹。建设美丽新疆，建设美丽兵团，关键在人。关键要有一批批像高栋梁、段香妮、老场长、老班长等那样的人，热爱祖国、无私奉献、艰苦创业、开拓进取、矢志不移、持之以恒、久久为功，真真切切地、无怨无悔地让兵团精神、胡杨精神像空气一样无所不在、无时不有，真正把兵团建设成引领社会风尚的精神高地。

兵团70年的伟大历史功绩，已经永远镌刻在新疆大地。兵团70年的伟大实践充分证明，在新疆组建生产建设兵团是党中央治国安邦的战略布局，是强化国家边疆治理的重要方略，是新中国屯垦戍边史上的伟大创举。无论过去、现在和将来，兵团始终是开发建设新疆、造福各族人民的重要力量，始终是维护祖国统一、保持新疆稳定的重要力量。

60多年前，那些历经战火和硝烟的战士们与共和国年轻的建设者们，响应党中央、毛主席的号召，从四面八方奔赴新疆，积极投身解放新疆的战斗，以大无畏的精神开创屯垦戍边的事业，一干就是一辈子。几十年来，为了新疆的发展稳定，为了新疆各族人民的幸福安宁，为了祖国的安全统一，他们在新疆一手握枪、一手拿镐，自力更生、艰苦创业，吃了无数苦，作了大贡献。在天山南北，在边境沿线，在沙漠戈壁，哪里最艰苦，哪里有需要，哪里就有兵团的团场连队、干部战士。在革命战斗中，他们是英雄；在生产建设中，他们是拓荒牛；在维护稳定中，他们是中流砥柱。

兵团人所作的历史贡献，党中央不会忘记，共和国不会忘记，新疆各族人民不会忘记，全国人民不会忘记。

令人感佩的《大漠胡杨》

从援疆干部的视角看《阿克达拉》

我是怀着一种期待的心情走进中国劳动关系学院的礼堂,来"审看"电影《阿克达拉》(原名《援疆干部》)的。影片取材于中宣部精神文明建设"五个一工程"奖同名长篇小说。国家一级导演张忠担纲该片导演,福建电影制片厂、天山电影制片厂、湖北长江电影集团、北京合力桨影视文化传播有限责任公司、中华全国总工会文工团、梦想国际影业(北京)股份有限公司联合出品,中共福建省委宣传部、中共新疆维吾尔自治区党委宣传部、中共湖北省委宣传部等部门联合摄制。看完接近100分钟的影片,我觉得,剧组团队这两年多来的艰辛能够得到影视专家和观众们的一致认可,实至名归。

我是中央和国家机关第八批援疆干部,曾荣幸地参加了影片主创团队组织的多场由不同批次援疆干部参加的剧本研讨会。

影片讲述了"东南省"援疆干部田力(吴军饰演)结束三年援疆工作,踏进机场准备返程时,因得知国际棉花期货价格突然出现波动,持续倒挂,导致他与村民们精心打造的"昆仑一号"棉花产业项目遭遇巨大经济损失的消息后,毅然决然向组织申请再延长三年援疆工作的故事。

影片运用蒙太奇的艺术手法,穿插还原了20世纪50年代,田力的爷爷田顺地(李澍饰演)和奶奶李秀明(郝林饰演)以及李怀河(青年,薛奇饰演;老年,李雪健饰演)与医生郝春荔

（杜少杰饰演，因救助儿童被掩埋在泥土里牺牲）等一群青年为支援边疆建设来到新疆，在地窝子里成亲生子。后来，爷爷在水库建设工地上牺牲，奶奶也因丈夫去世的巨大悲痛和繁重体力劳动流产大出血，长眠天山脚下。

影片后半部呈现了田力延期援疆后的故事：在"东南省"和援疆指挥长（周浩东饰演）的支持下，田力等人成功研发棉花种子，阿克达拉村的棉花合作社也起死回生；当地维吾尔族群众的女儿小古丽与田力结亲，听力及语言障碍经过矫正治疗得到恢复；田力在家人的理解和上级关心下，延期援疆结束后又留任新疆工作。

开展对口援疆工作，是党中央着眼党和国家工作大局做出的重大决策部署，是社会主义制度优越性的充分体现，是实现新疆社会稳定和长治久安总目标的客观要求，也是新疆广大干部群众的热切期盼。做好新疆工作事关全国大局。近年来，党中央加大对口援疆工作力度，完善对口援疆工作机制。自治区党委也始终把对口援疆工作放在经济社会发展的重要位置，确保把党中央关于对口援疆工作的要求落到实处。

选择新疆，就选择了奉献，选择了牺牲。援疆既是信仰之旅，又是补钙之旅；既是成长之旅，又是健骨之旅；既是追索之旅，又是成功之旅。

影片中，大片胡杨树镜头的刻画运用，歌咏了千年不死、千年不倒、千年不腐的胡杨精神。胡杨是大漠的英雄树，也是生命顽强的边塞父亲，更是饱经风霜的戈壁母亲。它难而不弃，贫而不移，守而不改，默默守护，不渝初心。它的美，更显大漠的坚毅与壮美；它的美，伟岸着江河天际。

"大忠于祖国，大孝于人民。"一代代援疆人发扬南泥湾精神，继承人民解放军的光荣传统，用热血和生命创造了人进沙退、戈壁变绿洲、荒原变城镇的奇迹。建设美丽新疆,关键在人。

一代代援疆人,无不在新疆这片热土上,留下一段段闪光的人生足迹。他们用青春和热血、汗水和行动,把党中央的殷切希望和新疆各族群众的美好期盼逐步变为生动现实。

影片讴歌了民族团结一家亲的生动现实。新疆是多民族地区,民族团结是国家统一和社会稳定的最长远的根本问题,是发展进步的基石。

当前,新疆经济持续发展,社会和谐稳定,民生不断改善,文化空前繁荣,民族和睦、宗教和顺,各族群众不断增进对伟大祖国、中华民族、中华文化、中国共产党、中国特色社会主义的认同,弘扬爱国传统,像爱护自己的眼睛一样爱护民族团结,像珍视自己的生命一样珍视民族团结,像石榴籽那样紧紧抱在一起。党中央坚持依法治疆、团结稳疆、文化润疆、富民兴疆、长期建疆,新疆处于历史上最好的繁荣发展时期。新疆属于新疆各族人民,属于整个中华民族。坚守中华文化立场,传承中华文化基因,构建各民族共有精神家园,是包括新疆各族人民在内的全中国人民的共同责任和追求。

影片从田力与艾力两家人的交往中,反映新疆各民族血浓于水的情感,也艺术地展现了融汇民族友爱、建设边疆、融入边疆、兴盛边疆、服务边疆,为大美新疆引吭高歌的壮美画卷;再现了新疆各民族之间交往交流交融的历史与现实,展现了高举各民族大团结旗帜,在各民族中牢固树立国家意识、公民意识、中华民族共同体意识;向世人讲述了催人振奋的援疆故事,展现了援疆干部风采,展示了全国对口援疆省份的无穷力量。编导团队也不吝笔墨,描绘了贯穿于影片中学校教育、家庭教育、社会教育等各环节各方面的"民族团结一家亲""让民族团结之花常开长盛"的时代价值。

影片最后,老年"李怀河"的形象让人泪目。他是几代"援疆人"的精神塑像。他刚毅而滚烫的泪滴,是融合、滋润边疆泥土的生命之水,永远不会干涸。

对口援疆是国家战略,必须长期坚持。把对口援疆工作打造成加强民族团结的工程,不断巩固民族团结,努力建设团结和谐、繁荣富裕、文明进步、安居乐业的中国特色社会主义新疆。这是电影《阿克达拉》意蕴的最深刻表达。

国际电影人合作的成功典范

电影《长安·长安》，是一部由中国、俄罗斯、伊朗、哈萨克斯坦等国家的电影人参与制作的爱情故事片。

影片以中欧班列旅游列车上的主人公阿雅娜的爱情故事为纽带，融入秦腔《白蛇恋》等传统文化元素，并在秦始皇帝陵博物院、西安古城墙等人文之地取景，让电影《长安·长安》饱含了深厚的丝路精神、浓郁的"一带一路"文化气息。

爱情是古老而神奇、鲜活的话题。爱情故事都涵括过去时、现在时、进行时。我们每个人的人生也都是由一个个故事串起来的。会讲故事、讲好故事，也是分享人生华章的一个宣达形式。《长安·长安》讲述的就是男女主人公以及剧中导游等人物在生命旅途中必经的一段段故事。

"一带一路"高质量发展的过程是推进高水平对外开放的过程。"一带一路"倡议源自中国、惠及世界，十多年来取得了巨大成就。讲好各国人民相知相亲相爱的故事，彰显"一带一路"倡议为全世界带来的福祉，意义重大。

在古城西安，哈萨克斯坦学生阿雅娜对白蛇与许仙的人妖之恋分外着迷。这段充满传奇色彩的人妖之恋，一经秦腔这一传统艺术展现，则更具美学价值。

阿雅娜与导演桑加尔之间的情感故事，如同剧中白蛇和许仙之间的爱恨纠缠。他们梦想将这个永恒的故事带到哈萨克斯坦的舞台上。然而，10年后，阿雅娜的现实世界伤痕累累。桑加尔在异国他乡的事业也陷入困境，桑加尔的不忠使阿雅娜陷入抑郁，几近轻生。为了寻找慰藉，她重回了他们相知相爱的源发地西安。在那里，她再次穿上白蛇服装，全身心投入表演，舞台上阿雅娜的眼泪揭示了她内心的痛楚与灵魂的挣扎……阿雅娜丈夫执导的《白蛇传》最终在哈萨克斯坦上演。他们的女儿还在剧中扮演了角色。整部电影传导着艺术人生的坚强、坚守、坚持，"不抛弃、不放弃"。

影片立足于中华传统文化故事，提炼出跨文化传播的标识概念。如秦腔、西安古城墙、钟鼓楼、大唐不夜城、大唐芙蓉园、西安永兴坊非遗文化街区、兵马俑等，打造了中华文化的国家品牌。

影片丰富拓展了中华文化的文化性格、风俗习惯、时代内涵、历史传承等生命元素与生活状态，并进行了多侧面展示，充分展现了中华传统文化的深厚意蕴，兼顾了不同国别观众的文化心理与审美需求，让国外受众对中国心生向往。

影片选取了国外观众听得到、听得懂、听得进的好故事，充分展现了古今中国发展和当下中国人充满生机的生活，帮助国际社会更客观、更真实地认识中国，更有利于了解中国文化。国家强盛离不开文化强盛，民族复兴离不开精神支撑。中华优秀传统文化和中国精神的时代凝练，都传递着中国价值，塑造着可爱的中国形象。

影片也在讲清楚中国是什么样的文明、什么样的国家，讲清楚中国人的宇宙观、天下观、社会观、道德观，在展现中华文明的悠久历史和人文底蕴方面做了大胆有益的探索。中国故事，都根植于亲仁善邻、讲信修睦、协和万邦的中华优秀传统文化，彰显了中国文化自信自立、坚持正义、扶弱扬善的精神风骨。如影片中，导游对阿雅娜讲述《道德经》"上善若水"，一段段充满哲理的台词、心灵对话以及大量特写的运用，如阿雅娜的泪滴在彩色气球上、又从气球上滚落在仙人球的根系上，都表达了导演对艰辛、苦难生命的思考。至于对如何珍爱生命、怎样经营跨国婚姻等的追问，都融入了艺术家们对人生的深刻思考。

历史上，多元文明相互遇见、彼此成就，书写了美美与共的灿烂篇章。不同文明完全可以在平等相待、互学互鉴中兼收并蓄、交相辉映。

电影人要充满自信和底气地讲好中国故事、传播好中国声音，并与其他国家交流互鉴、取长补短，改进国际传播方式方法，用各种生动事例讲活中国故事。

志合者，不以山海为远。"历史的道路，不全是坦平的，有时走到艰难险阻的境界，这是全靠雄健的精神才能够冲过去的。"

《长安·长安》的编剧是纳基斯·阿贝耶，她是伊朗著名导演、编剧，奥斯卡电影奖评委。该片的艺术总监西尔扎提·亚合甫，是中国国家一级导演，他的代表作《音乐家》曾获第九届北京国际电影节主竞赛单元"天坛奖"提名。该片导演张忠，是年轻的中国国家一级导演，中国传媒大学电视系编导专业本科毕业生、电影学硕士、哲学博士。

《长安·长安》的主创团队，都是有担当，想干事、能干事、干成事的电影艺术家和知名演员。期愿"一带一路"共建国家的艺术家们，共同做文明互鉴的促进力量、文化传承的使者。电影人义不容辞，责无旁贷。电影《长安·长安》，完全可以说是国际电影人合作的一次成功典范。

主题音乐创作要有精品意识

我们家都是"射雕迷",尤为喜欢1983年版的《射雕英雄传》(简称《射雕》),其主要原因还跟主题音乐有关。

黄日华、翁美玲担纲该剧主角,他们第一次为国人带来"偶像"的概念。"蓉儿"和"靖哥哥"的形象第一次让人发自内心地崇拜。翁美玲不算标准美女,也非香港一线演员,但她赋予了"偶像"一词以全新的生命力。如果要给她归一个类型,那就是任性。可爱任性的女孩迷人的不是单纯的外表,而是性格和气质上的内在的东西,这就与之后形成的追星族追的"星"有了清晰的界限。同时,《射雕》的服装成了武侠片的模本,此后10多年的武侠片都没有改变《射雕》中人物造型给国人的固定化印象。

1994年版的《射雕》也是香港拍摄的。2003年热播的《射雕》是李亚鹏、周迅主演的。不管2003年版的现代拍摄技术多么先进,我们仍然看好1983年版的《射雕》,并且从音像店专门购买一套,闲来欣赏一集都是一种享受,尤其是沉醉在剧情与背景音乐共同营造的艺术氛围里。

回看《射雕》,总忆起1985年夏天在河北正定参加劳动之余的"放松时刻"。当过兵的人都知道,劳动、训练是绝对马虎不得的。那时,正巧每周五晚上电视台会播放两集《射雕》,于是这两集《射雕》也就"顺理成章"地成了战友们休息时的精神补给。战友们为剧中的剧情所感染,喜欢黄蓉的聪慧,喜欢郭靖的憨厚,喜欢大漠风景和优美的音乐。音乐的创作是一部成功影视剧不可缺少的艺术元素。1983年版的《射雕》非常经典，加上罗文、甄妮的演唱感人极了。第一部《铁血丹心》、第二部《东邪西毒》、第三部《华山论剑》，每一部都有自己的主题曲和插曲。如第一部《铁血丹心》中的《依稀往梦似曾见》，这首曲子几乎贯穿整个剧情，每当主人公出场或剧情需要都用此音乐作铺垫，或二胡，或古筝，或笛子，或钢琴，调动了所有的艺术手段，把剧情演绎得感人至极、催人泪下；或激情，或低回，或哀悲，或喜悦，人们的思绪总是随着剧情中音乐的旋律、节奏、速度、力度、声色、调式情不自禁地起伏。

　　一部精品电视剧，音乐创作上也同样需要大手笔。像《红楼梦》《激情燃烧的岁月》《黑洞》《不要和陌生人说话》《孝庄秘史》等剧作的主题音乐，都非常经典。只要听到剧中耳熟能详的音乐，观众就能想起这部电视剧。22集电视剧《长征》的主题曲《十送红军》，同样非常成功，给我留下了深刻的印象。《十送红军》连贯整个剧情，唢呐、琵琶、大中小提琴演奏、合唱等手法不断演绎着这支曲子。尤为感人的一节，是第七集"阿玉悲壮沉江"。毛主席听着老乡哭诉阿玉牺牲时的情景，便让身边的红军战士用唢呐吹吟《十送红军》，这和阿玉壮烈牺牲前含泪咏唱的《十送红军》交相辉映，如泣如诉，感动着每一位受众。悲愤感慨中的毛泽东赋诗一首：

山
快马加鞭未下鞍
惊回首
离天三尺三
山

倒海翻江卷巨澜

奔腾急

万马战犹酣

山

刺破青天锷未残

天欲堕

赖以拄其间

主席双眼噙泪，哀怨的唢呐声渐弱……

音乐是一种语言，它能反映个人和人民的精神品质，而主题曲则升华了剧情。

"热爱音乐就是热爱生命，愿美好的音乐伴你到永远。"这是著名词曲作家王立平在2011年10月14日召开的一次作协工作会议上，写给我的一段话，在此，献给所有音乐人共勉。

你是一颗不落的星辰

魏巍是中国现当代一位著名作家,也是一位提到中国诗歌绕不过去的诗人,还是一位勇敢的战士。魏巍长达70年的文学创作,为党和军队的思想文化建设作出了突出的贡献。他始终怀着对党的赤诚、对人民的热爱,将深厚的情感投入关注普通人生活的写作之中。他的文章客观反映了社会现实,也真实地体现了老一代军旅作家的革命情怀。

魏巍,1920年3月生于河南郑州,原名魏鸿杰。17岁辗转山西找到八路军一一五师军政干校,投考时把名字改为"魏巍"。

魏巍长期在部队工作,曾任原总政治部创作室副主任、原北京军区文化部部长、原北京军区政治部顾问等。魏巍不仅是一届、二届、三届全国人大代表,他还是中国文联荣誉委员、中国作协荣誉委员。他的长篇小说《东方》获首届茅盾文学奖、首届中国人民解放军文艺奖和首届人民文学奖;长篇小说《地球的红飘带》获"人生的路标"奖及人民文学奖;《东方》《地球的红飘带》《火凤凰》,共同构成了中国革命战争史三部曲。

1951年4月11日,魏巍撰写的战地通讯《谁是最可爱的人》在《人民日报》头版发表。毛泽东读后批示"印发全军"。朱德读了这篇文章连声称赞:"写得好,很好!"周恩来也曾在文艺界一次会议上赞誉这篇作品。

魏巍曾写道:"中国革命是世界上最壮观最伟大的革命之一。

在文学上无论如何该有相应的表现。在这中间，我愿尽自己的一点本分。"

2008年8月25日，我在媒体上获悉：著名作家魏巍于8月24日晚7点12分，在北京301医院因病去世，享年88岁。魏巍夫人刘秋华称，追悼会将于30日举行。

我与著名作家、诗人魏巍相识于20世纪90年代初，我们是忘年交。我是被魏巍多次写进日记的人，魏巍是影响我一生的文学前辈。8月30日，八宝山。为魏巍送行的队伍里，我见到很多熟悉的面孔。

我觉得自己很对不起他老人家。2003年7月，魏巍答应我的请求，为我的一本书《无悔的心情》写了序。当时，出版社为慎重起见，尊重我的意见撤下了魏巍为我写的序。那是难言之隐。

难忘那年的访谈

2003年6月22日下午，小雨，空气异常清新。北京西山八大处甲一号大院西北门口。我在一位战士的引领下，沿着盘桓在山间的水泥路，来到山坡上一座小院。精神矍铄的魏巍老人得知我要来采访他，早早就在一楼客厅里等我了。他穿着一条旧式绿军裤，两道寿眉给人以和蔼祥瑞之感。那天，魏巍特别愉快地接受了我两个多小时的访谈。

说起抗美援朝战争的胜利，就情不自禁地想起"谁是最可爱的人"。

抗美援朝战争的伟大胜利，是中国人百余年来反帝斗争最辉煌的纪念碑。抗美援朝战争和抗美援朝运动，以其丰富内涵和深远影响，成为全国人民共同享有的一笔极其宝贵的精神财富。

从 1950 年到 1958 年，魏巍三次赴朝。魏巍的战地通讯《谁是最可爱的人》在全国以及朝鲜战场的志愿军内部产生极其强烈的反响，鼓舞了部队的斗志和士气，激发了国内开展抗美援朝运动的热情。自此，"最可爱的人"便成为中国人民志愿军官兵的光荣称号。从此，写给"最可爱的人"的慰问信，雪片似的从祖国四面八方飞过鸭绿江。魏巍的名字也由此传遍全国。后来，《谁是最可爱的人》入选中学语文课本，影响了几代中国人。

　　在志愿军撤离朝鲜的时候，魏巍还写了《依依惜别的深情》等文章。这些文章后来被结集出版为《谁是最可爱的人》一书，并被译成多种外国文字。

　　魏巍告诉我，1950 年 12 月中旬，他接到任务，到朝鲜去了解美军战俘的政治思想情况。此次与他共同执行任务的有新华社的顾问、英国共产党伦敦区的书记夏庇若同志和新华社的处长陈龙同志。风雪弥漫，他们组成一个小组到了朝鲜，在志愿军总部与政治部主任杜平同志见了面，就前往碧潼战俘营了解美军情况。魏巍等三人在那里接触了许多美国士兵和军官，同他们进行了个别谈话。这些俘虏中不少是参加过第二次世界大战的官兵，多数表现出厌战情绪，不愿远离故土，不理解也不愿意参加这次战争。

　　他们完成了调查美军情况的任务，给总政治部写了一份报告。大家不约而同地都想到前方阵地去看看，于是他们顶着严冬的风雪，冒着敌机、敌炮的轰炸奔赴汉江南岸。夏庇若等同志到了汉城，魏巍则到了前线部队。

　　在志愿军部队里，魏巍耳闻目睹了许多撼人心魄的事情，他决心留下来。此次在部队采访历时三个月，他看到我们的战士在面临艰巨的任务和艰苦的环境时所表现出的英勇、顽强的精神，比起过去在抗日战争和解放战争中所看到的还有更多的发展，特别是这种英勇精神的普遍性，更是空前的。伤员随队作战的比住院疗养的人数还多，这是世界战争史上的奇迹。

在朝鲜时，魏巍曾无数次问过自己，我们的战士为什么那么英勇，硬是不怕死呢？那种高度的英雄气概是怎样产生的呢？他带着这些问题访问了志愿军中各个岗位上的同志。

魏巍说："他们由于锻炼与认识的不同，虽然有些差异，但是都有着共同的一点，即对于伟大祖国的爱，对于朝鲜人民深刻的同情，和在这基础上做一个革命英雄的荣誉心。于是，我了解了在党的教育下这种伟大深厚的爱国主义与国际主义的思想和感情，就是我们的战士英勇无畏的最基本的动力。

"近100年来，我们中华民族经历了许多灾难和不幸，签订了许多丧权辱国的不平等条约。抗日战争和抗美援朝战争的胜利是中国人民战争史上的华章。抗日战争的胜利是在国共两党合作下取得的，而抗美援朝战争的胜利却是在中国共产党领导下夺取的。那时中国人民刚刚胜利，新中国刚刚成立不久，西藏还没有解放。立足未稳，战争的创伤还没有恢复。敌我力量悬殊，武器装备也不好，美强我弱。我们打败了美国支持的蒋介石，还不曾与美军直接交手。我们处在恢复百孔千疮经济的艰难时期，美帝国主义打来了，你能够说，现在我们没有力量，要先把经济搞上去，不去支援朝鲜？唇亡齿寒呀，不能！所以，'抗美援朝、保家卫国'八个字成了全国人民的强大精神动力。"

魏巍说，抗美援朝战争的胜利有四个方面的决定因素：一是毛泽东的英明决策和指挥，如果不具有毛泽东那种异于常人的胆略，是不会做出这种果断的决策的；二是我们的将士无比英勇；三是全国人民的大力支援；四是与朝鲜军民的亲密合作。正是这四方面的因素，才充分发挥了正义战争的威力，越战越强，最后才达到了完全的胜利。

魏巍回忆道，记得杨得志司令员和他谈话时说："我们对军事形势要有正确的估计，当前，美军攻下我们的阵地是不可能的，上甘岭的战斗就是一个例子。而我们志愿军却可以攻破敌人的阵地，金城战役就是一个例子。所以美国不能不同意停战。"

魏巍说，中国人民志愿军与朝鲜军民并肩奋战，击败了美帝国主义的猖狂进攻，保卫了中朝两国的社会主义制度，也保卫了世界和平。抗美援朝战争，空前沉重地打击了美帝国主义，使这个最强大、最凶恶的帝国主义遭受空前未有的失败。伟大领袖毛泽东主席与中国人民所表现出的不怕帝国主义，敢于斗争、敢于胜利的胆识与豪气，不仅向全世界宣告了东方人民的新生及其不可战胜的力量，同时它将永远昭示我们的子孙后代，牢记历史，继承先辈精神，并以之去建设我们的社会主义国家，去正确认识和对待世界上发生的种种事情，并百倍地提高警惕以防止和反对帝国主义随时可能发动的侵略战争。

中国人民志愿军全体将士表现了惊天动地的革命英雄主义和自我牺牲精神。他们的勇敢、坚毅、顽强、无畏，为全世界人民发扬了正义的威力，将在世界人民保卫和平斗争的史册上万古流芳。

我们要充分发扬伟大的抗美援朝精神，记住这段辉煌的历史。对广大人民群众进行爱国主义、国际主义和革命传统教育，让青少年一代永远不要忘记中国人民志愿军的丰功伟绩，永远不要忘记长眠在异国他乡的英魂，永远不要忘记中华民族为捍卫年轻的新中国而付出的巨大牺牲，永远不要忘记全体中华儿女为赢得这场战争胜利所作出的重大贡献。

地球上的红飘带

2024 年，是中国工农红军长征出发 90 周年。长征是宣言书，长征是宣传队，长征是播种机。中国英雄们的长征，是中国人民的史诗，也是世界人类的史诗。这部史诗，是中国人民和中国共产党人用自己的脚步和鲜血镌刻在我们这个星球上的。它像一条鲜艳夺目的红飘带，挂在这个星球上，给人类、给后世留下永远的纪念。

1987 年 10 月 6 日，聂荣臻元帅在《地球的红飘带》序中这样写道："我从《当代》长篇小说杂志上看到魏巍同志的新作《地球的红飘带》，兴奋不已，接连十几天，一口气把它读完。《地球的红飘带》是用文学语言叙述长征的，写得非常真实、生动、有味道。寓意深刻，催人奋进，文字简洁精练，读起来非常爽口。读完全书，我仿佛又进行了一次长征。"

"长征是人类历史上的奇迹，是我党我军和中华民族的骄傲，永远是我们宝贵的精神财富。碰到困难，人们就想起长征，想起长征，就感到没有克服不了的困难。作者抓住了这一伟大的历史题材，搜集了大量的史料，他两次到长征路上探胜，又经历了几年的精雕细刻，小说写得非常成功。"

聂荣臻还深情写道："魏巍同志是大家熟悉和喜爱的作家。他的《谁是最可爱的人》《东方》等作品在人民中广为流传。早在抗日战争时期，我就认识魏巍同志。他有文学天赋，又经过革命战争的锻炼，是位难得的人才。以后他在长期的文学战线上耕耘，成就卓著。今天他已接近古稀之年，又为我们奉献了《地球的红飘带》这样一部优秀作品。这种锲而不舍的精神是难能可贵的。"

魏巍是我文学路上的引路人

翻开眼前我在北京军区总医院工作时的一本特别日记本，那上面是我的十多篇散文习作。在日记本扉页上，是魏巍在住院的日子里为我写的书信体"小序"——

小班同志：看了你的这几篇小散文写得很不错，已经有一个好的起点。希望你在健康的道路上，继续跋涉，继续攀登。

魏巍

1991年2月10日于北京军区总医院

有一天，我又去病房探视他，魏巍对我这位文学青年说，一篇好散文至少要有四个特点。第一就是思想。一定的思想才是一篇散文的骨架和灵魂，如果没有一定的思想，这篇散文无论如何也是站不起来的。第二要真情实感。作者的真情实感，是构成散文作品的真正的血肉，是打动读者心弦的东西。作者这种情感越深厚，越感动读者的心灵。缺乏真实情感，徒有华丽辞藻，是注定不能感动人的。第三要有一定的人和事。最好事情本身就比较感动人，一种思想、一种情感，如果不能够与一定的人和事融合，就会显得空洞，难以得到尽情发挥。第四是经验，各种问题、经验都是重要品格，散文要求应该更严，作为语言艺术，散文更应该写得优美，一言一字都要十分考究。

魏巍还认为，思想政治上有良好愿望，还要有艺术上的孜孜追求，还要"熟练手中的武器"，了解各种文艺形式的特性。魏巍创作虽然是从诗歌开始的，但他的长篇小说、报告文学、散文、杂文、政论、文艺评论、传记、电影,多种形式他都运用,都有成就和突破。魏巍将理论思维和形象思维也结合在一起,将诗笔和史笔也结合在了一起。

魏巍为我的第一本书《心路弯弯》题写了书名。后来,这本书再版,我在再版后记中这样写道:

……是不是每一个处于健康而清醒状态中的人,都能不顾任何权力的强制而公布自己的思想呢?这里,我特别感谢把我引领到文学之门,接受文学理念的作家魏巍先生。他们是了不起的一代人,目睹经历过人民的苦难,为了民族的解放,他们投身于战火硝烟中,许多战友牺牲了,而他们幸运地活了下来。他们用青春、热血和生命追求革命理想。当我眼前浮现起现在许多人在精神追求上变得越来越盲目和无所适从时,我们反而对至今仍然坚守着自己理想和信念的他们那一代人,不得不充满钦佩……

魏巍为我的第二部文集《无悔的心情》写了序言,其中这样写道:

班永吉同志是从战士成长起来的一位散文作家。他是一个农民的儿子,是完全从基层干起来的。从他当战士起,就常写些部队生活的报道,很有成绩,以后上级又送他到军报当了新闻实习生加强培养。用他自己的话说,那时报纸上已发表了不少"豆腐块""火柴盒"的文章。他就是这样一步一步扎扎实实地锻炼起来的。

当我接到这部文稿时,我欣喜地看到,他已登上了一个新的台阶。作者不仅在严肃地生活，而且也勤于思考。自然，这要关涉到世界观、人生观、价值观的问题。这是一个非常重要的问题。在这里，作者讲了不少对读者有益的启示。但似乎还觉得深度不够。这使我想到，作者如果在文学上想再跃上一个更高的台阶，还需要马列主义、毛泽东思想的学习，用以构筑更雄厚的基础。这也正是现时某些年轻作家的不足之处。我认为，对当前社会出现的错综复杂的现象，没有一定的马列主义水平，是很难理清楚的。当然更无法引导读者前进。

在人生的道路上，一帆风顺的事不会有的。为人、为文也是一样的。只有经过不断的磨砺，才会变得更加坚强吧。

每当我看到序言的最后一行："班永吉同志，愿共勉之！"

我分明感到他是那么关心关爱我，而魏巍为了一字一句写的千余字的序言，竟然没有收入到那本书里去。

魏巍在审订我这本书的修改稿中，在我的一句话——"对透支你健康、透支你生命的事情，你要勇敢地说'NO'"空白处，写道："这要看什么事情，崇高的人民事业，自然可以透支、可以牺牲。"

魏巍热爱人民，相信人民，依靠人民，急人民之所急，爱人民之所爱，憎人民之所憎。

魏巍说，任何人都是以自己的言行写自己的历史，塑造自己的形象。文学艺术家写他人、画他人、演他人、唱他人，同时也是在写自己、画自己、演自己、唱自己，塑造自己的形象。

和魏巍的最后一面

2008年7月5日,我应邀到北京中国现代文学馆参加"时代的鼓手·诗人——田间诞辰90周年学术研讨会"。

魏巍的女婿李新志在会上宣读了魏巍在病榻上写的纪念诗人田间的一篇文章。在李新志的发言中,我才得知魏老已经住院了好些日子。会后,我约请唐山晚报记者安瑞华一起来到解放军总医院探望了这位世纪老人。

下午三点半许,我们来到病房门口。魏巍女儿魏平告诉我们,她爸爸还在午休,让我们在会客室里等一下。我们便平静地等待着午休醒来的魏巍。

约一刻钟过去,我们便被魏平大姐叫到她爸爸度过生命最后岁月的那个10号病房。魏巍老伴儿刘秋华也从西山八大处来到病房。在刘秋华提醒下,魏巍很清醒地喊出我们两个人的名字。

午休后的魏巍简单擦洗整理了一下,他的老伴刘秋华便习熟地给魏巍手中倒出了一点"大宝"SOD。

我和安瑞华向魏巍介绍了当天上午田间学术研讨会的情况。魏巍说,没必要让李新志全文念完自己的文章,应该把研讨会发言时间多留给大家一些。

会谈中,魏巍把2008年初由中国文联出版社出版的《新语丝》和《四行日记》两本新著送给了我们。《新语丝》收录了魏巍的散文、杂文70余篇,为纪念毛泽东100周年诞辰创作的长篇报告文学《话说毛泽东》也收录其中。《四行日记》是魏老1952年赴朝鲜战地深入采访、1965年奉周总理之命与巴金共赴越南战地采访、两次重走长征路、深入石油一线了解工人生活而写下的作品结集。魏巍对我们说,他对这两部作品很满意。

魏巍欣然握笔，在他新版的两著扉页上都愉快地写下——"永吉同志存念　魏巍　2008年7月5日"。

魏巍在病房里签字时，我让安瑞华拍下了我和魏老的最后一次合影。看到魏老题字时的精气神，没有想到，这竟是他对我最后一次题签赠书，也是对我的最后一次关怀。

记得是2000年夏天一个下午，一位河南文友在我家看到我书柜里有一套广东人民出版社出版的《魏巍文集》10卷本后，慕名也想索要一套。由于这位文友第二天急于赶回郑州，我便给魏巍打了一个电话，告诉他，想为文友要一套他的文集。魏巍爽快答应了。当晚，我就从魏巍家取回一套文集。魏巍还为这位文友题了字。临走，我给魏巍放下500元的书钱。谁知过了很长时间，在一次研讨会上，魏巍给了我一个信封，里边装有20元钱，并告诉我"文集"定价480元，退回20元。我真佩服魏巍这股较真劲儿，同时也感到他有点"迂腐"。

在我书柜里，连同他以前赠送我的《魏巍文集》10卷本，现在已有12卷他的书了。

《新语丝》（《魏巍文集》续一卷）和《四行日记》（《魏巍文集》续二卷），正是他晚年的心血之作。

魏巍令无数读者敬仰，固然因为他是一位创造了传世之作的著名作家，更因为他对广大人民群众有休戚与共的真挚感情。他的作品产生于人民伟大斗争的实践之中，他的情感始发于祖国和人民跌宕起伏的命运中，他的作品源于人民的美、生活的美、真实的美，源于千千万万创造历史的普通老百姓的美。

尾声

魏巍曾说，人们给了他很多的称号，他最喜欢的两个，一个是诗人，一个是战士。

魏巍少年时代就喜欢诗歌，15岁开始发表诗作。抗日战争、解放战争，魏巍是伴随着他的诗歌走过来的。他的诗中有人民的苦难，有民族的抗争，有人民的淳朴感情，有美好的爱情，有忠贞，有壮烈的牺牲，有诗人最坚定的信念。魏巍又像战士一样顽强、勇敢、无畏、不屈。

魏巍晚年曾在诗作《自题》中写道："黄河岸上一少年，不觉霜雪飞鬓边。烟飘青春从不悔，雾迷关山志更坚。鲁师遗训铭心底，痴牛永俯孺子前。胸中自有青松气，尽瘁不唱夕阳残。"

著名诗人峭岩说："他是一座巍峨的大山，我只能远远地仰望，怎么攀登啊？那里的确有不同寻常的景致，令我仰慕，令我敬佩，令我陶醉。他对生活的态度，他的创作实践，他对艺术的追求，他对人民、对祖国、对党的挚爱，对一个作家来说，所具备的他都具备了，而且很坚毅、顽强，又有独有的素质和品质。他有着志士的正气和文人的骨气。"

我想起了魏巍为我题写的条幅上是这样10个字——"天地有正气，江山不夕阳"。

你真的做到了"胸中自有青松气，尽瘁不唱夕阳残"。

你是一颗永远让人仰望的不落的星辰。

朱子奇诗歌的五大鲜明特征

2024年4月2日,在中国现代文学馆举办《回忆革命诗人朱子奇》新书发布会,一同回顾朱子奇的革命生涯,纪念朱子奇同志104周年诞辰。这是很有意义的。

1999年6月6日,也就是25年前,我有幸在中国解放区文学研究会第九届学术研讨会上,认识了朱子奇、贺敬之、魏巍、林默涵、雷加、陈明等同志,还有幸到湖南汝城参观诗人朱子奇"故居",也和朱子奇的子女成为多年的好朋友。

朱子奇同志不仅是一位诗人,也是著名的人民外交家、翻译家和国际活动家,有诗歌大师的美誉。他的诗歌关注时代与民族,歌唱和平与正义,赢得了国内外人民喜爱,赢得了诗人、作家、艺术家的热爱。

我作为文学后辈、作为曾经的一名军人、作为一个党史工作者,今天缅怀诗人朱子奇革命的一生、战斗的一生、创作的一生,就是要学习朱子奇的革命精神和诗人的大爱,学习他为人民服务的崇高宗旨意识,学习他开阔的国际主义深远眼光,学习他热爱和平正义的价值目标。传承红色基因,赓续红色血脉,走好今天的"赶考"之路。

回顾朱子奇的诗歌创作,我认为有以下五个鲜明特征。

一是政治性。朱子奇同志认为,自己首先是中国共产党党员、是战士,然后才是诗人、作家。他力求政治与艺术的统一。提倡求真理、说真话、行真事，始终把个人命运与党和国家的命运、与人民的命运紧密结合在一起，永远站在歌颂光明、鞭挞黑暗，歌颂进步、反对倒退，崇尚真善美、批判假丑恶的立场上，体现出一个诗人始终不渝的气节和情操。朱子奇同志坚定的政治立场、真挚的家国情怀构成了他政治抒情诗的情感主旋律，诗歌的政治属性引发了读者共鸣。

国际友人称赞他是一位革命的爱国者，他的创作主题是他对祖国、对人民、对民族和社会的新生的热爱与自豪。他的诗作是一种呼声，充满爱心，而且强有力，歌颂人类进步和未来。

二是人民性。诗歌与人民不可分。时代呼唤"人民诗人"。朱子奇爱人民之所爱，憎人民之所憎。一切进步作家、文艺工作者的艺术生命，都存在于同人民群众的血肉联系之中。只有为人民放歌，为人民抒情，为人民呼吁，才能在历史进步中造就艺术进步，在人民的伟大中获得艺术的伟大；只有真正了解人民，真情热爱人民，贴近实际、贴近生活、贴近群众，才能创作出既反映人民精神世界、又引领人民精神生活的优秀作品。

三是革命性。革命是永存的，革命诗人是永在的。贺敬之称朱子奇是永葆青春的革命诗人。作为社会主义的文艺工作者，特别是党员、作家和诗人，革命精神不能丢，革命的世界观、人生观和艺术观绝不能丢。如同贺敬之今天题写的《回忆革命诗人朱子奇》书名一样，用"革命"界定了诗人的革命属性，彰显了诗人对中国革命的忠贞。

伟大的革命时代，产生了伟大的诗人和诗歌。朱子奇同志的成就，同时也就是革命诗歌的成就。

四是时代性。文学作品只有与时代同步，踏准时代前进的鼓点，回应时代风云的激荡，领会时代精神的本质，才能具有蓬勃的生命力，产生巨大的感召力。如《我漫步在天安门广场上》，朱子奇咏赞道：

> 我漫步在天安门广场上／我是前进在英雄和凯旋的广场上呀／当看到五星红旗在这个天空飞舞时／当看到欢腾的人马从这路上开过时／我仿佛瞧见了'五四'的大旗飘在眼前／我仿佛瞧见了'一二·九'的大队冲过身旁／敬礼呵！这无数先烈用鲜血铺平的广场／敬礼呵！这毛主席宣布新中国诞生的广场……

朱子奇是"抗大"的学生，是上过战场的老八路，有部队"大熔炉"的思想情感，有战士情结。他曾荣获北京市"血与火的洗礼"纪念章。他在诗歌《迎亲人——抗美援朝凯旋而归》中，礼赞最可爱的人。在发表于《解放军文艺》上的组诗《法卡山》中，他抒写了与几位年轻作家到中越边境自卫反击战法卡山阵地的生活体悟，并以磅礴气势歌颂光荣凯旋的边防军战士。要知道，如果没有战士一般高昂的炽热激情和战斗情怀，是写不出，也读不出这样的诗作的。

回看我们党的百年历程，我们记忆中的那些故事、形象、旋律、画面，深深熔铸于我们的生活和理想，共同构成了我们的精神家园。优秀的文艺作品，记录了那个时代的民族心灵史和人民创造史，构成了一个时代的恢宏史诗。朱子奇的诗歌具有明显的时代印记。

五是国际性。朱子奇的诗作引起世界范围关注，因为他涉及和平这个世界性题材，被友人称为"种植和平的诗人"。他的作品被译为俄、英、法、日、捷、越、罗、保、德、古和阿拉伯等多种文字，曾获得多项殊荣，享誉海内外。他访问过40多个国家，写了30多个国家的有关国际题材的作品。在国际和平运动的活动中，朱子奇还结交了许多国际政治名流和文坛巨擘，他是和平与友谊的辛勤播种者，是一位"和平鸽式"的诗人。从20世纪50年代初期起，朱子奇就把自己的全部身心投入拥护世界和平、保卫世界和平的事业中，像"和平鸽"一样在世界上飞来飞去，写了大量有关世界和平的诗，像"和平鸽"一样传播和平的信息，高唱和平友谊的歌。他将天南地北的心贴在一起、让千差万别的人站在一起，使全民族的力量汇聚在一起、全世界向往和平与正义的人民的力量汇合在一起。

爱泼斯坦曾给朱子奇写信，称朱子奇是国际主义者，朱子奇的诗将延安那种朝气蓬勃的崇高希望，那种把东方和西方反法西斯战线连接起来的团结，那种第二次世界大战之后的持续斗争，那种为了达到民族的、社会的解放，为了独立、平等与和平而付出的重大代价，以足够深刻的力量印刻在了他的脑海中。

伟大的诗人的哲学家思想，是一代人的旗帜，是思想的号角。伟大的诗人不仅是诗歌的创作者，还是思想的创造者。伟大的诗人将自己的认知和理想传达给人民，去启迪人、感化人、激励人，以积极、向上、向善的行动，创造美好生活，推动社会进步。

朱子奇的诗作，正是宣达了这种信仰、信念、信心，传播了真理的力量、情感的力量。这也是那一代人留给我们的精神财富，需要我们继承与弘扬。

忘不了平山县的这位老人

2007年1月27日上午,一位82岁的老人拿着他红色的"离休证",从大方家61号的家里乘坐24路公共汽车来到陆军总医院我的家。他拄着拐杖,手里拿着天津百花文艺出版社刚刚出版发行的他的一套三卷本、120多万字的《张学新文集》,他还很有礼节地给我们带来些许水果。他就是中国解放区文学研究会前副会长,著名作家、戏剧家,天津人民艺术剧院原副院长张学新老人。

我赶忙招呼老人坐下,让爱人给张老沏上了一杯热茶。我们便聊起了彼此近段的工作、学习以及对近期逝去的友人的怀念。到他们这个年纪,往往和一些老朋友、老战友相见,也只是在八宝山的送别仪式上了,有的朋友甚至也没能赶上送最后一程。我为张老健康的身体感到幸福。

我捧读着张老厚重的文集,有几点粗浅的感想。

一、老骥伏枥,辛勤耕耘

我与张老是10年前在大港中国解放区文学研讨会上认识的。后来,我主持过一段解放区文学研究会的日常工作,开过几次学术研讨会,和张老的接触就渐渐多了起来。张老是一个乐于助人的长者。我出版的第二部散文集,还是我去天津住在他家里完成的定稿。那时他一个人住在天津。近80岁的老人还给我做饭吃,我们还在一起饮酒。张老为我亲手签字的书有《颂歌献给党——纪念人民音乐家曹火星》《余晖尽撒在人间——纪念马达同志百年诞辰》《张学新剧作选》等多部作品集。每部书都凝聚了他的心血,每篇文章、每个标点都要认真地校对、把关。张老在这次新近出版的《张学新文集》中精选出79张不同时期的照片,约略地映现了张老不平凡的生活历程。

二、散文作品文字优美

张老到天津后,多做行政工作,写剧本、写诗、写评论,散文写得不多,但都是真情的流露。《闰土的后裔们》是我最喜欢的散文作品之一。在作品中,张老这样写道:"离开章贵的家,月光下,走在绍兴特有的石板路上,《故乡》中的闰土和现实中的章贵,两个形象在我脑海里反复盘旋。从鲁迅和闰土看到这个世界,一百年过去了,这在历史的长河中只是短暂的一瞬,但是人们的命运已发生了多大的变化呀……"

鲁迅在《故乡》中,希望水生和宏儿不要再隔膜起来,"不愿意他们都如闰土的辛苦麻木而生活,也不愿意都如别人的辛苦恣睢而生活。他们应该有新的生活,为我们所未经生活过的"。

作者想着章贵、胡国强、钱学雷,望着眼前这欢腾的无忧无虑的同学们……闰土的时代已经过去,一去不复返了。鲁迅的愿望已经实现。他们已经开始了我们前人"未经生活过的""新的生活"。

在《张学新文集》中,张老写给爱人淑湘的信,也是非常优美的散文。这些书信,真实地承载着他们的学习、工作和情感生活,展现了20世纪50年代知识分子的爱情观、价值观、人生观,它和今天年轻人的看法可能完全不一样。没有那种缠绵,没有肯德基,没有星巴克，没有手机，没有电子邮件，没有 MP4，然而却使人怀恋那个纯情的年代。譬如："你知道我在梦中见过你多少次吗？我多么想时时在你身边啊！"然而，作者笔锋一转，又说："但请你放心，这不会影响我的学习，你的爱已经成为我生命中的一种动力，想到你，我就会学习得更好。"

写收到恋人的信时的心理变化。如："到南京一下车，王景山同志来接我们，一见面就嚷'有情书来了'（许多人的）。我当时大概也羞红了脸。果然，两封信都收到了。"作者没有马上看，而是深情地怀着喜悦和幸福，让自己的想象生长出爱的翅膀。他接着写道："我装在口袋里，到宿舍才拆开看。这时我的兴奋、愉快的心情，你是可以想象的。""他们照顾很好，李顺达送来开水，申纪兰跑来生炉子，真像在自己家里一样。这里群众觉悟都很高，跟外来干部都是一见如故，热情直爽……生活在我们的人民中间，时常感到极大的温暖与幸福。学习、体会劳动人民的思想感情的确是重要的。"张老的散文、诗歌都非常真情、非常自然而质朴。

三、张老的作品凝聚了对河北家乡深沉的爱

张老是河北平山县人。在抗日战争中，平山县很有名。这个县在七七事变前党的力量就相当有基础。因此八路军一来，便很快成了创立敌后根据地的基地。此后，平山一直是晋察冀的腹心地区，是晋察冀边区领导机关所在地。青年们参军的很多，有一个"平山团"就全是平山人，也可见平山人对抗战的贡献。晋察冀的领导人聂荣臻曾说："革命根据地不仅在政治上是最光明的地方，在文化上也应该是最先进的地方。"张老的作品无不饱含了对家乡的眷恋。张老忘不了帝国主义的残暴，忘不了我们民族的苦难历史，忘不了

老一辈艰苦卓绝的斗争，忘不了烈士们崇高美好的理想。

　　平山的西柏坡大家更是熟悉，是党中央驻过的地方。许多革命前辈、许多老同志喝过滹沱河的水，熟悉那里美丽的山川村庄，怀念那里勇敢质朴的父老兄弟。翻阅张老《血写的历史——读平山县〈日寇暴行录〉》，更深刻地感受到历史老人对家乡血写历史的沉甸甸的回忆。

　　张老成长的摇篮是群众剧社。几乎是 70 年前，他和亲密的战友一起战斗在晋察冀，一起进入天津。他说，回忆那一段战斗历程，至今仍令人激动。人民哺育了解放区的文艺工作者，革命的烈火锻炼了解放区的文艺工作者，他们和时代、和人民同呼吸、共命运，一个个粗通文字的青少年成长为忠于祖国、忠于人民的文艺战士。他们以文艺为武器，在人民的解放事业、建设事业、改革事业中，尽到了自己应该尽的责任。

　　回顾张老艰苦而光荣的路程，我们应该为他祝福。

向鲁煤同志致敬

7月上旬，收到胡澄寄来的两本厚厚的作品集，上面有著名诗人鲁煤亲笔为我题签的"班永吉同志请指正"。我有三点感想。

一是不敢怠慢这位世纪老人，我必须写点我的读后感，绝对不敢说是指正，只能说是感想；二是为他失去四分之一世纪年华而心情沉重；三是尽管过去没有和鲁老谋面，但通过以往阅读他的作品，我被他的铮铮铁骨和真性情所感染。

一

人生有几个25年？！因为一些特殊时代的原因，33岁到58岁的25年，是鲁老生命的"井底"。1980年2月，鲁老得到彻底平反。他用常人难以理解的释怀的胸襟平静而昂然地面对苦难的日子。鲁老怨而不怒，怒而不怨。他欲言又止，欲说还休，他没有展示自己的伤痕，真正的苦难隐藏在了诗歌的背后。他对恩师胡风的追念和对梅志同志的景仰，在他的组诗《劫后回眸交响诗》中都有彰显，而《梅志在笑》的章节非常精彩而激烈壮怀。他激愤地写到1986年1月15日，他参加在八宝山举行的胡风追悼会。他看到梅志在悲哀的场面一直微笑着与前来吊唁者一一握手，然而，活动结束后，当她走进家门，再也不能自持。诗曰：

一头扑倒在床头，化成一条泪河……

泪河里

流着痛

流着血

流着火……

　　失去25个春秋的鲁老，曾辩证地看待那段青春难再的岁月。在《二问艾青》一诗中，鲁老说，艾青为抗日救亡、缔造新中国忠诚歌唱，受到毛泽东礼遇、表彰。1958年，毛主席审改《再批判》按语。1958年1月，反右派斗争后期，《文艺报》要把丁玲、艾青等一批人在延安时期发表的文章重新发表，认定它们是"反革命的右派言论"，要重新大批判。为此，编者写按语，送毛主席审批。毛主席定名为《再批判》，并认同把艾青等打成右派。

　　21年后平反，艾青从地狱中爬出来。有晚辈问他："艾老您怎样看待毛泽东？"

　　他只回答一句："他推倒了三座大山！"

　　艾青缔造了中国新诗的珠穆朗玛峰。艾青忠诚地执行毛泽东的《讲话》，直接为工农兵写作，追求绝对通俗易懂，被史家论定跌入了创作低谷。新时期思想解放，他才重铸辉煌。

　　有晚辈问他："艾老您怎样看待那一段历史？"他只回答一句："那不是我一人的命运。"艾青的这句话，同样在鲁老心中默默回响。

　　在毛主席逝世一周年，鲁老作诗《去看望毛主席》，从中可以体悟到鲁老对主席的敬爱之情。

　　他说——
来自天南地北的人民，
列队在英雄纪念碑前恭候，

我肃立其间，只是沧海中一滴……

他说——
此刻，这是世界上最肃静的地方，
但正聚集着万千革命大军，
此刻，整个广场都鸦雀无声，
但缅怀的潮汐涌在每人心里……

鲁老在入画的诗句中表达了对毛主席的无限深情，自己身陷囹圄，仍然敬佩主席。

二

颂其诗，读其书，不知其人，怎么行呢？

我最喜欢的一首抗战诗歌就是《不肖的子孙》，我认为这是鲁老抗战诗歌的代表作。

被逼于敌人的炮火
当我提脚向前
我把国土留在后面
我把爹娘丢给敌人——
我是民族的不肖子孙

1944年5月，诗人在河南＝西部的伊川县白杨镇知行中学教书。日寇进攻洛阳及豫西地区，国民党军队不战而逃。诗人被迫二度逃亡，痛恨自己无力抗敌救国，更恨国民政府的腐败无能。

诗人愤然道："我把爹娘丢给敌人——"我不是民族的不肖子孙，是什么？

诗中的"我"不仅仅是"鲁煤"一个人，而是所有"贫弱的中华男儿"，乃至不抵抗的国民党军队中无奈的官兵。

在新时期的诗歌创作中，鲁老从身边的生活细节发现生活的闪光点，用强烈的思想潮水冲击着情感的堤岸。

如64岁时创作的《花的世纪》一诗中，这样抒达了他的情愫。

摄影艺术展览大厅里
走来了一对对少男少女
窗边高挂的一幅《花的世纪》
远远地触动了他们的心曲
一对恋人前来，挽臂并肩，翘首面壁：
会心地笑了，从那两株并立的鲜花
窥见了自身绽放的心灵，优美的形体
又一对来了，紧紧依偎，仰望凝思
俄顷交头接耳，窃窃私语，仿佛解开了
艺术摄影创作的天机——
他们举起了相机……
他们啜饮清露，领受美的洗礼

诗人看到这些情景后，回望了自己美好的流逝的年华。当年蒙冤时诗人刚刚三十岁，风华正茂，正是诗一样的青春芳华。诗人说——

注视他们，我看到了

纯情的初恋，青春的生机
自由的人生，向上的志趣
面对今日的后生，我看见当年
未遭风暴摧折年代的自己……
这初恋，这青春，这自由的人生
似鲜花般稚嫩，蝴蝶般娇弱，梦境般迷离
他们多么需要我的保护——
我，千古奇冤的幸存者
为之屏挡狂风暴雨！
我闻到一股香气飘来
清幽，淡远，隐含甜意
把我围拢，又向四周弥漫开去

鲁老的另一首诗《在公交车厢里》，描绘了他67岁时的心绪。

诗人说——
大半生专为老人和孩子让座
平生第一次，享受别人让我
我忽地哑然失笑了
笑什么？——自己也大惑不解
急思索。噢，
笑那位妇人太多情：
本人并不老，您为什么让我？
不，笑我自己：既然人家公认你老相
为什么还自以为青春年少，壮怀激烈？！

诗人在另一首同题材的诗作中,发出了对社会风气的感慨。

坐着的男女们,你们该记得
你们的童年,革命前辈为你们让座
把你们当作社会主义接班人
你们在他们让出的座位上长大……
但吃人的"文革",砸烂了团结友爱
社会退化成野生动物园
而今天,金钱挂帅,唯利是图
又把高尚的道德生生活埋……
面对此情景,我起身让座
不仅为拯救这个女孩
还为另一个奄奄一息的生命——
人道,社会公德

鲁老的小诗,也处处闪着智慧的光芒,如即兴小诗《烟花》。

节日夜空的烟花
猛一开就落
最懂得"见好就收"。

还有一首《致一位青年》中,写到诗人一大早去医院看病,而年轻人却朝气蓬勃、意气风发去上班。

诗人说,年轻真好,但生老病死又是规律。他哲人般的语言是:

你的今天——

他的昨天

他的今天——

你的明天

这是诗人生命的感悟。

三

在创作反思录中，鲁老对艺术家如何深入生活并进行创新提出了独到的见解。尽管这些反思主要是对自己创作思想的审视，但无不折射出文艺理论的光辉。

他说，生活，是有两种性质的：基本的生活——作者日常的政治锻炼；特定的生活——作者对描写对象的熟习与理解。

创作是对生活的再组织；创作的过程，就是作者再生活的过程。当作者体验了生活、汲取了印象，进入写作过程的时候，需要高度集中地、紧张地发挥自己主观的劳动热情，去体验他创作的每个人物。

必须把人物放在自己的心中去体验，把自己放在人物的心中去体验，去描写每个人物的每一个细微的心理活动、每一个面部表情、每一个身体动作，只有这样，才能把人物的思想以最生动、最丰富的感性形式表现出来，通过每个这样的人物，再把主题思想在最生动最丰富的感性形式里体现出来。

这种内心体验的方法，在一定的条件下是可用的，但作者必须随时警惕自己的主观和客观的距离，要以客观真理对自己的主观生活体验进行检验和修正，使自己在写作中平衡主观与客观。

内心体验的方法，是不能随便滥用的，是有条件的。第一，要看是什么样的作者去"体验";第二,要看"体验"的是什么样的生活。前者,是作者的世界观、人生观、立场观点的问题;后者,是对所"体验"的生活是否熟习和了解的问题。这里可能产生四种不同的情况:

第一种情况,作者立场观点正确,对所"体验"的生活熟习,行得通;

第二种,立场观点正确,生活不熟习,不易行通;

第三种,生活熟习,立场观点不正确,更行不通;

第四种,生活既不熟习,立场观点又不正确,是完全错误的绝路。

缺少的生活可以用"体验"去创造、去弥补;自己对人物不知、不熟,通过"内心体验",也可以得到理解并表现出来。但是,艺术家必须具有深厚的生活历练和沉淀。

作家应该是讲故事的好手

身在职场,很少能集中时间看小说,特别是长篇小说。因为自己太浮躁了,生活把人搞得太累了。有时候,手里拿着书,思绪不知道跑到哪里了;手里拿着书,眼睛是惺忪迷离的。这是我近年的生活状态。

不知咋的,我读书的方式或者习惯,现在已经变成了三种:一是朋友推荐的书认真读,二是作者送的书偶尔用心读,三是自己喜欢的书买来随便翻翻。但李西岳的40多万字的小说《百草山》,却让我在两天内如饥似渴,且做了近百处"眉批"。这是他在北京军区总医院的病房里送我的,上面写着"永吉贤弟闲看并正"。趁他没有出院之际还专门"花前月下"地进行了数小时的"研讨"。

李西岳曾任北京军区政治部文艺创作室主任,他的老家河北省献县有一座百草山,他从小就在山上玩,和他同年的小伙伴都曾捍卫过百草山的尊严,李西岳甚至付出过无数次挨土坷垃攻击的代价。

百草山有许多神奇的传说,李西岳从小就幻想着长大后写一部有关百草山的大书。酝酿了十几年的、六易其稿的《百草山》主要描写在抗日战争期间参加新四军的贺金柱戎马一生的军旅经历,及其与家乡的人和家乡的山的种种勾连,由此自然而然地伸展出军旅与农村两条线索。作品涵盖了抗日战争、解放战争、抗美援朝、土地改革、三年困难时期、军事大比武、"文革"、部队大移防、改革开放、百万大裁军等重大历史事件,但作家思考的仍然是走出沧州盐碱地的军人们对故乡的精神回望。

李西岳出生在20世纪50年代末期，而《百草山》的故事发生在20世纪40年代至80年代。时间跨度大，作品驾驭难度也不小。有以《农民父亲》为代表的系列中篇小说的成功做铺垫，长篇小说《百草山》没有显现详略不尽、挂一漏万的感觉。他的小说没有离开故乡那"邮票"大小的地方。尽管他把题材由农村拓展到军营，由农民拓展到军人，军营文化与农村文化实现了有机结合和交融；尽管他在农村仅生活了18年，但农村文化的巨大根系牢牢牵住了他的灵魂。他经常以"死不悔改"的精神固守老家话而自豪，他觉得运用乡言土语来叙述心中关于父亲的故事，能够找到那种生命的质感。于是，他用一个父亲形象来承担他咀嚼消化已久的人物语言。

从阅读的感觉上说，能让你一章一章读下去的是，书中人物在成长，历史被一卷一卷地展开，你不由得会进入对人物命运的深刻思索中，而这种思考不是李西岳强加给你的。《百草山》耐人寻味的是由贺金柱的婚变造成的诸多相关人物的坎坷命运与情感碰撞。贺金柱在事业上一帆风顺，在职位上扶摇直上，一直做到了八十九军的军长。但贺金柱并非无情无义，他的骨子里仍然有善良和刚直，这揭示了中国军队与中国农民的血缘关系。

书中曾描述在涟水战役之后，贺金柱被任命为连长，接到命令后，他首先感到的不是荣耀，而是难过，因为他的职务是从烈士的遗体上捡过来的。那场战斗打得太残酷了，全连死伤一多半人。连长为掩护贺金柱牺牲了，指导员在战斗即将结束的时候被一颗流弹打死了。阵地上到处是血，到处都是战友的尸体。战斗结束后，光掩埋战友的尸体就用了一个上午。打仗前还说说笑笑的人，年龄都跟他差不多大，说死就死了，有的死得很惨。贺金柱感慨地说："我们算他妈什么英雄，英雄们都死了。"他又想起鲁州战役时死在他肩上的那个小战士——那个白白净净的小战士，想起了那个小战士的母亲——一个善良的山东老妈妈。老妈妈把儿子交给他，抓住他的手一再说："同志，我这儿子十五岁了，还尿炕，你要嘱咐他睡觉之前把油布铺在褥子底下……"那个小战士第一次参加战斗就牺牲了，临死前没说一句话，只是死死地抓住他的头发。如果那个小战士能活到今天，说不定也当上排长、连长了。反过来说，如果自己在第一次战斗中也像那个小战士那样死去，还有今天吗？但在感情上，他却背叛了新婚才几天就离开的、等了他15年的妻子魏淑兰；而年轻又漂亮的女大学生张敏，先是占据了他的视野，接着占领了他的心扉。对魏淑兰的负心、对父亲的忤逆，是他永远的心疾。他始终时断时续地惦念着远在老家，而后得病的魏淑兰；由此造成与妻子张敏没完没了的纠葛；他总想关爱和照顾自己在老家的两个孩子，而这又加深了他与魏淑兰的固有矛盾。如果说，未与魏淑兰离异的贺金柱，还是英雄气长、儿女情短的话，那么，与魏淑兰离异后的贺金柱，就显然是英雄气短、儿女情长了。贺金柱的父亲贺老栓更是为此上吊自尽。他隐回故里为老爹上坟洒酒，给爹跪下："爹呀，爹。你不孝的儿子回来看你来了。爹，人的一生可以有几个儿子，而每个儿子却只有一个爹，人家养儿是为了防老，而你却为你不孝的儿子走上了绝路。爹，你让你的儿子，从今往后怎么为官、如何做人？爹，你儿子一生的日子都不会安稳哪……"

对贺金柱的道德评判，就是源自他在重要人生关口表现出来的人格缺损，贺金柱事实上是一个缺少做人底气的英雄。他得到了自己想要的东西，同时也失去了他不该失去的东西。英雄不仅要有虎胆，还要有良知；高官不仅要有职权，还要有人望。连女儿也在鞭打父亲："我认为我娘是最善良最不幸的人，女人所能承受和不能承受的不幸,她都承受了。可是这种不幸是你一手造成的,你对她心灵的伤害是无法弥补的,别说她不原谅你,我也永远不会原谅你。你虽然有光荣的历史,也身居高位,但从人格和人性的意义上讲,你远不如我的母亲崇高和具有魅力。这一点在我心目中一辈子不会改变。"

李西岳认为写小说就是讲故事,一个作家应该是讲故事的好手。当然,一个作家也应该是一个讲故事的有心人。讲好看的故事,把好看的故事讲好,故事讲完了,作家的使命就完成了。

李西岳是在28年前走出故乡踏入军营的。用他的话说,他的许多小说都是以这一刻为起点回望故乡、审视军营的。他说,许多年后他回老家都有一种像第一次到天安门广场一样的激动。生活是创作的源泉。人的经历无法忘怀。一个人想改变另一个人是很难的,包括夫妻。其实你还会慢慢发现你在极力改造对方的同时,你也在不自觉地被对方改造着。感情这东西太复杂了,夫妻这东西也太复杂了。而这一切还源于李西岳对故乡刻骨铭心的情感之恋。

李西岳这部酝酿良久、打磨精细——也可以说有点迟到的《百草山》,在叙述风格上可以说是行云流水、一气呵成,没有章节排列组合上的明显不足,语言充满了鲜活、丰实的生活内容——李西岳对贺金柱岳母魏氏的描写很经典:"魏氏的嘴来回动着,像是嚼什么东西,塌陷的下巴颏证明老人的牙齿已全部掉光,一道道弯曲的皱纹像蚯蚓们在以曲求伸。老人瘦得皮包骨头,身上的皮肉打着拧,像被水煮过的葱皮一样,向下耷拉着,看上去有些吓人。"

山村孩子的素描线条也非常明晰:那些孩子的面孔都很生疏,鼻子眼儿、耳朵眼儿、指甲盖儿都充满了泥垢,有的孩子牙齿泛着玉米焦黄。大财主贺大发面对本村两个闯祸的孩子,其做法也凸显了人性的光辉。对"汉奸"贺六指的描写，作者也展现了人物的人性光辉。但在孩子的眼里，贺大发仍然属于自己的阶层——"贺大发气喘吁吁地追上他们，从口袋里掏出两个装着钱的布包塞到他们手里：'拿着，路上用。快跑吧，跑得远远的。'魏猛子对贺大发一直怀有阶级仇恨，认为他们家的暴富是靠剥削穷人来的，每次走到贺大发的大宅门前，他都要狠狠地吐口唾沫……"

《百草山》对军人本质的透视、对军人道德的评判以及对军人人性深度的开掘和人文精神的传达，都有开拓性。书中贺金柱的儿子贺小虎，更是李西岳熟悉的军营生活的写照。从作品第二十七章贺小虎当兵到第四十二章结尾，共16章，写的都是李西岳自己最为熟悉的部队生活。

有过当兵经历的人都可能因为这段描述而被牵引着追溯自己的新兵历练——

"一到部队贺小虎有些傻了，甚至想哭，他没想到这鬼地方这么穷、这么荒凉，四周除了山还是山，哪座山都比百草山大，比百草山高，但都比百草山难看，山上没草没树，稀稀拉拉的，有一些干植被，不知道叫什么东西，露在山外边，山外边是一块块、一堆堆龇牙咧嘴的大石头。尤其让人受不了的是那一天到晚刮不完的白毛风，嗖嗖的、呼呼的，像吹口哨，一刮起来就是天昏地暗。

"那一天，作为末代军长，作为向军旗告别的指挥员，他能做到那样，回想起来是相当不容易的。七千多人都在哭，包括见了司令员那双通红的眼睛，他也没有哭。那声降军旗的口令，下得还是那样地动山摇，但他当时心里曾有这种感觉：那徐徐降下的与其说是陆军第八十九军的军旗，倒不如说是自己肉体与灵魂交织的魂幡。"

小说的点睛之笔，抑或让人咀嚼之处，我想应该是作品结尾与前述两处相呼应的描写，着实引人回味不尽，这也许就是作者想彰显的一个民族的情结——"去了百草山当然要看看那片坟地，还有当年那片血红的高粱地。跑了半天才敢回头，此时已经看不见惠美子了，看见的只有那片血红的高粱地……"

小说是智慧的结晶，不花点血本是做不好的。读者有自由选择作品的权利。我祈愿李西岳的作品被读者选择。

不负韶华的记忆

《阿迅》（长江文艺出版社，2018年版）是中央电视台著名主持人朱迅的一本随笔集。全书以朱迅在每个人生阶段中被人称呼的名字作为叙事的书签，图文并茂，文风明快，洗练细腻，阅读轻松，引发思忖。

朱迅说，她在写这本书的时候，似乎总有人在叫她的名字，一个又一个，一声又一声。每一声，她总是说"到"。朱迅这一个"到"字，让我觉得，她在骨子里有一种刚强般意志的军人的风格。

提醒自己，不能忘了走过的路

"三儿、小小、阿迅、朱先生、朱大胆儿、朱十七、迅宝宝、王太太……"这些名字串起了朱迅15岁"触电"，17岁离开北京留学日本，清苦的打工读书生涯结束后在NHK初绽芳华、成为日本主流媒体中的一位中国人，十几年后又回到北京清零、以海选进入央视工作至今的青春记忆。这本书是朱迅30年来的日记，抑或是对自己的访谈录。

朱迅在日本留学，最初打工扫厕所。她常常是泪水夹着汗水，一滴一滴掉进便池里。一瓶一百日元的饮料不舍得喝，她就跑到车站的免费饮水处，对着水龙头咕嘟咕嘟赌气般地大喝，这是生活的艰辛。她提醒自己永远不能忘了过去的艰辛。她说，今天是勾践，明天是苦菜花，后天是阿信，现在不过是卧薪尝胆、体验生活。不论是扫厕所，还是在术后伤口撕裂的疼痛中端盘子，朱迅始终怀揣着良好的愿望与梦想。这点点滴滴都是她生命的财富、生活的动力、生存的价值。字如清水，洗涤着蒙尘的灵魂，让心清透发出温暖的光。读者也觉得真切实在。

坚定地跟着信仰走下去

在日本的 10 年，让朱迅最为难受的是寄人篱下的委屈，以及有人指责祖国时深深的刺痛，这痛如碎玻璃扎进左心房，一动念就疼。被人看不起过，才知道挺起脊梁做人的敞亮。在媒体上，在生活中，"中国人"这个名字是朱迅最大的骄傲。在日本，朱迅那时是个学生，也是艺人。公司的每一个人都知道她接戏有三条原则：反华的戏不拍，接吻的戏不拍，暴露的戏不拍。她多少次拒绝了经纪人递来的剧本，同时也抵挡住了自己想成名、想赚钱的欲望。有些钱不能赚，有些名不能出。要不，就真的回不去了，回不去从前，回不去北京，回不去亲人眼里的自己。经历众多的诱惑、怀疑、撕扯、纠结、自我肯定与否定后，自己未来的样子就会更加清晰。你可以从自己无数的选择中，发现自己到底想成为什么样的人。要坚定地跟着心中的信仰走下去，信仰是建立在理性上的，不是建立在情绪上的，是不断地质疑、不断地寻找真理，在挣扎、撕扯后找到真理，内心不断升腾的信心。

自己也会成为历史

朱迅认为，30 年间，每件发生在自己身上的事，都是她成长的邀请，每个绊脚的坎儿都是登高的台阶。记住这些沟沟坎坎并不难，难的是要勇敢地面对自己、袒露自己；难的是对过去重新理解、剖析与诠释；难的是把握人生的舵，不被自己的心浪打翻；难的是不断地追问自己，你想成为什么样的人，你的后半生又怎么过？盯着自己的眼睛看，扎进肉里看，深入骨髓看，透过血泪看，拨开细胞一颗颗挑开去看，只有手术般地自我剖析，才能看清楚真实的模样……作者有一种令人敬佩的自我革新能力。

朱迅的爸爸，是影响她人生的大写男人。他说，回到祖国去。媒体这行，还是把根基扎进自己母体文化中最牢靠。父母给了朱迅最大的信任，让她很小就知道，女孩子面对金钱、物质、欲求要有足够的自制力，要为自己的未来负责。媒体人能参与重大的历史时刻、为国家工作，这是最幸福的事情。当你成为历史时刻的见证者、参与者，这种成就感是无与伦比的，是任何名利权情都无法替代的。朱迅努力维持自己文字的本色，不让它被不属于她的颜色沾染。真实，就是价值。真听，真看，真感受，真发现，写真幸福，录真伤痛。

感悟名利场

名利场太厉害了，它能把人一夜间高高举起，又重重地摔下，人会觉得心里空荡荡的。名不副实的滋味并不好受。有时候会梦见自己站在一个云中的脚手架上，哆哆嗦嗦，摇摇晃晃，大风吹来，一头栽下。这就是朱迅对名利权情的感知。社会生活离不开批评，甚至是过火的批评。好话是不能多听的。这东西就像酒，第一次听，脸红；第二次听，习惯；第三次听，舒服；第四次听，上瘾。再多，人就迷糊了。飘在高空的气球，哪怕是针尖大小的批评它也受不了。在国外成功，并不代表在国内也会成功。任何事物都在变化。人生是在高潮、低谷中奔涌向前的。

感谢妈妈的教诲

在朱迅人生的几次重要抉择中，朱迅的妈妈非常尊重女儿的选择。她感谢妈妈的教诲：一辈子能做自己喜欢的事才是最大的幸福。有了家庭的喝彩，一切就变得格外有意义。朱迅做有关报道日本风俗行业的节目，给妈妈打电话。妈妈鼓励她，没什么大不了的，走过这一遭，你就会了解到真实的世界不光有阳光，还有阴霾。这就是成长，但成长是要有代价的。采访需要获得被采访者的信任。打开那扇门的钥匙，就是"尊重"。有了尊重和体谅，就有了感情的付出。对特殊人群的采访带给朱迅的冲击和影响是多面的，更是长久的。

朱迅在遭到别人议论时，妈妈提醒她："三儿，爸妈都是老党员，这点风浪算什么。结满金苹果的树，挨的打最多。关键时沉默是金，在需要澄清时，再说也不迟。你是公众人物，要允许别人伤害你。只要问心无愧，那让时间和事实去检验吧。"

一辈子家庭和家人非常重要

父亲说，你做这份工作，一定要淡泊名利。无论事业上多么辉煌，一个人一辈子家庭和家人是非常重要的。因为父亲的病痛，朱迅学会了面对困厄时的坦然和微笑。一路走来，朱迅对夫妻也有了自己的理解——夫妻，就是吃喝拉撒，是柴米油盐；是举案齐眉，相濡以沫；是相互扶持，共度风雨；是平淡，喝彩；是承受，忍耐；是包容，原谅；是一起哈哈大笑，一起放声哭泣；是在一个桌子上吃饭,是在一个被窝里放屁;在你失去平衡的时候,他(她)帮你找到支点。这是朱迅的智慧。

打工,教会了朱迅很多

到任何一个地方,新来的人做最脏最累的活是理所当然的。过了一阵店里又进了新人,这种活自然也就有了接班人。这种感悟就是告诉年轻人,不要好高骛远,一切从零开始,干好当下的工作。打工教会了朱迅很多。识人眼色,不是谄媚,而是位居人下时看得起自己,位居人上时看得起别人。学会尊重别人,学会自尊。在东京求学的艰辛,也是随处可见。只有了解艰难,才能感受快乐。发工资了,考好了,别人的话能听懂,自己说的话别人也能听懂……这都是朱迅的一串串惊喜。生活在社会底层,没有人知道她是谁,更没有人知道朱迅的父母其实就在身边。朱迅不敢说,她父亲当时就是新华社东京分社的社长……

朱迅在书中说,那段生活经历总给她巨大的勇气,有底线的人生毫无畏惧。说实话,她一点也不羡慕那些靠家里供给,在国外毫无压力、一掷千金的留学生。有时候生活越富足,越容易生出抱怨和是非。回到国内什么都看不惯,什么也做不来。

希望为年轻朋友们带来一份力量

用文字擦拭灵魂,从而给人以生活的、生存的、生命的启迪。朱迅把自己出国和回国后的心路历程全盘托出,希望能在某个无助的夜晚,陪伴你,鼓励你,握住你冲动的手。她说,曾经历了背叛,才知道忠诚的价值;曾直面了磨难,才激起奋斗的意志;曾被嘲笑贬损，才知道尊重的意义；曾被四面围困，才知道倾听内心的声音；曾被病痛折磨，才领悟健康的金贵；曾感受到孤独，才珍惜真爱的陪伴；曾遭遇绝望，才明白梦想的力量；曾经历生死，才懂得因果的必然。

书最后，朱迅这样写道："要交稿了，不必把太多的人，请进生命。白纸黑字，只在懂我的人中传传就好。"这句话宣发了朱迅宽阔的视野和了然世事的情怀。

朱迅对笔者说："现在这本书已正式面向全国，进入新华书店和网店，希望能为年轻的朋友们带来一份力量、一个梦想。"

我想，这本励志的书，大家读后，一定能够感悟到作者的初心。

为感恩代言者点赞

收到曾被中央文明办授予"中国好人"称号的田开喜寄给我的书《为感恩代言》（河南人民出版社，2022年版）后，感慨良多。田开喜是这本书的作者，也是我多年的好友。我们不住在同一个城市，却属道同而相谋者。感恩文化传扬者田开喜通过自己的长期践悟，以感恩的视角结合亲力亲为的具体事例，阐述了为人处世的方法技巧。此书对于我们提升个人道德水平，实现自我价值，更好地造福社会，具有启迪镜鉴意义。

感恩是对他人的帮助产生的感激心理，以及用语言和行为作的回馈性表达。知恩图报是中华民族的传统美德，也是个人修身立德之本。弘扬感恩文化也是传承中华优秀传统文化。知恩、感恩、报恩，应该内化于心、外化于行。感恩是对一切有恩者的。中国自古就有"滴水之恩，当涌泉相报"的说法，对所有帮助都应心存感激。《为感恩代言》一书，就是倡导知恩、感恩、报恩，以传统文化"天地君亲师，仁义礼智信"为元素，精选古今感恩典型故事，使读者深入了解感恩文化的起源、发展、传承。为增强感染力，便于读者阅读欣赏，本书还采用了数字信息技术，可读可听。读者扫一下书中的二维码，即可听到声情并茂的诵读。

弘扬感恩文化，建设爱心家园。2013年6月，经过严格审批程序，田开喜等同志成立了河南省感恩文化促进会，落地新乡市卫辉。在河南省跑马岭地质公园，他们要打造具有全国影响力的感恩文化主题公园，让跑马岭成为弘扬感恩文化的基地，更好地造福社会，更好地肩负起研究感恩文化、弘扬感恩文化的责任。他们计划先在河南做起来，成熟后，再向全国辐射推广，让感恩之花开遍中原、开遍全中国。同时，他们还在跑马岭景区开办感恩文化讲座，让游客在观赏山水景趣的同时，沐浴感恩文化，获取正能量。

感恩首先是对父母的，因为父母给了每个人身体与生命。对于父母，"鸦有反哺之义，羊有跪乳之恩"，更何况为人儿女。有诗曰："谁言寸草心，报得三春晖。"父母对子女恩重如山，我们必须感恩。用孟子的话来说就是："孝子之至，莫大乎尊亲。"感恩天地，感恩祖国，感恩社会，感恩家庭，感恩人生中所有的殷殷之情。其中，有一种最高境界的感恩、报恩情怀，即对自己的民族和国家的感恩，这也是人们爱把祖国称作母亲的缘故。应当看到，在价值观念多元化的当今，由于相关教育缺失、家人溺爱等多种原因，有些人以自我为中心，只知索取、不知回报，只要求别人爱自己、却不懂得关心别人。由于缺乏感恩之心，一切从个人利益出发，过河拆桥、忘恩负义以及违反公序良俗的事时有发生。人们还看到，有许多不孝儿女，他们不是感恩父母，而是责怪父母未能让他们生于豪门，没有给他们锦衣玉食的生活。助人者虽不应该以帮助过别人作为理由而索取回报，但感恩一定是受助者应有的回应。从道德上讲，受助者不知感恩、以恩为仇，简直就是恶行。对于助人者来说，这简直就是对良知与善行的践踏和侮辱。对于助人者来说，被误解、反目成仇、恩将仇报是最令人心痛的事。这不仅会激发助人者愤怒的情绪，还会让他们对自己的善行感到后悔。其心痛，只有遭受过这样无情对待的人才能知晓。我们疾呼，不为善意被误解而放弃善意，不为善行被亵渎而放弃善行。

田开喜曾说，众人皆行，其力无穷。对于传统文化中的感恩意识，要取其精华、去其糟粕，剔除"愚忠""愚孝"等和当前社会发展不相适应的成分，以符合时代新要求，积极倡导爱祖国、爱人民、孝敬父母、尊敬师长、热爱自然万物等美德。全社会都应该重视普及感恩教育，特别是引导青少年增强感恩意识，学会换位思考、关爱他人、帮助他人。

  感恩是一种责任，是一种胸怀，是一种智慧。弘扬感恩文化，从个人修养的角度来讲，有利于心理调节、精神充实、思想升华；从社会角度来讲，有利于促进社会主义核心价值体系建设。我们愿被帮助者不会忘恩负义；愿我们每个人不改初心，一如既往助人为乐、不图回报，将善良与乐助不抛弃、不放弃，坚持到底。

  我想，心怀感恩，应该礼赞那些高尚的助人者。让我们嘉许全社会知恩图报的行为，让《为感恩代言》这本书走进大众心里，也让我们为敢于"为感恩代言"的忠诚践行者田开喜们咏赞！

泪水激昂化巨浪

很高兴来到延庆参加卢甲举先生的新书座谈会。我和卢先生认识的时间不长。但总感觉我们是交往多年的朋友，因为我们都有这么几个特点：一，我们都是河南老乡；二，我们俩都属小龙；三，他的企业发展整整40年，而我1984年11月6日离开老家来北京当兵也整整40年；四，我们俩都喜欢文学、喜欢书法，是文友；五，我们两个都出版过一些文集，都与出版社打过交道。所以说，也特别感谢北京出版集团、北京出版社的领导和编辑们，没有你们的努力，也就没有这次新书座谈会。

卢先生在《寻找远方的自己》后记中，谦虚地说，《自有我在前行中》和《寻找远方的自己》两本书，只是他人生的一点思考和感悟，纯粹是工作实践中的经验之谈，能为读者朋友带来一点思考，他就心满意足了。

实际上，我认为这两本书反映了卢先生在油田化学品研究、生产及应用领域四十年的辛勤工作，以及他为国家石油勘探事业作出的显著贡献，它们是对其职业生涯和生活的深刻回顾。

在诗集《自有我在前行中》的《进京创业》一诗中，卢先生写道——

手捧泥土离故乡，
踌躇满志踏考场。
世态炎凉醉大早，
峥嵘岁月不悲伤。
雕虫小技叽喳响，
万花盛开漫天香。
一缕阳光乌云散，
泪水激昂化巨浪。

  从整首诗中，能分明地感受到卢先生来北京创业是多么艰辛。进京创业是一种挑战和考验，需要认真学习成功者的经验教训。创业艰苦百难多，远远超过他的预估。但卢先生迎难而上，绝不退缩，只有考出好成绩，才能对得起企业员工、亲朋好友、家乡父老。天有不测风云，企业内部内讧、不作为、乱作为、背叛、损公肥私等各种怪现象出现。他坚信，只要作出卓越成就，一切杂音都会消除。经过艰苦努力，企业的科技、营销、文化、管理等方面得到质的飞跃，企业取得了长足发展。卢先生激动的泪水如何不像巨浪一样翻滚呢？

  诗言志，诗传情，情景交融。诗作具有强烈的情感冲击力。行行诗句都饱含了卢先生对父母的敬爱、对妻子的挚爱、对孩子的疼爱、对宗亲的友爱、对失学儿童的关爱，还有对伟大祖国的热爱、对家乡故土的热爱、对石油事业的热爱、对中华优秀传统文化的热爱。

  卢先生说，他为了事业，为了理想，为了人生，付出了全部的心思，吃了不少苦，渡过了一个个难关，这种苦和难只有自己才能感受到。成功绝不是轻轻松松、随随便便可以实现的。每一句话、每一件事都要细细琢磨，更需要亲自去实践。他是一个理想主义者和乐观主义者，有执着信念和顽强精神，什么苦都可以吃，什么累都能受，什么样的活儿都想尝试，什么样的知识都想学习。为了生存就要付出，为了梦想就要努力。生存是第一要务。人的生存问题解决了，就应该创造其生存价值，为他人利益服务。创造价值应该在精神和物质两个层面，真正的价值体现在精神上留下点什么、物质上留下点什么，并能被后人继承和传扬，可见卢先生强烈的社会责任感、责任心。人不能白活一回。一个人、一个家庭、一个组织、一个民族、一个国家，精神和物质都要富有，才能有自尊、自信和自强。

卢先生的诗句反映了他的工作和生活，是他的心路历程，有坎坷，有欢乐，有悲伤，有喜悦，有成绩，也有教训。他愿意为家庭、朋友、社会做些有意义的事情。他多次参加社会捐赠，捐建贫困学校，支持家乡建设，有着浓厚的乡愁意识，不忘出生的沃土、不忘根、不忘本。他对家人言传身教，注重立德树人。给孩子们写的家书，字字凝聚着对孩子们的爱，渴望他们成人成才。

卢先生在给儿子的信中这样写道："……希望你们为自己争气，为家族争气，为祖国争光，希望你们能成为我国社会主义建设的建设者、贡献者。因为你们取得创新和进步，经济才能取得发展，社会才能得以进步和改变，这些都会成为你们的人生价值。家长在看着你们成长，祖国在呼唤着对你们的希望。我相信你们都是优秀的。祝儿子德智体美劳全面发展，成为社会有用的人。"

字字句句透射着卢先生既是慈父、又是严父的谆谆教诲。我想，后生们也会受用一生。

卢先生在《对人生的一点感悟与思考》中说："仁义也是利，

道德也是利，长远的利是大利。义和利是千年哲学家思考的问题，更值得当今浮躁社会中的我们去思考。只有长期的义益，才会有长远的利。利和义的前提是诚信。信是守约，是信任和信用，是一个人立身处世的智慧。人生要好学、勤学、善学，不断充电，要不断为自己的职业生涯注入新知识、增强原动力。"这些人生格言、生存箴言，都凝结着卢先生对生活的感知和人生的大智大慧。

企业家是实业的组织者和经营者，不仅要具备政治、经济、文化等各方面学识，还需要胆识、见识。无疑，卢先生是一个成功的企业家。

卢先生十分重视企业的文化建设，成立了自己的文化传媒公司，建起了红色文化展览馆，把中华优秀传统文化与红色文化相结合作为企业发展的牢固根基。

在著作中，卢先生还谈到党建引领企业文化的话题。他认为，红色文化是红色基因的重要组成部分。红色血脉是中国共产党政治本色的集中体现。红色基因是中华民族和共产党人优秀文化的结晶。文化是一个民族、国家、企业的灵魂。红色文化凝聚了中华民族的伟大精神和大无畏的革命英雄主义特质，红色资源是我们党艰辛而辉煌奋斗历程的见证，是宝贵的精神财富。井冈山、延安、长征、抗战、抗美援朝、大庆、航天、奥运等精神，都包含着红色文化和民族自强不息的精神。传承好李大钊、方志敏、杨靖宇、雷锋、钱学森以及王进喜、焦裕禄、史来贺、杨贵等英雄模范人物的红色基因，来激励一代又一代中华儿女。

企业文化就是对中华优秀传统文化和共产党人精神文化的传承和发扬。党建引领就是企业文化落地和发展的永恒动力。企业要涵养尊重劳动、尊重知识、尊重人才、尊重创造的良好风尚，要鼓励人才干事，支持人才干成事、干大事，营造有利于优秀人才脱颖而出的环境，为他们提供施展才华的平台。"种瓜得瓜，种豆得豆。"选好人才、用好人才、育好人才、留好人才，实现人才强企的战略。卢先生深有体悟地说，最忌讳的是自己精心养的鸡跑到别人院子里边下了蛋，自己苦心培养的人不能为自己所用。这些思考都为加强人才培养是中国式现代化的基础性、战略性支撑建设，深入实施人才强国战略等论述注入了深远的现实意义。

读者在卢先生著作的字里行间，能分明地感受到他做人的真诚、做事的认真，能体验到作者火热的情感温度。他常勉励年轻人：要成为我，要超越我。

我想，一个成功者，不仅能成就自己的人生，还应该能感化和影响周边的人，传播正气。

这方面，卢先生做到了。

感悟与情怀

收到中央党校卓泽渊教授赠予的《我们与世界》（商务印书馆，2021年1月第2次印刷）一书，我心怀景仰，认真研习，不时在书页中圈圈点点。教授黜昏启圣处，我禁不住掩卷深思……在字里行间，作者展现了其崇高的理想和宏伟的志向："为天地立心、为生民立命、为往圣继绝学、为万世开太平。"作者用诗一样的语言，以中国文化观念解读"我"、"我们"与"世界"的关系，让人们从中得到中国化的世界观、人生观、价值观的启示，给纷乱世界中的你我以心灵慰藉，助力世人以坦诚的态度直面人生，寻找生命的意义。

作者在对"我"、"我们"与"世界"的解读上发表了真知灼见。人们一直都很重视世界观、人生观、价值观，而现实中也恰恰是"三观"成就了一些人，毁掉了一些人。对那些被"三观"毁掉的人而言，社会畸形的政治、文化、哲学的观念有过错，师长有责任，但最主要的是自己的责任。本书的上编"我"主要是与人生观紧密联系的主题（24目），中编"我们"主要是与价值观紧密联系的主题（24目），下编"世界"主要是与世界观紧密联系的主题（24目）。三编72目都是关于我们与世界的文化与哲学的思考。如何继承中华优秀传统文化精华、借鉴世界人类文明成果，来修养自己的"三观"，是全体中国人都面临的问题。

作者直言，不管我们的世界、社会与时代如何变化，决定一个人生活品质与人生质量的都是每个人的"三观"。他希望读者阅读本书之后，除了获得一些知识之外，更能深化对生命的认知，从而对人生、社会、世界都有更深切的领悟和思考，以便形成良好的世界观、人生观、价值观，安顿自己的灵魂，过上更加美好的生活，拥有更加精彩的人生。这是作者写作这本著作的愿景，也是作者对读者的深深祝福。

中华文化源远流长，早已内化在中华民族的血脉之中，有着自己强大的生机和活力。今日中国是往昔中国的继续，还置身于祖辈留下的文化环境之中。然而，近代以来，有段时间里，我们的传统文化环境持续遭受严重破坏，由于被摧残、被曲解，已经失去了整体的形象和内在的精魂，甚至曾几近毁灭，让国人处于极度尴尬与迷茫状态之中。我们体内的传统文化因子不断提醒我们是中国人，我们曾经有过并且现在还需要有那种伟大的文化，如何对待中华传统文化早已是不可回避的重大问题。

中华文化与西方文化是异质而并列的文化体系。有些人要么力图用西方文化来替代或者改造中华文化，要么摧残本身十分优秀的中华文化或者将优秀的中华文化畸形化，结果都是可悲的。中华文化已经到了必须被重新审视，在烈火之后重生的时候。如何继承和弘扬中华传统文化，吸收借鉴西方文化，进而形成新时代的中华文化，已成为极为紧迫而又十分艰巨的任务。中国传统文化在很大程度上具有人生哲学、自然哲学、文化哲学、政治哲学等多重意味，在人类文化世界独树一帜。尤其是格致诚正、修齐治平的人生观、价值观在中国人的血脉中流淌、积淀、传承，至今仍深刻地影响着中国人的思维和行为。本书引经据典，如《周易》《诗经》《尚书》《老子》《论语》《孟子》《庄子》《荀子》《韩非子》《黄帝内经》《史记》等著作。对中国传统文化予以高度关注，一是因为它太重要，二是因为它太精彩，三是因为它被毁坏得太严重，四是因为我们无可回避且不能回避。作者并没有做回到传统社会的大梦，深知我们既回不去，也不可能回去。走历史的老路，只能是死路一条。

党的十九届六中全会通过的《中共中央关于党的百年奋斗重大成就和历史经验的决议》（以下简称《决议》）指出，以习近平同志为主要代表的中国共产党人，坚持把马克思主义基本原理同中国具体实际相结合、同中华优秀传统文化相结合，坚持毛泽东思想、邓小平理论、"三个代表"重要思想、科学发展观，深刻总结并充分运用党成立以来的历史经验，从新的实际出发，创立了习近平新时代中国特色社会主义思想。《决议》专门利用一个自然段强调"中华优秀传统文化"，指出中华优秀传统文化是中华民族的突出优势，是我们在世界文化激荡中站稳脚跟的根基，必须结合新的时代条件传承和弘扬好。实施中华优秀传统文化传承发展工程，推动中华优秀传统文化创造性转化、创新性发展，增强全社会文物保护意识，加大文化遗产保护力度。加快国际传播能力建设，向世界讲好中国故事、中国共产党故事，传播好中国声音，促进人类文明交流互鉴，国家文化软实力、中华文化影响力明显提升。《决议》还强调要注重用中华优秀传统文化培根铸魂，可见传扬中华优秀传统文化的时代价值和深远意义。

作者还真实宣达了写作《我们与世界》的四个维度。一是写给自己的。它是作者关于"我们"与"世界"思考的小结与展示，也凝聚了他的人生体悟。二是写给朋友的。它力求以优雅的文风与诗意的笔法来写，仿佛是在一个夕阳西下的黄昏或者是略带寒意的深夜，与三五好友手捧清茶在传统与现代时空中神游。三是写给学生的。希望他们能在专业学习的同时，积淀更多的文化哲学基础，对于"我们"与"世界"有着更多的思考，触发他们追求更崇高的精神诉求与价值理念。四是写给后辈的。希望他们在现在或者未来读到它时，能引发对于中国传统文化的关注，努力使它们在浴火后尽快重生并保有无限的生机与活力。期盼他们能有正常的而不是畸形的世界观、人生观、价值观，有一个幸福美好的人生。

  作者谦逊地表示，他对"我""我们""世界"的一些思考，多少有些敝帚自珍，总期望能将自己的一得之见与朋友们分享。作者感言，世界是美好的，我们降临于世，要心怀感恩。上天为我们设计了不可尽知的旅程，让它充满未知，多姿多彩，富有变化。我们不能不感慨人生美丽上天有情，置身美好世界中，不能不暗自庆幸，倍加珍惜。只有努力再努力地生活，珍惜自我、珍视他人、珍爱社会，才能更好地告慰祖先、报答师长、回馈亲朋、服务社会。无愧天地、无愧先辈、无愧自我的人生，才是最美丽的人生。

  阅读中，我被作者的一段话深深打动了。他说，要珍视生命，是因为我们担负着种种责任。首先是要对父母负责任。其次是要对自己的配偶、儿女负责任。自己的身体不好必然会连累配偶和儿女。爱护自己的生命就是减少他们的麻烦与负担。再次是要对兄弟姐妹等亲友负责。同根相连，自己没有很好的身体也会成为兄弟姐妹等亲友的牵挂乃至负担。

  一个人对于自己生命的态度和行为关乎与之相关的所有人，对自己生命负责就是对一切相关人负责。要珍视生命也是因为生命短暂。卓教授的真切人生感悟、旷达人生情怀、朴素生命哲理，激起了我心海的阵阵涟漪。读了《我们与世界》一书72目"千字短文"，相信，你、我都会收获心智的启迪，收获与"世界"的遐思。

"满腔热血"和"放眼天涯"

2023年5月至7月,我参加了中央党校春季学期第二批进修班"全面依法治国"研究专题班学习,有缘在校内大有书局看到中央党校卓泽渊教授的新著《我们与法治》(商务印书馆,2022年11月第1版),我毫不犹豫地购买了一本,结合"全面依法治国"专题学习认真拜读。

《我们与法治》是卓教授20多年来解读当代世界法治的讲课实录。该著分为五编,依次是"世界法律与法治的图景""世界法治发展的走向""中国法治的国际挑战""世界视野与中华法文化""世界与中国的司法改革"。这本书绝不仅仅是简单的授课录音整理,而是在录音整理稿基础上形成的,有着全新架构的"传道授业解惑"的思想精粹。本书既兼顾了法学专著的严谨与专业,亦照顾了大众读者对读本通俗化、简明化的阅读需求。正因为此,本书极具公共性与通识性,可以为不同专业领域和知识背景的朋友所阅读。

作者在叙述方式上仍保持着课堂讲授的口语化特点,横跨中外,纵论古今。在侃侃而谈中,作者展示的是一幅以法治为主体,涵括人权、民主等元素的恢宏画卷,让人们对当代世界法治的实然与应然、现实与未来,有宏阔而明晰的了解和把握。这本书在文风上与前一部著作《我们与世界》(商务印书馆,2022年3月第3次印刷)大体保持一致,都有一首绝句或律诗,作为概说所述章目之主旨或心境。作者出版本书的目的,如同整个课程目标一样,即帮助读者认识世界的法治、我们的法治以及二者之间的关系，为中国法治发展找到定位、方向、参照，以更好地推动中国法治从国情与实际出发，传承自己优良的法律传统，借鉴世界法治的有益成果，协调国内法治、涉外法治、国际法治、世界法治之间的关系，推进全面依法治国。

什么是法治？作者一言以蔽之：法治就是"法的统治"、"法律之治"或者"依法为治"。它首先指国家和社会的一种治理模式，其次指社会的一种秩序状态，再次指一种生活方式，复次指一种行为模式。

掩卷《我们与法治》，我得到了以下几点启示——

第一，全面依法治国是国家治理的一场深刻的革命。党的二十大报告首次将依法治国作为专章进行论述和部署。在法治轨道上全面建设社会主义现代化国家的奋斗目标，关系到党执政兴国，关系到人民幸福安康，关系到党和国家长治久安。法治是国家治理体系和治理能力的重要依托。在治国理政多种方式中，法治是最基本、最有效、最可靠的方式。坚持全面依法治国，是我们国家制度和国家治理体系的一大显著优势。坚持走中国特色社会主义法治道路，建设中国特色社会主义法治体系，建设社会主义法治国家，必须紧紧围绕保障和促进社会公平正义，坚持依法治国、依法执政、依法行政共同推进，坚持法治国家、法治政府、法治社会一体建设，全面推进科学立法、严格执法、公正司法、全民守法，全面推进国家各方面工作法治化。全面依法治国最广泛、最深厚的基础是人民。努力让人民群众在每一起司法案件中都感受到公平正义，决不能让不公正的审判伤害人民群众的感情，损害人民群众的利益。如果不努力让人民群众在每一起司法案件中都感受到公平正义，人民群众就不会相信政法机关，从而也不会相信我们的党和政府。只有全面依法治国，才能有效保证国家治理体系的系统性、规范性、协调性，才能最大限度凝聚社会共识，形成推进党和国家事业发展的强大合力，才能更好地把社会主义法治优势转化为国家治理效能，依法应对重大挑战、抵御重大风险、克服重大阻力、解决重大矛盾，助力"中国之治"。

第二，法治中国建设要与中华优秀传统法律文化精华贯通起来。悠远浩瀚的中华文明和世界文明都蕴含丰富的法律文化精华和治国理政的经验。中华法文化是中华民族在自己的历史发展过程中塑造了法律文化的忠诚与正义，积淀了悠久的法律文化传统，彰显了中华法治文明的深厚底蕴。人类的文化世界一定有中华法文化置身其中并予以实施。中华法系传统自古以来，尤为在唐代达到顶峰，且后朝后代接续发展，直到清末改制。中国的法治化进程，如果从1840年的被迫开放算起，已经快二百年了；在中国推进法治化建设并不容易，甚至比许多西方国家都更为艰难，因为我们的法治化进程同时也是经济市场化、政治民主化和文化现代化的进程。它是整体性变革的一个环节、一个方面，不可避免地承受了更多的羁绊，每走一步都可能牵一发而动全身。我们既为自己国家、民族的法治化进程的挑战颇多而忧心忡忡，更为它的持续进步而欢欣鼓舞。深入发掘、传承和弘扬优秀传统法律文化，学习借鉴世界优秀法治文明成果，使法治的真理力量激发出更加蓬勃的生机。而中华优秀传统法律文化为社会主义法治精神提供了有益精神资源，也是新时代法治社会建设的底蕴和根基。

第三，法治是政治文明发展到一定历史阶段的标志。没有社会主义民主和法治，就没有中国现代化。法治是以民主作为政治基础、以法律至上为核心内涵的良法之治，最根本的是通过法律对公权力的约束，来保障人们的人权，包括自由权与其他各种权利。法治和人治问题，是人类政治文明的基本问题，也是各国现代化进程中必须面对和解决的一个重大问题。顺利实现现代化的国家，没有一个不是较好地解决了法治和人治问题的。

民主是国家与社会治理的最好选项。民主是最有智慧的多数人的智慧，优于少数人或个人智慧；民主最具有力量，人多力量大，群策群力才能汇聚起磅礴的力量；民主最符合逻辑，天下者，人民的天下，人民事务由人民决定，天经地义；民主最能自我修正，任何个人都难免犯错误，即使是民主也难以彻底避免错误。但是在民主制度下，民主的失误就能依照民主制度和程序得以纠正。没有民主，再好的法治都是人治、专制。推行法治就必须实行民主。民主决定法治的政治方向。

第四，在法治化世界大潮中，中国是顺势而行、乘势而为的国家。全世界都在走法治化，我们也在走法治化。中国法治经历了曲折发展过程，也取得了重大成就。新中国成立后，历史把建设法治国家这个光荣任务交给了中国共产党人和社会主义中国。20世纪50年代的中国法治建设取得了重大进展，但之后又遇到挫折，经历了一段曲折。历史有辉煌的过去，也有无法忘却的苦难。1978年12月，党的十一届三中全会提出，发扬社会主义民主，健全社会主义法制，重启了民主法治的大门。中国在不懈努力地推进自己的法治，确立了依法治国的基本方略，共产党依法执政能力显著增强，中国特色社会主义法律体系基本建成，人权得到可靠的法治保障。促进经济发展与社会和谐的法治环境不断改善，依法行政和公正司法水平不断提高。对公权力的制约和监督得到加强。可以说，这是改革开放40多年来，中国法治所取得的历史性成就。进入新时代，中国面临着全面深化改革、全面推进依法治国、建设社会主义法治国家的艰巨任务。在今天，在中华民族走向伟大复兴的时候，我们也不应拒绝在某些领域值得借鉴的西方文明。所以，我们可以平静地听听别人对我们的批评，这是一种理性判断、理性思维。我们整体推进社会主义法治，必须要有高度的道路自信、理论自信、制度自信、文化自信和历史自信。法治凝结人类智慧，为各国人民所向往和追求。国际社会的法治化是一个不可阻挡的历史潮流。整个世界都在走向法治，中国是走向法治国家中的一员。我们要顺应这股世界的潮流，甚至我们还要引领世界的法治潮流。

在本书的《后记》中，作者用他自己的一首诗来宣示了他写此书的心志——

深感卑微怨不能，满腔热血自嘶鸣。
悬梁刺股少年梦，凿壁偷光赤子情。
放眼天涯思陋见，立足当下启前程。
书生无奈难竭力，且让龙泉空响声。

捧阅此书，我分明感受到卓教授的"满腔热血"和"放眼天涯"的法治情怀。关注未来，就是关注现实；关注世界，就是关注我们自己。世界必将走向法治，有法治才有人类美好未来。我们身在中国，也身在世界。我们与世界都必将顺着法治化的路径一路勇毅前行。

这或许是卓教授将这本著作定名《我们与法治》的寓意所在吧。

礼赞山河故人

《山河故人》（远方出版社，2024年12月第1版）是青年作家文澜珊的长篇小说。该小说以20世纪80年代的陕西关中地区特别是渭北平原上的南河滩村为背景，通过讲述主人公孙海兰在生活、劳动、工作、学习和情感等方面的故事，打开我们了解那个年代的窗口。小说展现了孙、刘、邹、梁四大家族普通百姓的平凡世界，描画了改革开放以来的乡村变迁。

作者说，她基本上用了15年时间写这本书，献给故乡和母亲，献给所有80后、90后们，献给山川、河流和故人。

作者几乎用15年青春和热血，书写故事，致敬时代。

她无数次走过孤独的荒漠，任由那寂寞的细沙，吹落在她的身上、她的眼里，以至于她模糊了前路，不知所措。

无数次，她写到了忘记时间和空间；无数次，她用家乡的鲜花和掌声激励着自己，披荆斩棘，向阳而生；无数次，她用冷漠和现实对抗，却始终没有丢弃这本书。

她一口气用了25个"无数次"来宣达自己倾情于"山河故人"的回看。我想，没有热爱、坚守、感恩的文学情怀是很难照亮作者的文学人生的，也很难执着地完成"一个人的马拉松"。

作者表示，促使她写完这本书的最大动力来自她的母亲。每当想放弃的时候，总是想到母亲。母亲来到这个世界，受了那么多的苦，却一声不吭地就走了。她无法释怀，她怀抱一个理想，此生一定要为远去的母亲写这本书。

在后记中，作者着重强调了"三个感谢"——感谢陪伴她一起度过美好童年时光的小伙伴；感谢看着她长大成人的父老乡亲；感谢人生道路上提携她的贵人和伯乐。

随后又有类似于排比句的12个"感谢"，这12个"感谢"，好像一年里的12个月，又好像人生中的12个属相，周而复始，融化、浇铸在历史的长河里、山河岁月里。

这本小说有几个特点，给我留下很深的印象。

一是历史性，突出了现实主义特征。注重现实的细致描绘，强调细节真实和形象典型。通过细腻观察和描绘，力求准确地再现生活场景，使读者亲切感受到生活的真实面貌。通过典型环境和典型人物塑造来反映社会现实，揭示社会问题，促使人们反思和改进。贴近生活，反映了特定历史阶段社会状况和人民生活状态。

这本小说里，有很多20世纪六七十年代的历史印记。比如：听过长辈讲故事；书里描写的"猴子背媳妇故事""黄鼠狼的故事"；我们过去一起唱过的歌曲《爱》《让世界充满爱》《亚洲雄风》，电视剧《渴望》《北京人在纽约》《青青河边草》，连环画《三毛流浪记》。又如：童年的游戏——石头剪子布、捉迷藏、丢沙包、玩洋片；大众文化，看露天电影；还有一道风景线，亲朋好友一起在公共浴池里洗澡；农村"交公粮"；给土地里的庄稼苗"间苗"；等等。这些都是时代的印记，也是我们的乡愁。

比如，书中写道——

孙有成打开自己的海鸥牌收音机，调到中央人民广播电台，刚好是《今晚八点半》节目，正在播放歌曲《让世界充满爱》……

轻轻地捧着你的脸，为你把眼泪擦干，这颗心永远属于你，告诉我不再孤单……

这些歌曲、这些场景、这些道具，都是那个年代的人，那个年代的读者所熟悉的生活。

比如，第七十二章"除夕拜年上祖坟"里边有一个细节"端饭"——一盘送给隔壁的孝宁嫂子，一盘送给福霞嫂子。"端饭"是农村妇女之间表达友爱最直接和最重要的方式，哪怕是一块玉米粑粑或一碗麦仁粥，都足以令她们珍惜妯娌之间的情谊。这种细节、这种乡情，都饱含着作者深厚的家国情怀和对优秀传统文化的传扬与赓续。我们豫东也有"送饭"（端饭）这一良俗。

二是文学性，文学作品的基础在于其文学性表达。人物描写、景物描写以及生活沉淀后哲理性语言的凝练和运用，体现了一个作家的功夫。《山河故人》小说语言优美，充满生活哲理。

"时间就像飞鸟，掠过我们的生活树。"

"只要他松了手，海峰立刻会瘫坐一堆，就像提线木偶，一松手就散了。"

"天然泉水仿佛是上天赐给人民的福祉，只那几处温泉，不知温暖了多少人的双手和心田。"

第二十四章，写一只小狗的葬礼。小伙伴们摘来野花用马尾草扎成一束束花，插在小黄的"坟头"上。这是小伙伴们第一次参加葬礼，也是第一次亲手埋葬了他们的小伙伴。

对于6岁的海兰而言，小小的葬礼，让她感受到生命的可贵与脆弱。小黄狗对她而言，跟人一样是平等存在的生命，它像每一个人一样都要死去。但不论明天怎样，也要在今天努力实现自己的愿望，这样才能无怨无悔地离开人间。

这组镜头，多少有点《平凡的世界》中徐老汉"葬猫"章节的影子。

第七十三章最后一段——

有道是，"酒逢知己千杯少，话不投机半句多"。虽然对有成来说，刘谦让的思想境界、人文修养，距离他的"知己"还差十万八千里，但他尊重每一位尊重他的人。别人敬他三分，他便回敬十分。这便是孙有成的处世之道。

小说的语言把握到位，很适合电台的小说连播节目，特别是演播者去演绎。小说结尾启迪人生，赋能于读者、听众。

一个作家，学会讲故事，会说话、会表达，无论写壮烈的，还是婉约的，都可以打动人心。但是，我更希望作家在小说里着重抒写有朝气的、健康的、向上的、向善的人。我们的作品应该是激励人、鼓舞人的，而不要使人读了感到灰心。作家就要不负作家使命。

三是心理复杂性。文学作品的字里行间都涌动着细腻的情感与复杂的心理状态。文学就像一扇窗户，透过它可以窥见人内心深处的复杂情感，特别是在现实生活中无法用语言表达出来的那种心境。通过心理活动描写，能够更加深刻地理解作者所关注的角色的情感冲突。

比如，第六十章的最后——

她觉得自己就像姐姐课本里写的那只"丑小鸭"，处处被人嫌弃。她到底做错了什么，以至于父亲这样不待见她。她绞尽脑汁儿苦思冥想，大概就是因为性别吧，她要是个男孩儿就好了。可姐姐呢？姐姐也是女孩儿，为什么父亲还是那么喜欢她呢？想到这里，她更加痛苦，有那么一刻，她甚至觉得，自己或许不该降临人世，更不该来到这个家。好在有母亲的疼爱和鼓励，她才感觉到人世间还有一段美好和留恋。

文学的力量不仅在于文字的精彩，更在于作家能够深入探索角色的复杂心理。通过角色的内心活动，我们得以更好地理解自己、理解他人。作家就要注意精神层面、灵魂深处的挖掘。

四是时代性。从历史长河来看，艺术与政治、与时代往往呈现出一种同步发展的态势。在社会变革时期，艺术往往成为反映时代精神、抒发人民情怀的载体。文学作品追求的是情感共鸣、思想启迪和精神升华，是对时代的观照。一部作品产生后，不同年龄、不同地域，甚至不同国别的受众，都能在书中找到共鸣，获得启迪、升华，感到温暖，那是一位艺术家的最大期望。

第五十一章，最后的描摹也很有时代特色，让人感受到生命的沉重、"活着"的艰辛。

唯一让他难过的是，一家六口人无法团聚。他的父亲英年早逝，没有看到他盖房娶妻，他的弟弟还在监狱里蹲着，他的大姐寻了那么多年，仍下落不明，生死未卜。只剩下他的母亲和他的二姐喜鹊，还有他的外甥女儿天红，见证着这来之不易的一切。在这洞房花烛夜里，他悲喜交加，忍不住泪如雨下……

改革开放是一次伟大觉醒。用人民的奋斗历程和成就鼓舞斗志,用人民的优良传统和作风凝聚力量,用人民的创造实践和智慧奋进前行。中华民族有一脉相承的精神追求、精神特质、精神脉络,这是中华民族能够在几千年的历史长河中生生不息、薪火相传、顽强发展的重要原因。新时代的作家们应该讲政治、懂政治、懂艺术,坚守中华民族共有的精神家园,创作出更多影响深远的艺术作品。

我们总能找到自己的身影

《平凡的世界》是一部全景式地表现当代城乡社会生活的长篇小说。全书共三部，六卷。作者在近 10 年间的广阔时代背景上，通过复杂的矛盾纠葛，刻画了社会各阶层众多普通人的形象。劳动与爱情、挫折与追求、痛苦与欢乐、日常生活与巨大社会的冲突，纷繁地交织在一起，深刻地展示了普通人在大时代历史进程中所走过的艰难曲折的道路。

让我们来了解一下远逝的路遥。如果他没有离开这个平凡的世界，2025 年应该 76 岁了。路遥，原名王卫国，汉族人，1949 年 12 月 3 日生于陕西榆林市清涧县一个贫困的农民家庭，7 岁时因为家里困难被过继给延川县农村的伯父。1969 年回乡务农。这段时间里他做过许多临时性的工作，并在农村一小学教过一年书。1973 年进入延安大学中文系学习，其间他开始文学创作。大学毕业后，路遥任《陕西文艺》（今为《延河》）编辑。1980 年发表《惊人动魄的一幕》，获得第一届全国优秀中篇小说奖。1982 年发表中篇小说《人生》，后被改编为电影，轰动全国。１９９１年完成百万字长篇巨著《平凡的世界》。1992 年 11 月 17 日上午 8 时 20 分，路遥因病医治无效在西安逝世，年仅 42 岁。

《平凡的世界》第一部于 1986 年出版，两年后，中央人民广播电台播出了这部小说，随后，浙江、新疆、内蒙古等十几个省市、自治区的电台又陆续重播，引起轰动。电台、出版社和作者共收到听众和读者来信近万封。

新时期长篇现实主义小说、近百万字的巨作《平凡的世界》可以算作小说化的家族史，一朵跨时代的文学奇葩。它曾名列第三届茅盾文学奖榜首，之后又荣获第一届国家图书奖提名奖，是这届唯一一部获此奖项的长篇小说。1982年到1985年的四年时间，路遥一直沉浸在《平凡的世界》的创作中。

小说的第一部从1975年写到1978年底。

第一稿1985年秋天—冬天；

第二稿1986年春天—夏天。

小说的第二部从1979年写到1981年。

第一稿1986年秋天—冬天；

第二稿1987年春天—夏天。

小说的第三部从1981年写到1985年。

第一稿1987年秋天—冬天

第二稿1988年春天—夏天。

这部小说以其恢宏的气势和史诗般的品格，全景式地表现了改革时代中国城乡的社会生活和人们思想情感的巨大变迁。在狂热紧张繁忙的工作中，人很容易迷失自己，甚至忘了追求的本真。文学可以给人带来力量，给人生以启迪，路遥的《平凡的世界》便属于这种作品。人经历得多了，渐渐被生活磨去了棱角，偶尔翻看《平凡的世界》里的文字，更能体会作者的精神家园。在路遥的文字与深邃思想中，我印证并理解了自己的许多困惑和经历，想象着前辈们所遇到的更加巨大的挑战和精神危机，寻找问题的答案，寻找鼓舞勇气的力量。我发现，我还可以感动，我还可以从平凡中读出高尚，我还可以有梦想。

作家的劳动绝不仅仅是为了取悦于当代，更重要的是给历史一个深厚的交代。这是一部用生命写成的，值得每一个愿意走进文学和历史的人一读的书。整部小说紧紧围绕黄土高原上一个普通的小村庄——双水村及其村民而展开。在这 10 年间，中国发生了惊天动地的变化，双水村也是当时整个中国社会特别是农村变迁的一个缩影。作者严谨务实的写作态度使得这部小说成为读者了解那段历史的一本生动而不可多得的辅助教材。

路遥不为时髦所动，坚持现实主义的创作道路，再次攀上了艺术的高峰。历史和读者终于赋予了这部作品真正的生命力。

作品书写了一个平凡人的奋斗历程、一个平凡家庭的奋斗历程、一个平凡人的成长过程、一个平凡家庭的成长过程，把蕴含的丰富人类情感表达得淋漓尽致。作品中传递的价值是永恒的。

我们总能在书中找寻到自己缺失和需要的东西，总能在新的文化语境中赋予《平凡的世界》更多的历史和现实意义。全书又弥漫着强烈的苦难意识。它深刻展现了普通人在大时代历史变革进程中所走过的艰难曲折的道路，凸显出浓郁的人文关怀，这是那个特定历史时期的产物，也是小说长盛不衰的魅力所在。

《平凡的世界》是可以传给子孙后代的书。小说不仅是一部文学作品，更是一部充满哲学思考、人性光辉和时代记忆的史诗。

从政治生活的角度看"世界"

路遥在创作中融入了深厚的政治文化背景，他翻阅了大量带有中国政治符号的报刊，使作品充满了时代气息。小说从 1975 年开篇，描绘了黄土高原的严寒与社会的动荡。作者通过对时代事件的细腻描写，如"评法批儒"、周恩来总理的去世、"四人帮"被抓等，展现了中国从"文革"末期到改革开放初期的巨大变革。这些政治事件不仅推动了故事的发展，也深刻影响了人物的命运。

路遥的政治眼光和对时代背景的把握，使《平凡的世界》不仅仅是一部文学作品，更是一部反映时代变迁的"政治小说"。他通过对政治生活的描写，展现了普通人在大时代背景下的挣扎与奋斗，以及社会变革对人们生活的深远影响。

关于徐老汉的猫

徐国强老汉的猫是小说中一个独特的象征。从第一部开始，这只老黑猫就与徐老汉形影不离，成为他生活中的重要伴侣。作者用大量笔墨描写徐老汉与猫的互动，甚至在第二部中用整整一章叙述老黑猫的失踪、受伤、死亡以及葬礼。这只猫的死对徐老汉打击沉重，他像葬人一样安葬了它，并在葬礼后感到深深的孤独。后来，晓霞为他买了一只小黑猫，但老汉的内心依然无法平静。猫的象征意义在于它代表了徐老汉对过去的回忆以及对生活的眷恋，它的离去象征着一个时代的结束和生活的变迁。

平凡人物的刻画

路遥以细腻的笔触刻画了许多平凡人物，赋予了他们深刻的人性光辉。例如，煤矿工人王世才，他的善良和厚道在家庭中体现得淋漓尽致，但他的意外去世却给家庭带来了巨大的打击。另一个令人印象深刻的人物是田万江老汉，他对集体牲口的留恋，反映了他对过去集体生活的怀念以及对未来的迷茫。这些平凡人物的刻画，不仅增添了作品的时代感，更展现了人性的温暖与复杂。

叙述风格——《平凡的世界》语言朴实

路遥的语言风格朴实无华，却充满了力量。他的文字如同与读者聊天，让读者能够深入地感受到人物的喜怒哀乐。例如，他写道："宽容的读者不要会责怪他吧！不论在任何时代，只有年轻的血液才会如此沸腾和激荡。"这种叙述方式拉近了读者与作品的距离，使读者能够更好地理解人物的内心世界。

路遥还通过细腻的描写展现了生活的美好与苦难。他写道："在我们亲爱的大地上，有多少朴素的花朵默默地开放在荒山野地里。"这些朴实的语言不仅描绘了生活的场景，更传达了对生活的热爱与尊重。

他也是一个哲学家

路遥在作品中展现了深刻的哲学思考。他通过人物的内心独白和对生活的感悟，探讨了人生的意义、命运与社会的关系。例如，他写道："从古到今，人世间有过多少这样的阴差阳错！这类生活悲剧的演出，不能简单地归结为一个人的命运，而常常是当时社会的各种矛盾所造成的。"这些哲学思考不仅丰富了作品的内涵，也引发了读者对人生的深入思考。

路遥还对生命的意义进行了深刻的探讨。他写道："人生就是永不休止的奋斗！只有选定了目标并在奋斗中感到自己的努力没有虚掷，这样的生活才是充实的，精神也会永远年轻！"这些话语激励着读者在面对生活的困难时，要保持积极的态度，勇敢地追求自己的梦想。

景物的描绘

路遥不仅是一位出色的小说家，也是一位优秀的画家。他用细腻的笔触描绘了陕北的风土人情，展现了黄土高原的壮美与苍凉。例如，他写道："又大又圆的落日像一团鲜血浸入了麻雀山的背后……"这些生动的描写不仅展现了自然的美丽，也反映了人物内心的孤独与无助。

路遥还通过对四季变化的描写，展现了生活的希望与美好。例如，他写道："一夜春雨过后，城市的空气中少了不少怪味道。省委大院里鹅黄嫩绿，姹紫嫣红，小鸟在树丛中发出欢愉的唧啾。"这些描写不仅描绘了春天的生机，也象征着人物内心的希望与重生。

令人感伤的孙玉亭

孙玉亭是小说中一个极具争议的人物。他作为村干部和共产党员，却有着许多令人费解的行为。例如，他钻寡妇王彩娥的被窝，这种行为与他的身份形成了鲜明的对比。然而，他对"革命"的忠诚却无可置疑。他为了"革命"，不惜与自己的侄儿孙少安对立，甚至主张将他捆起来扭送到公社。这种矛盾的性格使他成为时代的产物，既反映了个人的悲剧，也揭示了社会的复杂性。

尽管孙玉亭的行为有时令人难以理解，但他对女儿的爱却深沉而真挚。在女儿未婚先孕后，他虽然痛苦不堪，但仍然给予了她支持。这种复杂的情感使孙玉亭成为一个立体而真实的人物，也让读者对人性的复杂性有了更深刻的认识。

鲜活的语言

路遥的语言充满了生活气息,他通过人物的对话和内心独白,展现了陕北人民的质朴与智慧。例如,书中描写润生他妈夹着一本《钢铁是怎样炼成的》厚书,名字让她误以为是炼钢的书,这种误会不仅展现了人物的无知,也反映了当时农村文化的匮乏。

路遥还通过对省委书记乔伯年乘公共汽车"现场办公"的描写,展现了社会的现实问题。乔伯年在公共汽车上与售票员的冲突,不仅揭示了公共服务的落后,也反映了社会阶层之间的矛盾。这种鲜活的语言和生动的描写,使读者能够深刻感受到生活的酸甜苦辣。

孙少平的人生观

孙少平是小说中一个极具代表性的知识型青年。他虽然出身于贫困的农民家庭,却有着对生活的深刻思考和对精神世界的追求。他受到田晓霞的影响,始终关注着双水村以外的广阔世界,不甘心被束缚在狭小的生活天地里。

孙少平的人生观充满了理想主义色彩。他写道:"我们出身于贫困的农民家庭——永远不要鄙薄我们的出身,它给我们带来的好处将一生受用不尽;但是我们一定又要从我们出身的局限中解脱出来,从意识上彻底背叛农民的狭隘性,追求更高的生活意义。"这种对生活的思考和对未来的追求,使孙少平成为一个具有深刻思想内涵的人物。

然而,孙少平的人生道路并非一帆风顺。他在煤矿的工作充满了艰辛,但他始终保持着对生活的热爱和对精神世界的追求。他的故事反映了中国落后农村青年在追求城市生活过程中的困境与挣扎，也展现了他们在面对生活挑战时的坚韧与勇气。

路遥以朴实的语言、细腻的笔触和深刻的思想，展现了普通人在大时代背景下的奋斗与追求。小说中的人物虽然平凡，他们的故事却充满了力量，激励读者在面对生活的困难时，保持积极的态度，勇敢地追求自己的梦想。这部作品不仅是对一个时代的记录，更是对人性的深刻洞察，它将永远激励我们在平凡的世界中，创造出不平凡的人生。

《平凡的世界》是中国当代文学史上空前的一部励志经典巨制，是当代长篇现实小说中的常青藤。《平凡的世界》这部现实主义长篇小说描绘的既是一个家族史，又是我们的民族史，获得第三届茅盾文学奖当之无愧。路遥融入黄土地的眷恋和深情把国家大事、政治风云、家族矛盾、社会变革、生活艰辛、感情纠葛以及黄土高原的古朴风尚和生活习俗都真实而细腻地描绘出来，刻画了有血有肉、有爱有恨的社会各阶层众多人物形象，展现了平凡人在改革与保守、劳动与爱情、挫折与追求、痛苦与欢乐的时代进程中所走过的路，构成了"文革"末期到改革开放初期我国城乡社会生活的全景式画卷。在行色匆匆的现代生活中，人很容易迷失自己。我们偶尔翻一翻《平凡的世界》，仿佛走进了作者的精神家园。我们能从路遥朴实的文字与创作思想中寻找出鼓舞生活前行的勇气和力量。《平凡的世界》可以说是一部用生命和热血写成的书。

用新时期的历史视野阅读作品并用心用情感悟路遥的读者会永远赋予《平凡的世界》以顽强的生命力和艺术感染力。

记得坐落在陕西延安大学内一座小山上的路遥墓的墓墙上写着——像牛一样劳动，像土地一样奉献。我觉得这也是路遥精神的映照。路遥那种关注时代变迁、关注人们的精神、关注与生生不息的生活进行抗争的人物命运的创作激情并没有消融。

好的文学给人带来力量，给人生以启迪。我们都能从《平凡的世界》中找到自己的身影。

后记

《穿行于历史间的思考》就要出版了,感谢人民日报出版社这间"产房",没有你们的辛苦付出,也就没有这部有血有肉的作品诞生,而且还这么"顺产"。

该著集纳了四十多篇文章,大都是从我以前发表过的三十多万字的文艺评论中挑选出来的,是穿行于历史间的一点点思考。散见于《人民日报》《光明日报》《解放军报》《人民周刊》《兵团日报》《中国艺术报》等报刊,基本上保持原貌。我有幸撰写的朋友的个别专著评论,尽管有的与"历史"稍远了点,但作者本身就是一段历史,索性也收进本书了。历史离不开具体的人。

行文至此,我瞥见桌角上撕下的一张张还没有被遗弃的日历,感觉日子过得好快,上面用双色字体精美印刷的每日诗词,还没有来得及阅读,就匆匆翻篇了。

我忽然想起朱自清的《匆匆》——"在默默里算着,八千多日子已经从我手中溜去;像针尖上一滴水滴在大海里,我的日子滴在时间的流里,没有声音,也没有影子。我不禁头涔涔而泪潸潸了……"

朱自清在文章里说,八千多日子已经从他手中溜去。而我竟然是两万一千多日子已经从我的手中溜去。我的眼睛也确实有一种湿润的感觉,略带温热。

我离开老家河南永城已经整整四十年了。怀着当作家的梦想穿上军装，背着《中国文学史》《古文观止》等一兜子书来到燕山脚下的某坦克部队。军营培养了我，成就了我，送我到军艺、到军报、到教导队、到通信连、到宣传科、到政治部……十八年零四个月的军旅生涯，怎么还有那么清晰的印记？

从部队转业后，一直忘不了自己的初心，闲暇时，依然笔耕不辍，记录自己成长的过程和探索世界的旅程。

人生有"三友"，一个是生活中的朋友，一个是书中的朋友，还有一个是大自然这位朋友。这"三友"，可以说是一刻也离不开的。

感恩原中央党史研究室，感恩中央党史和文献研究院，没有单位领导和同仁们的支持、提携、帮助，我绝对不会像今天这样有生存的底气。我用感恩的心去描绘生活、生存、生命。既往的《心路弯弯》《心旅不寂寞》《心海漫行》《心地边关》《行悟初心》等七本文集记载了曾经的日子，见证了自己的一种坚守和理想。

这里，我特别感谢党史专家章百家、陈晋，导演翟俊杰，作家刘庆邦，评论家胡平、潘凯雄、陶庆梅，我少年时代的朋友、学者、企业家和马拉松跑者毛大庆等，给予本书的支持和对我的鼓励。人民日报文艺部袁新文主任对书稿提出了宝贵意见。尤其是作家、学者雪漠先生为我深情作序，还有我85岁的母亲张侠云女士为本书题写了书名，都令我感动，一道向你们拱手致以谢忱。

理想、坚守、信念，一定要发自内心，变成自己的血肉。这个历程，有时很漫长，更需要历经长期痛苦的求索。

阅读可以提高人的精神生活质量。跟创造人类与民族精神财富的大师、巨人对话交流，你就可以站在他们的肩膀上，达到前所未有的精神境界。

著名学者钱理群说，不要在意别人怎么看待自己，而要把心思用在自己怎样看待自己，对不起自己是真正的大问题。

他还说，经典是民族与人类文明的结晶，是历代前人智慧与创造的积淀。文史哲经典更是关注人性根本、挖掘人性灵魂深处的东西，同时也是语言艺术的典范，具有永恒的思想价值和语言魅力。要用全人类最美好的精神食品来滋养我们的孩子，让他们的身心得到健全的发展，为他们的学习与精神成长"打底"。

我忽然想起甲辰端午节，为北京一台晚会写的一篇诵读文章《历史回响着你的声音》，也权作后记的一部分献给读者。

他是中国历史上伟大的爱国诗人，他是浪漫主义文学的奠基人，他的那行诗句，成为后来仁人志士所信奉和追求的一种精神——

"路漫漫其修远兮，吾将上下而求索。"

一位诗人说——
……有的人活着，
他已经死了；
有的人死了，
他还活着
……他活着为了多数人更好地活着的人，
群众把他抬举得很高，很高。

一位文学家说——
死者倘不埋在活人的心中，那就真真死掉了。
他还说——
惟有民魂是值得宝贵的，惟有他发扬起来，中国才有真进步。

一位诗人说——

为什么我的眼里常含泪水？因为我对这土地爱得深沉……

他还曾说——

人民不喜欢假话，哪怕多么装腔作势，多么冠冕堂皇的假话，都不会打动人们的心。人人心中都有一架衡量语言的天平。

我又想到一位中国共产党的主要创始人。他是一位马克思主义宣传家、教育家、理论家、著作家——

1944年的9月，他的家乡湖南零陵沦陷。他被迫携家眷逃亡避难。他住破庙，吃野菜，东躲西藏。当时有人捎信让他回去，给日本人办事。他愤怒地说："我绝不做亡国奴。即使我生活再清苦，就是被拖死、饿死、冻死，我也不给日本鬼子办事。我们中国人要热爱祖国，保卫祖国。我虽然懂日语，我死也不会为日本侵略者征服中国人效劳。"

一位百岁的诗人曾说——

……几回回梦里回延安，

双手搂定宝塔山。

千声万声呼唤你

——母亲延安就在这里！

《太阳照在桑干河上》的作者给三位青年作家说——

无论你写壮烈的，还是哀婉的，都可以动人心弦。但是我更希望你们在小说里着重抒写有朝气的、健康的、充实的

后记

人。我们的作品应该是安慰人、鼓舞人的，而不要使人读了你的作品感到灰心、绝望，这不是思想僵化吧……

我又想起一位老先生的两段话，它刻在了中国现代文学馆大门口的巨石上——

……多少作家留下来的杰作，它们支持我们，教育我们，鼓励我们，使自己变得更善良，更纯洁，对别人更有用。……我们的新文学是散播火种的文学，我从它得到温暖，也把火种传给别人。

一位女作家说——当我们从母体相连的那条脐带被剪断时，我们的生命便与大地联系在一起。这看不见的脐带，流淌着民族的血液、命运的血液……

我在想——一个作家，一个诗人，一个艺术家，要经常把自己放在历史的坐标中，来衡量自己。你的存在，只有在为某个地域、某个时期的历史记忆增添一种光彩的时候，你才有价值。

你是否熟悉你脚下的这片土地，你是否陌生了这片土地上的人，你是否遗忘了你的初心……人，要时常自省、自励、自勤。一勤天下无难事，一懒世间万事休。"勤"字是当之无愧的人生之要义。人，还要学会感恩，要懂得感恩，要永远感恩你生命中遇见的每一个人，每一滴水，每一束光。这就是你前行中的滋养和力量！

会读书，会用书，又能著书，是人的高境界。这里蕴含着"纸上"与"躬行"相统一的辩证法。感悟历史，讴歌真诚，是人类生活永恒的话题；净化心灵，启迪思想，不断认知和完善自我，不以一时之阻而自弃，方能实现心灵的超越和价值的追索。这一切，永远在路上！

班永吉 于北京马连道

二〇二四年十月十五日

二〇二五年四月九日修订